KAREN CLARKE

Hokus Pokus Zauberkuss

GOLDMANN
Lesen erleben

Buch

Josie Goodwins größter Wunsch zu ihrem anstehenden siebenundzwanzigsten Geburtstag? Endlich ein Heiratsantrag von ihrem Freund Will! Aber statt des ersehnten Verlobungsrings bekommt sie von ihrem Liebsten nur ein selbstgebasteltes Armband aus recyceltem Müll. Und auch sonst läuft in ihrem Leben nichts nach Wunsch. Will mutiert seit Neuestem zum Hippie und interessiert sich eher für Bio-Müsli und die artgerechte Haltung von Eseln als für Josie. Ihre beste Freundin Lara hat zwischen Babygeschrei und Windeln kaum noch Zeit und Nerven, um gemeinsam etwas zu unternehmen. Und zu allem Überfluss läuft es auch in Josies Job bei einem Filmunternehmen alles andere als rund. Als Produktionsassistentin soll sie die perfekte Location für die Dreharbeiten besorgen. Und eigentlich hätte sie auch schon den perfekten Ort ausfindig gemacht. Nur leider weigert sich der Eigentümer Giles Cornish – ein besonders ruppiges Exemplar von Mann –, sein Anwesen zur Verfügung zu stellen. Doch dann schenkt ihre Großmutter ihr auf der Geburtstagsparty ein altes Zauberbuch, das sich seit Generationen im Besitz der Familie befindet. Nun hat Josie neun Wünsche frei. Mit einer Prise Hokuspokus glaubt sie, alle ihre Probleme einfach wegzaubern zu können. Aber die fangen damit erst richtig an …

Weitere Informationen zu Karen Clarke
sowie zu lieferbaren Titeln der Autorin
finden Sie am Ende des Buches.

Karen Clarke

Hokus Pokus Zauberkuss

Roman

Aus dem Englischen
von Claudia Franz

GOLDMANN

Der englische Originaltitel lautet: »Put a Spell on You«.

Dieses Buch ist auch als E-Book erhältlich.

MIX
Papier aus verantwortungsvollen Quellen
FSC® C014496

Verlagsgruppe Random House FSC® N001967
Das FSC®-zertifizierte Papier *Holmen Book Cream* für dieses Buch
liefert Holmen Paper, Hallstavik, Schweden.

1. Auflage
Deutsche Erstveröffentlichung April 2014

Dieses Werk wurde vermittelt durch die
Literarische Agentur Thomas Schlück GmbH,
30827 Garbsen.
Umschlaggestaltung: UNO Werbeagentur, München
Umschlagmotiv: Copyright © FinePic®, München
Redaktion: Martina Klüver
KS · Herstellung: Str.
Satz: omnisatz GmbH, Berlin
Druck und Bindung: GGP Media GmbH, Pößneck
Printed in Germany
ISBN: 978-3-442-47595-7
www.goldmann-verlag.de

Besuchen Sie den Goldmann Verlag im Netz:

Für Tim – für alles

1. Kapitel

Was ich mir wünschen würde, wenn ich einen Zauberstab hätte:

1) Dass Zen nicht länger den Hippie spielt, sondern einfach wieder der alte Will Hammond ist und mir einen Heiratsantrag macht, bevor ich so faltig bin, dass kein anderer Mann mich mehr anschaut.
2) Dass ich die perfekte Location für die Dreharbeiten von *Geschwisterzwist* finde, bevor ich gefeuert werde. Am besten ein Anwesen, dessen Besitzer nicht im letzten Moment einen Rückzieher macht und mich mit der Schrotflinte in der Hand vom Gelände jagt.
3) Dass Laras Baby nicht pausenlos brüllt, damit ich meine liebenswerte Freundin zurückbekomme anstelle dieses schlitzäugigen Wracks in Schlabberklamotten.
4) Dass sich Mums Freund Del, dieser perverse tätowierte Trucker aus Letchworth, einer Persönlichkeitstransplantation unterzieht. Sie hätte wirklich Besseres verdient.
5) Glänzendes, feuerrotes Haar statt dieser kuhfladenbraunen Krause. Und eine Körbchengröße mehr. Und zierlichere Finger. Und einen kleineren Hintern. (Außerdem wäre ich gern nicht ganz so oberflächlich.)

Mein siebenundzwanzigster Geburtstag begann wie jeder andere Tag auch, nur dass ich noch wütender auf Will war als sonst.

»Du hast mir noch nicht einmal eine Glückwunschkarte gekauft.«

»Ich habe dir aber eine gebastelt, Josie, das ist viel mehr wert. Und nenn mich bitte Zen. Will bin ich schon seit Wochen nicht mehr.«

Er sprach sanft und nicht im Mindesten vorwurfsvoll, weil Will ... Zen, meine ich ... im Moment halt so spricht.

Trotzdem wirkte er verletzt – er kniff seine braunen Augen so komisch zusammen –, aber ich war zu enttäuscht, um darauf Rücksicht zu nehmen. »Du hast ein paar trockene Nudeln auf ein Stück Pappe geklebt, das du aus einer Cornflakes-Packung ausgeschnitten hast. Das ist weder etwas wert noch romantisch, Will. Mit sechs habe ich das besser hinbekommen.«

»Ich habe deinen Namen in ein Herz geschrieben«, stellte er richtig. »Das ist romantisch.«

»Aber es sind schon ein paar Teile abgefallen. Da steht ›Joie‹.«

Ich erwähnte lieber nicht, dass ich auf wilden Morgensex und ein Feuerwerk an roten Rosen gehofft hatte. Außerdem hatte ich darauf spekuliert, einen Verlobungsring in dem Räucherlachs zu finden, den er auf den Tisch gezaubert haben würde, um mich anschließend für ein Wochenende mit Sex und Shopping nach Venedig zu entführen.

»Ich habe dir auch ein energetisches Armband gebastelt«, sagte er und weigerte sich einfach, meine Enttäuschung zu registrieren. Er strich sich das wellige braune Haar zurück, das ihm schlaff ins Gesicht gefallen war, zog schwungvoll seine Boxershorts hoch und hüpfte mit linkischer Beflissenheit zum Frisiertisch.

Will ist nie gehüpft, hatte nie schlaffes Haar und war auch nie linkisch. Bevor er sich von seinem Bruder Ben (beziehungsweise »Mondfuchs«, wie er sich jetzt nannte) zu einem Ausflug ins Shambalaya hatte überreden lassen – ein spirituelles Zentrum in Kent –, war er in der Werbebranche tätig und galt als Durchstarter.

Nie im Leben wäre er in Batikshirts und abgeschnittenen Jeans herumgelaufen, aber das Shambalaya hatte ihn dazu gebracht, »seine Prioritäten zu überdenken« – und offenbar auch seinen Kleidergeschmack.

Nach der Rückkehr hatte er verkündet, dass er es satthabe, den Menschen Geld für Katzenfutter und Frühstücksflocken aus der Tasche zu ziehen, und ging bei Ad Men auf eine Teilzeitstelle. Ab sofort arbeitete er ehrenamtlich in einem Eselsheim namens Ned & Eddie's in der Nähe von Oxford, und wenn er nicht dort war, meditierte er oder züchtete in einem winzigen Schrebergarten in Grove Park unförmiges Gemüse.

In gewisser Weise war das alles höchst bewundernswert, aber ich vermisste den alten Will. Manchmal würde ich ihn am liebsten verklagen – von wegen Vorspiegelung falscher Tatsachen und so.

»Das ist aber … hübsch«, sagte ich wenig überzeugt, als er mir ein unregelmäßig gearbeitetes, elastisches Teil übers Handgelenk zog und sich bewundernd zurücklehnte. »Woraus hast du das denn gemacht?« Ich hielt meinen Arm in die Augustsonne, die zum Fenster hereinstrahlte. Immerhin glitzerte es.

»Altglas und Autoreifen«, sagte er stolz und pflanzte mir einen Kuss auf die Hand, was mich fast rührte. »Ich habe es im Schuppen im Schrebergarten gemacht.«

»Ein echter Will Hammond«, erklärte ich skeptisch, aber der Fairness halber sollte ich erwähnen, dass er den falschen Namen nicht korrigierte, sondern sich nur ein wenig im Kreuz versteifte. »Sicher willst du mich erst später mit deinem richtigen Geschenk überraschen«, fügte ich demonstrativ hinzu, schlug die Bettdecke zurück und angelte schnell nach meinem Bademantel. »Ich mach mir dann mal selbst Frühstück, was?«

»Gestern Abend habe ich noch etwas von meinem Spezialmüsli eingeweicht«, sagte Will, sprang auf und half mir in die Pantoffeln, als wäre ich steinalt. Dass ich unter dem Bademantel nackt war, schien ihn nicht zu beeindrucken. »Da ist alles drin, was du gern magst. Rosinen, Kokos, Mandeln, alles.«

»Würstchen?«, fragte ich, während ich mit der Bürste gegen mein zerzaustes Haar ankämpfte. »Chicken Kebab?«

Liebevoll massierte er mir die Schultern. »Mein kleiner Griesgram«, sagte er, was schnell mein neuer Spitzname geworden war. Früher hatte er mich Nigella genannt, als er noch fand, ich hätte Ähnlichkeit mit der Göttin der Hausfrauen. »Ich weiß gar nicht, was du hast. Du wirst doch heute Abend *die* Party bekommen.« Mit schmutzigen Fingernägeln malte er Anführungszeichen in die Luft.

»Ach was«, sagte ich und legte die Bürste weg. Ein merkwürdiges Gefühl breitete sich in meiner Magengrube aus, aber ich hätte nicht sagen können, ob es Hunger oder Aufregung war. »Alles Ammenmärchen.«

»Das werden wir ja sehen, oder?« Als er seine Jeans vom Fußboden aufsammelte und anzog, funkelten mit einem Mal seine Augen. »Heute ist der Tag, an dem meine Freundin endlich eine Hexe wird.«

»Hör auf«, sagte ich und verspürte schon wieder dieses merkwürdige Gefühl. »Ich bin … keine Hexe. Ich bin das Gegenteil von einer Hexe. Ich habe nicht die geringste Veranlagung zur Hexe.«

»Nun, deine Großmutter sieht das aber anders. Du bist in achter Generation dazu bestimmt, an deinem siebenundzwanzigsten Geburtstag das ›Buch der Zaubersprüche‹ zu erben.« Seine Imitation meiner schottischen Großmutter war gar nicht übel.

»So ein Quatsch«, sagte ich und nestelte am Gürtel meines Bademantels herum. »Das ist doch alles nur Gerede. Frei erfunden wie ... wie Loch Ness oder das Gerücht, im Abwassersystem von New York lebten Krokodile. Ein Aberglaube, der sich in meiner Familie hält, mehr nicht.« *Warum raste dann aber mein Puls?*

»Hokuspokus fidibeh, gib mir Körbchengröße G«, rezitierte Will, sprang im Schlafzimmer herum und schwenkte einen imaginären Zauberstab.

»So einen Monsterbusen fände ich grauenhaft«, grummelte ich und fühlte mich plötzlich ganz heiß.

»Hokuspokus fidibeld, ich hätte gerne ganz viel Geld«, leierte er mit Fistelstimme und zog ein löchriges T-Shirt an.

»Tu nicht so, als würde ich so klingen.« Ich warf ein Kissen nach ihm. »Wenn ich zaubern könnte, würde ich meine Fähigkeiten auch nicht an so triviale Dinge verschwenden«, log ich. Da Will jetzt weniger verdiente und meine Stelle bei Lotus TV wackelte, sah ich den Rechnungen des kommenden Monats in Wahrheit mit größter Sorge entgegen.

Obwohl unsere Wohnung winzig war – zu klein, um sich um die eigene Achse zu drehen, wie meine Mutter immer sagte –, war die Hypothek gewaltig. Will wollte, dass wir aus London wegzogen, aber das würde bedeuten, noch mehr Geld auszugeben, weil wir ja irgendwie zur Arbeit kommen mussten.

»Außerdem sagen Hexen ›Abrakadabra‹«, erklärte ich und machte mich auf die Suche nach frischer Unterwäsche. »Du denkst wohl an Zauberer.«

»Du redest schon wie eine echte Hexe.«

»Will!«

»Ich sag ja nur.« Er schaute auf die Uhr und wuschelte sich einmal durchs Haar. »So, jetzt muss ich aber mal. Ich habe einen Termin.«

»In dieser Aufmachung?«

»Nicht bei der Arbeit, im Schrebergarten. Irgendjemand hat Maud Winthrops Pastinaken geklaut. Wir müssen eine Videoüberwachungsanlage installieren oder so«, sagte er und kratzte sich den Bart, den er sich neuerdings stehen ließ. Bald würde er wie Jesus aussehen.

Ich starrte ihn an. »Ist ja nett, dass du den Leuten helfen willst, aber ich habe mir heute freigenommen.«

»Was?« Er schien wirklich überrascht. »Ich dachte, es läuft nicht gut bei der Arbeit. Hattest du nicht gesagt, dass du gefeuert wirst, wenn du nicht diese Woche noch einen Drehort für deine Serie findest?«

»Es ist nicht MEINE Serie. Und ich habe natürlich übertrieben«, sagte ich, obwohl das nicht stimmte. Nicht wirklich. »Wenn ich nicht einmal an meinem Geburtstag freibekomme, dann kann ich ... Ach, vergiss es«, wütete ich und stürmte an ihm vorbei in die Dusche.

»Tut mir leid, Josie, aber ich hatte mich auch schon mit Giles verabredet. Ich würde ihn gerne dazu überreden, uns beim Eintreiben von Spenden fürs Eselsheim zu helfen.«

Ich schnellte herum. Giles Cornish war ein Studienfreund von Will, ein Archäologe, der von einer vermutlich ätzend langweiligen Ausgrabung im Ausland zurückgekehrt war. »Ich dachte, der ist abgebrannt.«

Will runzelte die Stirn. »Man braucht kein Geld, um Ideen zu haben.«

»Ich sag ja bloß.« Will schaltete auf Abwehr, wenn die Sprache auf Giles kam, nur weil ich ihn mal einen Schönling genannt hatte. »Hör mal, könntest du ihn nicht dazu überreden, dass er uns Cotsworth House für die Dreharbeiten überlässt?«, fuhr ich schnell fort, weil ich eine einmalige Gelegenheit witterte. »Das Anwesen wäre ideal für die neue Serie, und er würde ein echtes Vermögen dabei verdienen. Damit könnte er den schäbigen Kasten renovieren, und für seine Boote bliebe auch noch was übrig.« Im Moment restaurierte Giles offenbar einen Frachtkahn – einfach so, zum Spaß. »Ich sehe sein Problem nicht.«

»Sein Problem ist, dass er kein Filmteam auf dem Familienbesitz haben will, weil die ihm noch sein Erbe ruinieren.«

»Tolles Erbe«, murmelte ich. »Er hat doch nicht einmal Geld, um es instand zu halten.« Giles' schmallippige Antwort bei unserer letzten Begegnung, als ich das Thema angesprochen hatte, wurmte mich immer noch. Er hatte sich nicht die geringste Mühe gegeben, seine Verachtung für meine Arbeit zu verbergen. Sein Verhalten war sogar regelrecht herablassend gewesen. »Und du willst wirklich an meinem Geburtstag fort?«, fing ich noch einmal an, aber Will blieb hart. »Dann geh doch zu deinen Rüben oder was auch immer«, schnaubte ich. »Ich geh zu Lara. Die versteht mich wenigstens.«

Er kicherte vor sich hin, da er meine Stimmung offenbar immer noch nicht erfasst hatte – falls er das überhaupt je tat. »Da wär ich mir nicht so sicher«, sagte er.

2. Kapitel

»Was ist denn mit dir los?«, platzte Lara heraus, als sie die Tür aufriss. »Du siehst ja aus, als wär dir eine Laus über die Leber gelaufen.« Olly klammerte sich an ihre Hüfte und heulte, als hätte ihm jemand das Herz gebrochen.

»Muss ich es erst sagen?«, witzelte ich, obwohl ich am liebsten in Ollys Geheul eingestimmt hätte. War mein Geburtstag denn allen egal?

»Oh Gott, entschuldige, Josie, das hab ich total vergessen. Komm rein.« Lara packte meinen Arm und zog mich über die Schwelle. Unter meinen Füßen knirschte es, da der Eichenboden mit Legosteinen übersät war. »Happy birthday to yoooouu!«, sang sie überdreht und ließ Olly auf und ab wippen, während ich mich vorwärtstastete und an der Wandleiste Halt suchte. »Du wirst aber trotzdem nie so alt sein wie ich.«

»Stimmt.« Sie war kürzlich dreißig geworden und rieb mir das ständig unter die Nase. »Wie geht's dir denn so?«

»Ach, weißt du …« Sie schob mit der Stirn die Küchentür auf, als hätte sie sich längst daran gewöhnt, ohne Arme zu leben. »Rob, würdest du dich bitte zehn Minuten um deinen Sohn kümmern, damit ich ein paar Worte mit Josie wechseln kann?« Sie hielt ihm Olly wie ein schlecht verpacktes Geschenk hin.

Ihr Ehemann stellte die Kaffeetasse ab, sah von der *Financial Times* auf und wirkte leicht überrascht. Er hatte die beneidenswerte Fähigkeit abzuschalten, was Lara mal bewundert hatte. Jetzt löste es nur noch den Wunsch in ihr aus, ihm die Augen auszukratzen.

»Ja, natürlich, mein Schatz.« Er legte die silberne Krawatte über die Schulter und streckte die Arme aus. Olly stellte sein Geheul sofort ein und kuschelte sich ins Hemd seines Vaters. »Wo ist denn Papas kleiner Held?«

»Da-da«, machte Olly erfreut.

Lara stapfte in der Küche herum und kippte Kaffee in Tassen. Ich tat so, als würde ich es nicht merken, dass sie den Teller mit dem Ärmel abwischte, bevor sie Croissants darauflegte.

»Hat Tante Josie heute einen ganz besonderen Geburtstag?« Rob schaute immer noch Olly an. Er und Lara kommunizierten oft in dieser Form, als wäre das Baby ihr Dolmetscher. »Richtig, das hat sie!«

Um Robs Augen kräuselten sich die Fältchen, als er mich anschaute, und ich musste einfach zurücklächeln. Er hatte etwas von einem Filmstar mit seinen grauen Augen, dem dichten schwarzen Haar und den Grübchen. Meiner Vorstellung von einem Investment Banker entsprach er nicht im Entferntesten.

»Kommst du auch zu meiner Geburtstagsparty?«, fragte ich ihn und verschüttete Kaffee, weil Lara mich hektisch aus der Küche schob.

»Wir haben nicht viel Zeit«, zischte sie, als hätte jemand im Klo eine Bombe deponiert. »Olly wird jeden Moment nach mir schreien.«

»Das werde ich mir um keinen Preis entgehen lassen.« Rob grinste. »Falls sich aber tatsächlich jemand in eine Hexe verwandelt, ist das wohl eher meine reizende Frau.«

Das hatte er ganz unbekümmert hingeworfen, aber sofort trat eine bedrohliche Stille ein. Ängstlich starrte ich Lara an. Myriaden von Gefühlen jagten über ihr müdes, aber schönes Gesicht, und für einen Moment schien sich die Situation in jede Richtung entwickeln zu können. Schließlich warf sie mir ein boshaftes Lächeln zu. »Und als Erstes würde ich elende Machos in Frösche zurückverwandeln.«

Sie schien wieder ganz die Alte, als sie mich in das gemütliche Wohnzimmer mit dem Kamin und den stimmungsvollen violetten Wänden führte. »Entschuldige das Chaos.« Sie zog eine Grimasse und fegte lauter Zeug vom Ledersofa herunter. Als sie den Vorhang öffnete, tanzten Staubpartikel in der Sonne. »Ich bekomme nichts mehr auf die Reihe.« Verzweifelt riss sie die veilchenblauen Augen auf und schaute sich um. »Sobald ich Olly absetze, schreit er, oder ich schlafe ein.«

»Nun, immerhin musst du den Kamin nicht anzünden, es ist wahnsinnig heiß hier«, sagte ich und öffnete einen Knopf an meiner Bluse. »Und mach dir keine Gedanken, es ist alles bestens.«

Okay, das war nicht das Vorzeigeheim, das Lara geschaffen hatte, als sie mit Rob hierhergezogen war, aber damals war sie auch eine ambitionierte Innenarchitektin gewesen. Mich hingegen machte es ohnehin nervös, wenn ich mit meinen großen Füßen und den ungeschickten Fingern in ein derart perfektes Ambiente verpflanzt wurde.

»Mir ist schleierhaft, wie Rob schlafen kann, wenn Olly nachts aufwacht«, schimpfte Lara und schob das wallende hellbraune Haar hinters Ohr, bevor sie in den Schubladen eines Louis-XVI-Sekretärs herumzukramen begann.

»Das ist doch gut so, sonst würde seine Arbeit noch darunter leiden«, stellte ich fest.

»Und was ist mit mir? Ich kann mir nicht einmal mehr vorstellen, wie es sich anfühlt, wach genug zu sein, um mir die Haare zu kämmen, geschweige denn ein Design-Büro aufzumachen.« Laras Gesicht wirkte stumpf in seiner Ratlosigkeit, und ich ärgerte mich plötzlich. Eigentlich hatte ich mich über Will beklagen wollen, aber sie tat einfach so, als wäre heute ein ganz normaler Tag. Sofort bekam ich ein schlechtes Gewissen. Sie sah wirklich fertig aus.

»Ich bin mir ganz sicher, dass ich eine Karte für dich habe«, fügte sie hinzu und kramte lustlos herum. »Ist es schlimm, wenn ich dir dein Geschenk erst auf der Party gebe?« Mir war sofort klar, dass sie noch nichts besorgt hatte.

»Natürlich nicht«, sagte ich, indem ich die Worte an einem Klumpen in meiner Kehle vorbeipresste. »Du kommst aber doch, oder?«

»Soll das ein Witz sein?« Ihr Gesicht hellte sich auf, und sie ließ sich neben mir aufs Sofa sinken, die Hände um die knochigen Knie geschlungen.

»Gut«, sagte ich schnell. »Ohne dich wäre es kein richtiges Fest.«

Über die messerscharfen Wangenknochen legte sich eine leichte Röte. »Was glaubst du denn, was überhaupt passieren wird?«

»Irgendetwas grauenhaft Peinliches, das ich nie wieder vergessen werde«, sagte ich und versuchte zu lächeln. Mein Mund war aber plötzlich staubtrocken.

»Jetzt ist es also so weit, was?«

»Trotzdem kann ich es immer noch nicht glauben.« Ich betrachtete meine Fingernägel, die ich bis zum Anschlag abgekaut hatte, was kein schöner Anblick war. Vielleicht sollte ich mir ein paar Künstliche in Perlmutt-Pink oder Dunkellila ankleben oder … *Hör auf, Jo, du bist eine erwachsene Frau.*

»Erinnerst du dich, wie du dir gewünscht hast, Old Grinchy solle verschwinden, weil er uns zum Nachsitzen verdonnert hat – und dann hat er sich tatsächlich in Luft aufgelöst?«

»Wie könnte ich das vergessen?«

Das war passiert, nachdem meine Großmutter mir eröffnet hatte, dass sie eine Hexe sei, freitagabends bei einem Fischgericht und so beiläufig, als wäre es das Normalste auf der Welt. »Eine gute allerdings«, erklärte sie und servierte matschige Erbsen. »Nicht eine von diesen durchtriebenen, die im Film die Leute in die Hölle jagen.« Das Vermächtnis, wie sie es nannte, überspringe traditionsgemäß eine Generation. An meinem siebenundzwanzigsten Geburtstag, wenn meine Kräfte offenbart werden würden, bekäme ich das »Buch der Zaubersprüche« überreicht.

»Warum am siebenundzwanzigsten?«, erkundigte ich mich, da meine Neugier geweckt war.

»Weil sich das durch drei teilen lässt und auch Zaubersprüche für gewöhnlich dreiteilig sind.«

Obwohl ich das wahnsinnig gerne geglaubt hätte, ging ich davon aus, dass es sich um eines ihrer Ammenmärchen handelte. Trotzdem machte es Eindruck auf mich. Nachdem ich Lara von der Sache erzählt hatte, konnte ich der Versuchung, einen Zauberspruch aufzusagen, nicht widerstehen. Er war ziemlich schlicht und ging in etwa so: »Ich möchte, dass Old Grinchy verschwindet.« Zu unserer großen Überraschung kam er am nächsten Tag tatsächlich nicht in die Schule – und am übernächsten auch nicht.

»Sechs Monate später ist er dann plötzlich in Buenos Aires aufgetaucht«, rief ich ihr in Erinnerung. »Er hatte einen Nervenzusammenbruch – wegen uns beiden vermutlich. Angeblich trifft vor allem dich die Schuld, weil du ja die Ältere bist.«

»Trotzdem war das total verrückt.«

Wir waren jedenfalls höchst beunruhigt, und schließlich erzählte ich meiner Großmutter davon. Sie lachte und schien sich zu freuen, versicherte mir aber, dass ich ohne das Buch, das noch siebzehn Jahre unter Verschluss bleiben würde, gar nicht zaubern könne.

»Warum denn nicht?«, erkundigte ich mich. Plötzlich hätte ich das Buch wahnsinnig gerne gehabt, um schon mal ein bisschen im Vorfeld zu üben. Dummerweise kam Mum rein, und Gran verstummte. Mum mochte es gar nicht, wenn sie uns Flausen in den Kopf setzte.

»*Sollte* es aber wahr sein, was würdest du dir denn dann wünschen?«, fragte Lara und stupste mich mit dem Ellbogen an. »Ich weiß jedenfalls, was ich mir wünschen würde«, fuhr sie fort und ließ mir gar keine Zeit für eine Antwort. »Dass ich vierundzwanzig Stunden lang schlafen kann, um dann mit einem flachen Bauch auf einer tropischen Insel wieder aufzuwachen.« Ihre Augen bekamen einen träumerischen Ausdruck. »Dort gäbe es eine ganze Armee an Kellnern, die alle mit nacktem Oberkörper herumlaufen und mir jeden Wunsch von den Augen ablesen, während ich auf einem fliegenden Teppich durch die Gegend schwirre.«

»Das müsste aber ein ziemlich großer Teppich sein, damit die Kellner alle mitfliegen könnten«, stellte ich fest und hoffte, das Gespräch würde nicht vollkommen abdriften. »Aber egal, an der Sache ist sowieso nichts dran. Gran ist exzentrisch, du kennst sie ja. Immer muss sie irgendein Drama veranstalten. Kannst du dich noch an den Panther im Garten erinnern?«

Lara prustete in ihren Kaffee. »Oh Gott, das hatte ich ganz vergessen. Sogar die Presse hat sie alarmiert.«

Letztlich war es nur Tiddles gewesen, die Nachbarkatze, die

in den Strahl einer Sicherheitsleuchte geraten und dann als großer Schatten an die Gartenmauer projiziert worden war.

»Jetzt wird es aber Zeit«, sagte ich nach einem Blick auf die Uhr. Ich hatte noch einen Friseurtermin, um vor dem Fest meine widerspenstige Krause zu zähmen.

»Denkst du, sie wird es groß verkünden?« Lara ließ nicht locker, erstarrte dann aber, als Olly in der Küche loskrähte.

»Keine Ahnung.« Ich konnte allerdings nicht bestreiten, dass mich diese Frage auch immer beschäftigt hatte. Sogar Mum hatte ich ein-, zweimal darauf angesprochen. Je näher der Moment der Wahrheit rückte, desto grotesker wurde das Ganze allerdings. »Wenn es stimmen würde und Gran tatsächlich eine Hexe wäre, dann müsste es doch irgendeinen Beweis dafür geben. Dann würde sie doch nicht immer noch in demselben alten Haus wohnen, immer noch mit meinem Großvater verheiratet sein und immer noch ihre Zeit damit verbringen, Springer Spaniel zu züchten.«

»Warum denn nicht?« Lara wirkte überrascht. »Vielleicht ist das ihre Vorstellung von einem perfekten Leben.«

»Was soll ich heute Abend eigentlich anziehen?«, fragte ich, da ich unbedingt das Thema wechseln wollte. Lara musterte mich flüchtig.

»Das lange, fließende Kleid, das du letzten Sommer gekauft hast. Du solltest einen schmalen Gürtel dazu tragen. Das bringt deine Taille zur Geltung.«

»War mir gar nicht klar, dass ich eine Taille habe«, sagte ich, aber statt wie sonst zu widersprechen, begab sich Lara in die Küche, wo Olly brüllte, was die Lunge hergab.

»Wichtiger scheint mir die Frage zu sein, was *ich* anziehen soll.« Lara schaute zu mir zurück. »Meine Brüste tropfen immer noch wie Wasserhähne, und ich habe eine Wampe.«

»Du solltest endlich abstillen«, sagte ich und trottete hinterher. »Es reicht langsam.«

»Vielleicht kann Jo dir einen Umhang und einen spitzen Hut leihen«, witzelte Rob, reichte ihr Olly und griff zu Jackett und Aktentasche.

»Sehr lustig«, rief Lara, aber da war er schon draußen, schlängelte sich hinter das Lenkrad seines BMW und fuhr los.

»Bis später«, sagte ich, gab ihr einen Kuss und versuchte, nicht das Gesicht zu verziehen, weil sie so säuerlich roch. »Vergiss nicht zu duschen.«

3. Kapitel

Gran hatte darauf bestanden, meine kombinierte Geburtstags- und Initiationsparty in Brambles zu feiern, dem mit Blauregen überwucherten Bauernhaus, in dem sie zusammen mit meinem Großvater wohnte.

Meine Aufregung stieg, als ich kurz nach sieben auf den unbefestigten Weg fuhr, der als Zufahrt diente.

An der Veranda hing ein selbstgemaltes Spruchband, auf dem in leuchtendem Pink »HAPPY BIRTHDAY, JOSEPHINE« stand. Im Holzapfelbaum blinkte eine Lichterkette.

»Huhu!«, rief ich und kontrollierte im Seitenspiegel meinen Lippenstift.

Aus den unteren Fenstern schallte Musik, und in der Luft hing der köstliche Geruch von Gegrilltem.

»Da ist sie ja! Und schon wieder ein Jahr älter!« Mum kam herausgestürzt und zog mich an ihren Busen. Sie roch nach Moschus und ein wenig nach Wein – mit meiner alten Mum, die bestenfalls nach Deo roch, hatte sie nichts gemein.

Ich entzog mich ihr und zupfte mein Kleid zurecht. »Nur einen Tag älter als gestern«, sagte ich in dem betont munteren Tonfall, den ich mir angewöhnt hatte, seit sie mit Del Thomson zusammen war. Die Vorstellung, dass er Dads Platz eingenommen hatte, ließ mich den Wunsch verspüren, laut und anhaltend zu schreien. Meine Kehle tat schon fast weh, weil ich mich so beherrschen musste.

»Da ist ja das Geburtstagskind!« Wie aufs Stichwort erschien Del und rieb sich die Hände, als hätte er einen gewaltigen Witz gemacht, den ich leider nicht verstand. »Du bist wirklich das Ebenbild deiner Mutter«, sagte er. Das Licht spiegelte sich in seiner Halbglatze, während die spärlichen Reste seines ergrauenden Haars im Nacken von einem Schuhband zusammengehalten wurden.

»Danke«, murmelte ich. Ein stärkerer Kontrast zu meinem Vater wäre kaum denkbar. Dad war ein seriöser Mensch gewesen und mit seinem graumelierten Haar und dem braunen Teint ziemlich attraktiv. Nicht im Traum wäre ich auf die Idee gekommen, dass Mum auf Typen wie Del stehen könnte.

Schwer zu sagen, was Dad von diesen Tätowierungen, dem Totenschädel-Ohrring mit den gekreuzten Knochen und dieser Tonne von einem Bauch, der aus der verwaschenen Jeans heraushing, halten würde. Als Polizist hätte er Del vermutlich sofort verhaftet, obwohl man fairerweise zugeben musste, dass er ein bisschen lockerer geworden war – kurz vor dem Herzinfarkt, der ihn in der ersten Woche seines Ruhestands ereilt hatte.

»Wo ist Zen?«, fragte Mum und schaute über meine Schulter in den pfirsichfarbenen Himmel.

»Nenn ihn nicht Zen«, schimpfte ich, trat in den Hausflur und warf meine Jacke über das Geländer, das meine kleine Schwester Pippa und ich als Kinder immer heruntergerutscht waren. »Das Treffen im Schrebergarten hat ziemlich lange gedauert. Sein Freund Giles setzt ihn gleich hier ab.«

»Hat er dir denn etwas Schönes gekauft?«, fragte Mum munter und strich sich mit der manikürten Hand über ihren neuen blonden Bob. Als Dad noch lebte, hatte sie sich die Haare immer selbst geschnitten, da er es mochte, wenn sie natürlich aussah. Seit Del sie bei einem Line-Dance-Kurs angebaggert hatte, war sie plötzlich furchtbar eitel. Sogar ihre Brille hatte sie gegen Kontaktlinsen eingetauscht.

»Das hier ist von ihm«, sagte ich und hielt mein Handgelenk hoch, konnte mich aber nicht zu dem Bekenntnis durchringen, dass Will mir überhaupt nichts gekauft hatte. »Hat er selbst gemacht.«

»Wow!«, rief Mum. Del hatte ihr zu Weihnachten ein iPhone geschenkt, und seitdem schrieb sie unentwegt SMS und neigte auch im wahren Leben zu verkürzten Phrasen. »Toller Junge.« Sie hielt große Stücke auf Will. »Schau mal, Del.«

Mein Fleisch wurde empfindlich eingebeult, als Del meinen Arm packte und mit der Ernsthaftigkeit eines Juweliers, der einen Diamanten begutachtet, über den Rand seiner kleinen Brille schaute.

»Mit diesem Knaben hast du echt den Jackpot geknackt«, sagte er schließlich, hieb mir eine Hand auf die Schulter und quetschte sie zusammen, als wäre ich eine Bierdose.

»Oh Wahnsinn, Jo-Jo, du siehst umwerfend aus. Deine Haare schwingen so herrlich, und du bist so schön braun. Kaum zu glauben, dass du siebenundzwanzig bist, wo es doch keine fünf Minuten her zu sein scheint, dass wir im Garten gewühlt und Raupen gegessen haben.«

»Schau dich selbst an«, sagte ich lachend, als dieser Wirbelwind von einer Schwester ihre Arme um mich schlang und vergeblich versuchte, mich hochzuheben. Mir fiel auf, dass sie zugenommen hatte, was ihr gar nicht schlecht stand. Sie trug ein schlichtes leinenes Hemdkleid, das gut zu ihren dunklen Haaren passte. »Wann bist du gekommen?«

»Gestern. Ich habe immer noch einen Jetlag, wundere dich also nicht, wenn ich irgendwo in der Ecke einschlafe. Und wage es ja nicht, mich zu wecken. Du weißt ja, wie ungenießbar ich dann bin. Wahnsinn, es ist so schön, dich zu sehen, Jo. Wo ist denn Will?«

Ich erzählte es ihr und fühlte mich sofort leichter und fröhlicher, wie immer, wenn sie in der Nähe war. Pippa konnte einen Raum mit ihrer Gegenwart erhellen. Wir waren nur achtzehn Monate auseinander, und ich vermisste sie entsetzlich, seit sie vor zwei Jahren nach New York gezogen war.

»Ist Tyler auch da?« Ich schaute mich um, als würde Pippas Freund auf der Treppe herumhängen, aber sie schüttelte den Kopf.

»Diesmal ging es nicht, er hat zu viel zu tun«, sagte sie. »Seine Ausstellung läuft wahnsinnig gut, und er wollte sich gerne zur Verfügung halten.« Tyler war Künstler. Pippa hatte ihn in der exklusiven Galerie, wo sie arbeitete, kennengelernt. Ich hatte mir im Internet Bilder von ihm angeschaut, doch es war mir peinlich, zugeben zu müssen, dass ich nichts damit anfangen konnte. »Er lässt dir aber ganz liebe Grüße ausrichten.«

Ich hatte den Eindruck, als würde sie mit Mum einen Blick wechseln, aber bevor ich etwas sagen konnte, tauchte mein Großvater auf.

»Wie geht's meinem Geburtstagskind?«, rief er und schloss mich in seine starken Arme. Von der Statur her erinnerte er an Grizzly Adams, den Bärenzähmer, und er hatte einen wuchernden grauen Bart und leuchtend blaue Augen. »Bist du sicher, dass du keinen Welpen möchtest? Betty hat heute Nacht geworfen.« Betty war ihre preisgekrönte Hündin.

»Das geht nicht, Grandpa. Nicht in der winzigen Wohnung.« Das sagte ich sicher schon zum hundertsten Mal, obwohl ich jedes Mal fast schwach wurde, wenn ich einen Wurf frisch geborener Welpen im Korb am gusseisernen Herd liegen sah.

Pippa hakte mich unter. »Komm, Geburtstagskind, dein Fest wartet. Da ist Verwandtschaft, die wir schon ewig nicht mehr gesehen haben«, plapperte sie drauflos.

Ich ließ mich ins Wohnzimmer führen und wurde mit Umarmungen und guten Wünschen überschüttet. Viele der Anwesenden taten so, als würden sie auf einem Hexenbesen um mich herumreiten, und die meisten trugen zu meinen Ehren einen spitzen Hut, da sie in Grans Hexengeschichten seit Ewigkeiten eingeweiht waren. Ich wünschte, Will würde sich beeilen. Er verpasste den ganzen Spaß.

»Ein besonderer Abend«, verkündete Gran dramatisch und bahnte sich einen Weg durch die versammelten Tanten, Onkels und Nachbarn. Von Lotus TV entdeckte ich niemanden, obwohl ich sie alle eingeladen hatte.

»Du hättest dir aber nicht so viel Mühe machen müssen, Gran«, schimpfte ich, als ich sah, dass sie den gesamten Raum knallbunt dekoriert hatte. Obwohl sie schon achtzig war, hatte sie die Energie eines hyperaktiven Kleinkinds.

»Ach, das ist doch nicht der Rede wert, was ich für meine Kleine getan habe«, sagte sie und winkte ab. Obwohl sie schon fast sechzig Jahre in Buckinghamshire wohnte, sprach sie demonstrativ mit schottischem Akzent. »Aber es sollte doch etwas Besonderes sein zu diesem Anlass.«

Ihr feuerrotes Haar schien elektrisch aufgeladen und umgab ihren Kopf wie ein Strahlenkranz. Sie schwor, dass es ihre natürliche Haarfarbe sei, was aber Quatsch war. Ich hatte Bilder von ihr gesehen, als sie noch jung war, und da waren ihre Haare definitiv mausbraun. »Bald geht's los, was?«, sagte sie. Ihre Augen waren schwarz und unergründlich. Lara fand sie ziemlich unheimlich.

»Sag mal ehrlich, Gran, ist das eigentlich ein Scherz?« Ich war froh, dass irgendjemand die Musik lauter gestellt hatte und niemand uns hören konnte.

Außer Pippa, die begierig auf jedes Wort lauschte, und nun sagte: »Natürlich nicht.« Ihre zimtfarbenen Augen leuchteten. »Was glaubst du wohl, warum ich unbedingt zu diesem besonderen Geburtstag kommen wollte?« Sie lächelte und legte mir den Arm um die Taille. »Wenn du dein Erbe nicht antreten willst, übernehme ich es. Ich fand es immer schon unfair, dass du das Zauberbuch bekommst, nur weil du älter bist.«

»So läuft das nun einmal, da kann man nichts machen«, sagte Gran und erhob ihre Stimme, weil jetzt in voller Lautstärke Shakin' Stevens losdröhnte. »Aber Josie wird schon für einen gerechten Ausgleich sorgen, wie ich sie kenne.«

»Das will ich hoffen«, entfuhr es Pippa, und ich schaute sie überrascht an. Soviel ich wusste, könnte ihr Leben nicht schöner sein.

»Setz ihr keinen Floh ins Ohr«, sagte ich, aber mein Herz pochte heftig. »Warum erben andere Menschen Geld oder Häuser oder ... keine Ahnung, eine Oldtimersammlung, während ich ein muffiges Zauberbuch bekomme?« Im nächsten Moment musste ich aber lachen, weil Gran nun mit Onkel Chris zu *This Ole House* tanzte und ihren karierten Kilt fliegen ließ.

»Ich bin jedenfalls schon ganz aufgeregt, auch wenn das für dich nicht gilt«, erklärte Pippa. »Oh Gott, was ist denn das für ein fürchterlicher Krach?« Sie presste die Hände auf die Ohren, weil irgendwo ein wildes Tier gequält zu werden schien.

»Das wird Olly sein«, sagte ich und verzog das Gesicht.

»Tut mir leid, Jo. Meine Mutter musste absagen, und wir konnten keinen Babysitter finden«, sagte Lara und überreichte mir ein in Weihnachtspapier eingewickeltes Geschenk. »Das ist das Shirt, das dir so gut gefallen hat«, sagte sie, als ich das Päckchen aufriss.

»Das ist aber ... hübsch.« Ich zwang mich zu einem Lächeln, als ich das paillettenbesetzte Teil herausschüttelte und es mir anhielt.

Meine Farbe war das nicht gerade. Lara hatte das Shirt für sich selbst gekauft, es aber nie getragen, weil sie am Tag darauf erfahren hatte, dass sie schwanger war. Und die Quittung, um es umzutauschen, hatte sie natürlich nicht mehr finden können.

»Das sitzt sehr locker, also sollte es dir prima passen«, sagte sie. Obwohl es locker saß, war es allerdings mindestens eine Nummer zu klein.

»Du hättest es ruhig mal ausschütteln können«, sagte ich, und das war nicht nur als Scherz gemeint. »Es sieht aus, als hätte es monatelang auf eurem Schlafzimmerboden gelegen.«

Ihr Gesicht wurde knallrot. »Äh, ich geh schnell mal Rob suchen, dann kann er Olly nehmen.« Schon war sie verschwunden, und ich war wieder einmal den Tränen nahe. Lara und ich schienen im Moment auf verschiedenen Planeten zu wohnen.

»Zen sagt, es sei dir recht, wenn wir fürs Eselsheim spenden«, sagte Mum in die plötzlich entstandene Stille hinein. »Ich hoffe, das ist okay so.«

»Diese Esel bekommen mehr Zuwendung als ich«, sagte ich grimmiger als beabsichtigt, und Mum legte mir eine Hand auf den Arm.

»Keine Sorge. Ich habe in diesem neuen Laden in der Finlay Street auch noch eine Massage für dich gebucht.«

»Oh, Mum!« Das klang schon wesentlich besser. »Danke.« Ich umarmte sie.

»Das war Dels Idee. Er weiß, dass ein Mädchen hin und wieder verwöhnt werden möchte.« Sie schaute ihn schüchtern an, und ich verdrängte den Gedanken, wie er im Bett über ihr grätschte und ihr den Rücken einschmierte.

»Die machen auch Tattoos«, erklärte Del zuvorkommend und beäugte meinen Arm. »Deine Mama hat einen Engel auf der Hüfte.«

»Wie bitte?« Ich gab mir Mühe, nicht allzu entgeistert auszusehen. »Nun, in den nächsten Wochen habe ich vermutlich gar keine Zeit für so etwas«, sagte ich wahrheitsgemäß. »Trotzdem danke für die super Idee.«

Ich verzog mich schnell, bevor Mum noch die Strumpfhose herunterziehen und mir ihren Engel zeigen konnte. Mir wäre es lieber gewesen, wenn sie sich selbst etwas ausgedacht hätte.

Als ich mir etwas zu essen auf einen Teller häufte, tauchte plötzlich eine Erinnerung an Dad auf. Die Hände in den Taschen seiner Strickjacke stand er am Kamin und schaute zu, wie Pippa und ich unsere Weihnachtsgeschenke auspackten.

»Hab alles ich besorgt«, sagte er, die Zigarre zwischen die Zähne geklemmt. »In der Hinsicht ist eure Mutter zu nichts zu gebrauchen, nichts für ungut. Sie kann sich nie entscheiden, was sie nehmen soll.«

Wie alt waren wir da? Neun? Zehn? Ich versuchte mir ins Gedächtnis zu rufen, wo Mum war und wie sie darauf reagiert hatte, aber die Erinnerungen verschwammen. Dads Persönlichkeit hat immer alle anderen überstrahlt.

Ich wünschte, er wäre hier. Als ich mich ruckartig umdrehte, knallte ich mit meinem Großvater zusammen, der auf dem Weg zum Grill war. »Dein Freund hat angerufen, dass er später kommt«, sagte er.

Meine Schultern sackten herab. Was konnte denn wichtiger sein als der Geburtstag seiner Freundin? Esel und Kohl, das war alles, was er im Kopf hatte. Zu seinem Dreißigsten nächstes Jahr wollte ich eigentlich eine Party schmeißen, aber allmählich war ich mir da nicht mehr so sicher.

Als er kam, war die Party bereits in vollem Gange, und ich hatte genug getrunken und hinreichend viel gegrilltes Schwein gegessen, um nachsichtiger zu sein.

»Bald ist Hexenstunde«, flüsterte er, als Mum eine extravagante Eistorte in Form eines High Heels hereintrug. Alle sangen »Happy Birthday«, und nachdem ich die Kerzen ausgepustet und allen für ihr Kommen gedankt hatte, zog er mich beiseite und schlang die Arme um mich. »Dein Kleid gefällt mir.«

»Was macht der denn da?«, fragte ich, als ich Giles am Eingang stehen sah. Er wirkte ziemlich lädiert, als hätte er es den ganzen Nachmittag mit den Milchmädchen getrieben.

»Ich habe ihm gesagt, dass er bleiben und etwas essen soll, wo er doch so nett war, mich herzubringen«, sagte Will besänftigend. Er roch leicht nach Stroh, was nicht unangenehm war. »Du siehst großartig aus«, murmelte er und ließ seine Lippen über meinen Nacken wandern. »Ich hoffe, dir wächst keine lange Nase mit einer Warze drauf.«

»Will.« Ich musste lachen und schubste ihn weg. Dann sah ich, dass Gran uns zuwinkte.

Mir wurde ganz flau im Magen.

Instinktiv schaute ich mich nach Lara um, aber die saß in einem Sessel und schaukelte den unbeirrt weiterschreienden Olly, während sich Rob mit meiner Tante Ruth unterhielt.

»Komm mal her, bitte.« Gran klang wie eine Spinne, die eine Fliege ins Netz locken will.

»Ich bin doch schon da«, stotterte ich. Ihr eindringlicher Tonfall jagte mir Angst ein. Die Musik wurde leiser, und alle schauten erwartungsvoll zu mir herüber.

»Tu lieber, was sie sagt«, erklärte Del lachend und löste die allgemeine Anspannung. Ich folgte Gran in den Raum, wo prompt Jubel ausbrach. Mein Großvater salutierte, als ich an ihm vorbeiging, und Mum murmelte: »Wenn an der Sache etwas dran ist, fress ich einen Besen.« Plötzlich war Pippa an meiner Seite und legte mir die Hand auf den Arm.

»Oh, mein Gott, Jo«, sagte sie ehrfürchtig. »Jetzt ist es so weit.«

4. Kapitel

Als Pippa sich zurückzog, bedeutete mir Gran, vor dem Schlafzimmer zu warten.

»Ich muss mir nur kurz die Regeln in Erinnerung rufen«, flüsterte sie, als sie den Kopf noch einmal herausstreckte.

»Regeln?«

»Blöde Sache, aber sie müssen eingehalten werden.« Sie setzte ihre Lesebrille auf und blinzelte auf ein vergilbtes Blatt hinab. Es war zerknittert, eingerissen und verströmte einen muffeligen Geruch.

»Okay«, meinte ich und beschloss, brav zu tun, was sie sagte. Eigentlich stand mir der Sinn eher danach, noch einmal mit Giles zu reden. Vielleicht sollte ich ihn mit Grans Loganbeerwein abfüllen, damit er mir entgegenkam.

»Was muss ich also tun?«, fragte ich durch die offene Tür.

»Als Erstes brauchst du einen Zeugen«, sagte sie. »Jemanden, der dir nahesteht, mit dem du aber nicht verwandt bist.«

»Das schließt die meisten Gäste aus.«

»Dein Partner darf es auch nicht sein.«

»Will auch nicht?«, fragte ich enttäuscht. Ich hätte es mir so schön vorstellen können, später darüber zu lachen, bei einer schönen Tasse … Brennnesseltee vermutlich. Will trank keinen Kakao mehr, wenn der nicht Fairtrade war.

Gran schüttelte den Kopf. »Auf den wäre kein Verlass.«

»Was willst du damit sagen?«, fragte ich verletzt. »Ich dachte, du magst ihn.«

»Emotional, meine ich.« Sie machte eine Pause. »Du kannst nicht unmittelbar von Personen beeinflusst werden, mit denen du durch Blut oder Herz verbunden bist«, zitierte sie wörtlich.

»Oh, aha … Und das ist so wichtig?«, protestierte ich und fragte mich gleichzeitig, warum ich mich überhaupt an solchen

Details stieß. Es war ja nicht so, dass ich irgendetwas von diesem Zeug glaubte.

»Vielleicht nicht, aber Will ist … Nun ja, irgendwie ist er ja ein bisschen plemplem, seit seine Mutter gestorben ist, oder?« Konzentriert starrte sie zu Boden und mied meinen Blick.

»Will ist überhaupt nicht plemplem«, sagte ich. »Außerdem ist er mittlerweile darüber hinweg.«

Es versetzte mir einen Stich, als ich daran dachte, wie entsetzlich Will gelitten hatte, als seine Mutter Ginny Anfang des Jahres gestorben war. »Sie war doch schon so lange krank gewesen«, fügte ich hinzu und rieb mir die Arme. Eine frische Brise wehte durchs offene Fenster am Treppenabsatz herein. »Es kam nicht gerade überraschend.«

Gran bedachte mich mit einem unergründlichen Blick.

»Und Lara?«

Sie dachte einen Moment nach, dann nickte sie.

»Perfekt.« Unvermittelt wirkte sie melancholisch. »Ich habe auch meine beste Freundin genommen, Elsie Brumford. Sie war genauso skeptisch wie du.« Ihre Augen durchbohrten mich förmlich. »Sie hielt das Ganze für einen Haufen Unsinn.«

Eine verräterische Röte überzog meine Wangen. »Ein Skeptiker ist jemand, der stets Zweifel zulässt«, erklärte ich ihr.

»Nun, Elsie hat ihre Zweifel schnell über Bord geworfen«, kicherte sie.

»Handelt es sich um die Elsie Brumford, die eine Olympiamedaille gewonnen hat?« Der Name beschwor das Bild von einer kräftigen Frau herauf, die auf dem Podium stand und bei der Nationalhymne fast geheult hätte. »Über die habe ich kürzlich einen Dokumentarfilm gesehen.«

»Das ist sie.« Gran wirkte plötzlich in sich gekehrt. »Sie hatte immer davon geträumt, bei Olympia mitzuschwimmen.«

Ich schaute sie lange an. »Willst du damit sagen, dass du nachgeholfen hast?«

Bescheiden blickte sie auf den Teppich.

»Wie kommt es dann, dass wir sie nie kennengelernt haben, wenn ihr doch so gut befreundet seid?«, erkundigte ich mich. Zu meiner Überraschung füllten sich ihre Augen mit Tränen.

»Sagen wir einfach, es hatte seinen Preis«, erklärte sie und schüttelte den Kopf, als ich den Mund aufmachte, um etwas zu sagen. »Geh und hol Lara.«

»Alles in Ordnung, Jo?« Will erschien im Flur.

»Kocht sie einen Zaubertrank?« Pippa folgte ihm, Olly auf dem Arm. »Irgendetwas mit Krötenfüßen und Molchaugen?«

Nun kam auch Mum, mit entschlossener Miene. »Du musst da nicht mitmachen, Josie«, sagte sie und hielt Del so fest an der Hand, dass die Knöchel weiß hervortraten.

»Ist schon okay. Ich schaff das schon«, versicherte ich ihr. »Könntest du Lara bitten, mal hochzukommen?«

»Was ist denn?«, fragte Lara, die im nächsten Moment wie ein Geist die Treppe hochgeschwebt kam, die Augen halb geschlossen. »Ich wollte gerade ein Taxi rufen.«

»Du musst meine Zeugin sein«, sagte ich, packte sie am Arm und schüttelte sie sanft. »Das ist ein Hexengesetz oder so.«

»Machst du Witze?« Sie wirkte sofort wacher. »Klingt interessant.«

»Wenn wir in einer Stunde nicht wieder draußen sind, schickt bitte ein Suchkommando«, sagte ich zu den versammelten Gästen, als wir in Grans Schlafzimmer traten und die Tür hinter uns schlossen.

Auf jeder freien Fläche standen Messinghalter mit flackernden Kerzen und ließen den Raum mit all dem Zierrat und den Perlendosen wie Aladdins Höhle aussehen.

Ich schaute Lara an, die ihre Augen genauso weit aufriss wie ich.

»Soll ich Licht anmachen, Maggie?«, fragte sie. Ihre Stimme klang viel zu laut in der gedämpften Atmosphäre.

Gran schüttelte den Kopf. »Ihr müsst keine Angst haben«, sagte sie. »Ich werde euch nicht in Ratten verwandeln.« Ihre Augen zogen sich zu Schlitzen zusammen. »Oder?« Die Stimme war jetzt nur noch ein bedrohliches Krächzen, und wir schrien vor Entsetzen laut auf, weil unsere Nerven bloß lagen.

»Gran, das ist nicht lustig.«

Lara presste eine Hand an ihre bebende Brust. »Können wir loslegen?«, bat sie und warf sich aufs Bett. »Olly wird jede Minute losbrüllen, weil er wieder Hunger hat.«

»Du hättest den kleinen Kerl längst abstillen müssen«, beschied Gran und kramte in der Schublade ihres Nachttischs herum. »Da haben wir ihn ja«, sagte sie und hielt einen schmiedeeisernen Schlüssel hoch.

»Oh, ah«, murmelte Lara. »Der sieht aber wichtig aus.«

»Der magische Schlüssel«, hauchte ich, und mein Herz pochte schneller. Mit einem Mal erinnerte ich mich wieder daran, wie ich mal in Grans Schlafzimmer geschlichen war, als Pippa und ich bei ihr übernachtet hatten. Der Anblick des Schlüssels auf dem Nachttisch zog mich magisch an. Neugierig steckte ich ihn in jedes Loch, aber als Gran plötzlich hereinkam und mich erwischte, lächelte sie nur geheimnisvoll.

»Warte nur, kleine Josie, deine Zeit wird früh genug kommen«, sagte sie, legte den Finger an ihre rubinroten Lippen und sagte kein Wort mehr, obwohl ich sie stürmisch bedrängte.

»Stimmt.« Gran genoss ihre Rolle sichtlich. »Das ist der magische Schlüssel.«

In der Luft lag etwas Feierliches, was vom flackernden Licht noch verstärkt wurde.

Bildete ich mir das nur ein, oder glühten Grans Augen wie goldgefleckter Bernstein?

»Der ist für die Kiste, nicht wahr?«, fragte Lara und stützte sich auf die Ellbogen. »Kannst du dich erinnern, Jo, dass wir sie an deinem achtzehnten Geburtstag knacken wollten?

Wir dachten, da sind Diamanten oder Waffen drin. Allerdings konnten wir sie nicht einmal hochheben. Das war komisch, weil sie doch gar nicht so groß war.« Sie grinste mich an. »Du erinnerst dich doch, oder?«

»Die Kiste hinten im Schrank«, murmelte ich und dachte daran, wie merkwürdig uns das vorgekommen war. Als wäre sie mit Blei gefüllt. Wir hatten uns ängstlich angeschaut und nie wieder darüber gesprochen

Gran ging zu dem Mahagonimonster, in dem sie ihre Kleidung aufbewahrte und wer weiß was sonst noch alles. »Ihr Kinder müsst eure Nase immer in alles reinstecken«, schimpfte sie, riss die Türen auf und begab sich auf alle viere. »Wir hatten seinerzeit mehr Respekt.« Ihr Hintern wackelte wild.

»Hättest du das nicht alles vorbereiten können, Gran?« Ich hatte gesehen, dass Lara schon auf die Uhr schaute.

»Das ging nicht, solange ihr nicht da wart«, ertönte es dumpf aus dem Schrank. »Ah, da haben wir sie ja.«

Schwungvoll wie immer stand sie auf und stellte die Kiste aufs Bett. »Hier ist sie.«

Es wurde still.

Irgendwie sah sie aus wie eine gewöhnliche Holzkiste, ziemlich flach und mit aufwendigen Schnitzereien versehen. Dann wiederum hatte ich den Eindruck, dass ich so etwas noch nie gesehen hatte, als käme sie aus einer anderen Welt. Das Holz hatte eine undefinierbare Farbe – irgendetwas zwischen marineblau und braun –, und das Schloss war kunstvoll ziseliert.

»Hier.« Mit zittriger Hand hielt Gran mir den Schlüssel hin, und das stimmte mich erst recht bedenklich. Gran war nie nervös. Sie hatte mal mitten in der Nacht in der Küche einen Einbrecher gestellt und ihn dazu gebracht, selbst die Polizei anzurufen.

»Mach du das«, sagte ich und schob ihre Hand weg.

»Geht nicht.« Sie drückte mir den Schlüssel in die Finger. »Das musst du selbst machen.«

Er fühlte sich heiß an, und ich nahm ihn schnell in die andere Hand, um zu schauen, ob er ein Brandmal hinterlassen hatte.

»Tu's einfach, Jo«, flüsterte Lara aufgeregt. »Möchtest du nicht wissen, was drin ist?«

»Du hast noch genau dreißig Sekunden«, sagte Gran gereizt und schaute auf den altmodischen Wecker auf Grandpas Bettseite.

»Was?«

»Sobald du in Besitz des Schlüssels bist, hast du genau zwei Minuten, um die Kiste zu öffnen. Sonst wär's das dann.«

»WAS?«

»Schnell.« Lara sprang auf, und ich beeilte mich und rammte den Schlüssel ins Schloss.

»Da tut sich nichts«, jammerte ich und spürte Grans wachsamen Blick auf mir lasten.

»Du musst es mit Gefühl machen«, drängte sie. »Das war zu ruppig.«

Ich ging etwas vorsichtiger zu Werke, aber es war mir nur zu bewusst, dass die Uhr tickte und die Sekunden verstrichen.

»Los, komm schon.« Gran reckte ihre Finger, als wollte sie das Schloss selbst öffnen, durch Zauberhand oder so.

Obwohl ich es nie zugegeben hätte, brannte ich plötzlich darauf, das Ding aufzubekommen. Ich lockerte meine Hand und versuchte dann noch einmal, den Schlüssel herumzudrehen.

Erleichtert vernahm ich, wie das Schloss mit einem ungewöhnlich hallenden Geräusch aufschnappte. »Gott sei Dank.« Nahezu euphorisch wischte ich mir über die Stirn.

»Gut gemacht«, lobte Gran, und wir grinsten uns alle drei töricht an.

»Das war, als hättest du eine Bombe entschärft«, sagte Lara. »Ich war noch nie im Leben so aufgeregt.«

»Bleibt nur noch eins zu tun«, sagte Gran und strich ihren Kilt glatt. »Dieses verdammte Ding zu öffnen.«

5. Kapitel

Ich setzte mich aufs Bett, und Gran und Lara rückten näher.

Als ich den Deckel öffnete, erwartete ich fast, dass Licht herausfluten oder ein Engelchor zu singen anfangen würde. Gran räusperte sich diskret, als ich auf das vollkommen gewöhnlich aussehende Buch in dem roten Satinfutter starrte.

»Hol es raus, los!«, drängte mich Lara, als wäre es ein Goldbarren. Ihre Augen waren so groß wie Untertassen, und ich musste ein nervöses Kichern unterdrücken.

»Es gibt noch mehr Regeln«, ermahnte mich Gran mit bedeutungsvoll bebender Stimme und nahm wieder ihr Blatt zur Hand. »Vorsicht«, rief sie, als ich das Buch schwungvoll heraushievte. »Es ist mindestens vierhundert Jahre alt.«

»Der Deckel sieht so schön weich aus.« Lara ließ vorsichtig ihre Hand darübergleiten.

Das Buch war klein, aber überraschend schwer. Als ich es ins Kerzenlicht drehte, sah man die kunstvollen Initialen DC.

»Dorothy Cranshaw, meine Ur-Ur-Ur-Ur-Ur-Ur-Ur-Ur-Ur-Urgroßmutter«, sagte Gran stolz, als hätte sie sie noch gekannt. »Die Erste unserer Art.«

»Ich bin mir nicht sicher, ob ich eine *Art* sein möchte«, sagte ich. »So was Exotisches wie die Bärtige Frau.« Ich öffnete das Buch an einer beliebigen Stelle und kniff die Augen zusammen. »Das ist ja total winzig geschrieben«, sagte ich. »Und alles mit der Hand.«

»Ja natürlich.« Gran musterte mich über ihre Brille hinweg. »Was hattest du denn gedacht? Dass sie die Zaubersprüche ihrer Sekretärin diktiert und dann an einen Verlag schickt?«

»Sehr lustig«, sagte ich und fühlte mich etwas matt nach dem ganzen Aufstand. Ich musste morgen arbeiten, und der Gedanke jagte ein Gefühl der Panik durch meine Adern. Immerhin brauchte ich noch einen Drehort, und zwar schnell.

Als würde sie merken, dass mein Interesse nachließ, begann Gran, laut vorzulesen. »Bevor man einen Zauberspruch aufsagt, muss man einen rituellen Raum schaffen und die Gerätschaften weihen.«

»Soll heißen?«

»Das soll heißen, dass du nicht einfach einen Bleistift schwingen kannst wie damals bei Old Grinchy«, sagte Lara, deren Zähne im Kerzenlicht glänzten.

Ich warf ihr einen zornigen Blick zu.

»Das steht alles in dem Buch.« Gran bedeutete uns, still zu sein. »Du musst einen magischen Kreis ziehen, bevor du deine Zaubersprüche aufsagst.«

Ich merkte, dass Lara mich beobachtete und sich offenbar fragte, ob ich die Sache auch wirklich ernst nahm.

»Dann musst du den Kreis segnen, um negative Energien zu vertreiben.«

Ich verdrehte die Augen, da Gran nicht hinschaute.

»Josephine!«

Ich fuhr hoch.

»Und Schade erspare, wes Schade du nicht begehrst«, deklamierte sie.

»Was soll das denn heißen?«

»Behandele andere so, wie du von ihnen behandelt werden möchtest.«

»Warum steht das dann nicht einfach so da?«

»Weil es uralt ist«, sagte Lara mit einem gespenstischen Beben in der Stimme.

Jetzt war es Gran, die die Stirn runzelte. »Noch etwas: Du hast neun Zaubersprüche und musst sie in den neun Tagen nach Erhalt des Buches aufsagen. Denk gut nach und nutze sie weise.« Sie schnaubte. »Wenn ihr jetzt beide hier unterschreiben würdet, bitte. Als deine Zeugin wird Lara dir zur Seite stehen und …«

»Moment mal.« Ich hob die Hand. »Neun Zaubersprüche in neun Tagen?«, hakte ich nach und vergaß völlig, dass ich eine Sekunde zuvor das Ganze noch für Blödsinn gehalten hatte. »Ist das alles?«

»Wie lange brauchst du denn?« Gran fühlte sich offenbar persönlich angegriffen.

»Wieso neun?«

»Weil es durch drei teilbar ist«, sagte sie mit übertriebener Geduld. »So funktioniert das halt.«

Lara schnappte sich das Pergament und schaltete das Licht an. »Hör dir das mal an«, sagte sie und ließ ihre Augen hin und her fliegen. »Du hast auch noch ein paar Mini-Zaubersprüche, jeden Tag einen, um knifflige Situation zu bewältigen.«

»Das klingt schon besser.« Meine Laune stieg, als meine Fantasie prompt zu Höhenflügen ansetzte.

»Es ist erstaunlich, wie viel man in neun Tagen verändern kann«, bemerkte Gran und zupfte sich ein paar Hundehaare vom Ärmel.

»Vielleicht könnte ich einen der Zaubersprüche dazu nutzen, dass ich ein paar Tausender mehr verdiene«, sagte ich.

Gran stieß ein wildes Lachen aus. »Denkst du, das hätte noch nie jemand versucht? Es geht nicht darum, reich zu werden.«

»Wo ist dann der Witz?«

»Das ist ein Geschenk, Josie. Nutze es, um … um gewisse Dinge schneller auf den Weg zu bringen. Um in die Gänge zu kommen. So habe ich es getan, und so hat es auch deine Ur-Ur-Großmutter getan, und auch deine Ur-Ur-Ur-Ur-…«

»Okay, ich habe verstanden«, sagte ich schnell, da ich eine ganze Welle von Urs heranrollen spürte.

Das hicksende Schluchzen eines Babys hallte durch den Flur.

»Das ist mein Stichwort, ich muss.« Lara straffte die Schultern wie ein Soldat, der in die Schlacht zieht. Sie nahm Gran den Stift aus der Hand und kritzelte ihren Namen in das Buch. »Wir reden morgen«, sagte sie zu mir. »Danke für die Einladung, Maggie. Ich habe mich prächtig amüsiert«, erklärte sie vollkommen ernst, bevor sie wie ein Geist entschwebte.

Ich setzte meine Unterschrift neben die ihre und sah die Namen, die in verblasster Tinte darüberstanden.

Neben Grans Klaue konnte ich mit Müh und Not den Namen »Brumford« entziffern, und plötzlich kam ganz entfernt eine Erinnerung in mir auf. Ich muss fünf gewesen sein, und Gran hatte in der Küche telefoniert.

»Elsie«, hatte sie mit einer Stimme gesagt, die ich kaum wiedererkannte. »Ich hätte das nie tun dürfen, tut mir leid.« Sie fuhr sich mit der Hand durchs volle rote Haar, das sie ausnahmsweise einmal nicht hochgesteckt hatte, und ich betrachtete gebannt, wie es ihre Schultern umspielte. »Bitte verzeih mir«, fügte sie hinzu.

Als sie mich sah, schloss sie die Tür, aber ihr tränenüberströmtes Gesicht hatte ich trotzdem bemerkt. Ich hatte sie noch nie weinen sehen.

»Gran …«, fing ich an, weil ich mich fragte, warum ich sie noch nie darauf angesprochen hatte. Sie lächelte. Ihre Knopfaugen waren hellwach.

»Du fragst dich vermutlich, was ich mir gewünscht habe«, sagte sie und faltete das Pergament zusammen. »Jetzt, da du eine von uns bist, kann ich es dir ja erzählen.«

»Oh.« Damit hätte ich aus verschiedenen Gründen nicht gerechnet. Unter anderem hätte ich gedacht, dass die Wünsche ungültig werden, wenn man sie verrät, so wie beim Ausblasen der Geburtstagskerzen.

»Zunächst Gesundheit und ein langes Leben für mich und

meine Lieben, das brauchst du dir also nicht mehr zu wünschen.« Sie sah mich eindringlich an. »Dir wird ja wohl aufgefallen sein, wie gut es deinem Großvater und mir und deiner Mutter und Onkel Chris und dir und Pippa immer gegangen ist, oder?«

»Jetzt, wo du es sagst …« Das erklärte einiges. Abgesehen von einer gelegentlichen Erkältung und vielleicht mal einem Kater konnte ich mich nicht erinnern, je krank gewesen zu sein.

»Wir dürften alle hundertzwölf werden.« Sie schaute mich streng an, als sollte ich es ja nicht wagen, ihr zu widersprechen.

»Und weiter?« Mein Herz wummerte wie wild. Sie klang so … überzeugend.

»Dann habe ich mir gewünscht, dass mein Herzenswunsch in Erfüllung geht.«

»Und der wäre?«

»Eine erfolgreiche Hundezüchterin zu werden«, sagte sie und starrte mich an, als wäre das doch der Traum eines jeden jungen Mädchens. »Zuvor hatte das nie jemand ernst genommen.«

Ich räusperte mich. »Noch etwas?«

»Meiner wahren Liebe zu begegnen.«

So ganz anders als andere junge Mädchen war sie offenbar doch nicht gewesen. »Das muss wohl Grandpa gewesen sein.«

»Natürlich.« Über ihr Gesicht flog ein Schatten, doch der war so schnell wieder verschwunden, dass ich mir nicht sicher sein konnte, ob ich mir das nicht eingebildet hatte. »Oh, und dann habe ich mir noch gewünscht, dass die Hochzeit meiner Schwester reibungslos verläuft und meine Nachbarin einen Jungen bekommt. Ein paar Wünsche waren auch ziemlich albern. Belangloses Zeug.« Sie wackelte mit den Zehen, und ich lächelte.

Grans Wünsche schienen mir ziemlich harmlos zu sein. Keine Personen, die verschwanden, keine Flugfantasien, keine Reichtümer?

Sie strich sich übers Haar.

»Ich WUSSTE doch, dass das nicht deine natürliche Haarfarbe ist!«

Sie klimperte mit den Augen.

»Und was passiert nach neun Tagen?«

»Du verlierst deine Zauberkraft und schließt das Buch für deine Enkeltochter weg.«

»Und was, wenn ich gar keine Enkeltochter habe?«

»Wirst du.«

Ich hatte noch nicht einmal entschieden, ob ich überhaupt Kinder wollte.

»Denk dran«, sagte sie und bohrte ihre Augen derart eindringlich in die meinen, dass ich fast Angst bekam. »Nutze deine Wünsche weise. Wenn nicht …«

»Wenn nicht?« Meine Stimme zitterte stärker, als mir lieb war.

»Sei einfach vorsichtig, das ist alles.«

»O … okay, Gran. Das werde ich.«

»Und du kannst keine Toten wieder zum Leben erwecken«, sagte sie freundlich. Mir war klar, dass sie an Dad dachte.

»Würde ich gar nicht wollen.« Mittlerweile vergingen manchmal ganze Tage, ohne dass ich an ihn dachte. »Das wäre doch gruselig.«

Erst als Will uns heimfuhr und das »Buch der Zaubersprüche« schwer in meiner Tasche lastete, ging mir auf, dass bei Gran irgendetwas schiefgelaufen sein musste. Ein eisiger Schauer fuhr mir durch die Knochen.

6. Kapitel

»Hallo, Felix«, meldete ich mich, als ich am nächsten Morgen zur Arbeit fuhr. Ich hielt am Straßenrand an, um besser telefonieren zu können. Was ich gestern Nacht erlebt hatte, kam mir immer noch wie ein Traum vor. »Ziemlich viel Verkehr heute.«

»Schon erstaunlich, wie viel Verkehr da immer ist, wo du herkommst.« Mein Chef klang sarkastisch, was ich ungerecht fand. Okay, die Pünktlichste war ich natürlich nicht. Immer gab es irgendetwas, das in letzter Minute noch schnell zu erledigen war.

Wie vorhin zum Beispiel, als ich, nachdem Will zur Arbeit gegangen war, unbedingt im Zauberbuch blättern und Lara Teile daraus simsen musste.

Das konnte ich Felix natürlich nicht erzählen. Als erfolgreicher Drehbuchautor und Produzent nahm er seine Arbeit sehr ernst. Und im Moment war er wirklich sauer, dass ich immer noch keinen Drehort gefunden hatte, zumal ich bei unserer letzten Produktion – einem düsteren Film namens *Das Böse im Nacken* – über ein wahres Spukschloss gestolpert war.

»Neuigkeiten von dem Haus?«, fragte er gereizt. Ich sah ihn regelrecht vor mir, wie er auf der Schreibtischkante saß und sein pechschwarzes Haar wild aus seiner Stirn hervorsprang. Man konnte seine Stimmung an seiner Frisur ablesen. Je stärker ihm die Haare zu Berge standen, desto wütender war er.

»Haus?«, fragte ich, um Zeit zu gewinnen. Möglicherweise hatte ich es so klingen lassen, als stünde Giles Cornish kurz davor, uns eine Zusage für Dreharbeiten in Cotsworth zu erteilen.

»Ja. Das. Haus.« Er sprach demonstrativ langsam, und ich hatte das Gefühl, er lockerte seine Krawatte, als würde er sonst ersticken.

»Ich, äh, habe gestern Abend mit Mr Cornish gesprochen«, sagte ich ganz allgemein. Das war nicht einmal gelogen. Ich hatte ja mit ihm gesprochen, nur nicht über Berufliches. »Auf meiner Geburtstagsparty«, fügte ich demonstrativ hinzu.

Genau genommen war es vielleicht besser, dass niemand von Lotus TV gekommen war. Es wäre nicht ganz einfach gewesen, die Hexengeschichte zu erklären, obwohl meine Kollegen selbst ziemlich theatralische Typen waren. »Er hat mich um ein Treffen gebeten, um die Sache zu besprechen«, flunkerte ich, als das Schweigen am anderen Ende unerträglich wurde.

»Ja, aber das ist ja wunderbar, Jo.« Felix war sofort munter. »Warum hast du das nicht gleich gesagt?«

»Hab ich doch gerade.« *Oh Gott.* Vielleicht sollte ich noch einmal bei Giles aufkreuzen und ihn anflehen. Vielleicht sollte ich ihm irgendeinen Riesengefallen tun, wenn Geld nicht zog. Aber womit nur?

»Sobald er den Vertrag unterzeichnet hat, geht's los.« Felix säuselte jetzt fast. »Sag ihm, er kann auf unsere Kosten im Hotel wohnen, wenn er nicht dabei sein will.«

»Gute Idee«, sagte ich leichthin und fragte mich gleichzeitig, ob ich Giles' Unterschrift fälschen und ihn für einen Monat fortlocken könnte. Vielleicht würde er es ja gar nicht merken, dass in seiner Abwesenheit ein Filmteam dort gedreht hat. Als ich an seinen bohrenden Blick dachte, verwarf ich die Idee allerdings wieder. Er wirkte nicht wie jemand, den man hereinlegen konnte, vor allem nicht, wenn der Schwindel solche Ausmaße annahm.

»Bin gleich da«, flötete ich und legte auf, bevor Felix die Sache vertiefen konnte.

Dummerweise war ich noch später dran als sonst, und als ich endlich ankam, waren sämtliche Firmenplätze besetzt. »Mist.«

Ich fuhr ein paar Mal um den Block, und es wurde immer heißer, je höher die Sonne stieg, aber die Autos standen

Stoßstange an Stoßstange, wohin ich kam. »Das ist ja der helle Wahnsinn«, murmelte ich und stellte mir vor, wie Will das Parkplatzsuchen nerven würde.

»Warum nimmst du nicht die U-Bahn und läufst den Rest?«, hatte er mich neulich gefragt – und zwar nicht zum ersten Mal. »Denk an deine CO_2-Bilanz. In London braucht man kein Auto.«

Ich liebte meinen Mini Cooper aber. Er war mein einziger Luxus, jetzt, wo wir es uns nicht mehr leisten konnten, essen zu gehen oder die Raten abzubezahlen.

Als ich die Handbremse anzog, kam mir plötzlich ein Gedanke. Hatte nicht Lara heute Nacht etwas von Mini-Zaubersprüchen gesagt? Vielleicht konnte ich ja eine Parklücke herbeizaubern.

Ich schüttelte den Kopf. »Reiß dich zusammen«, ermahnte ich mich, aber der Gedanke ließ mich nicht mehr los. Adrenalin schoss durch meine Adern, und ich klammerte mich ans Lenkrad, schloss die Augen und klappte sie wieder auf. Wie funktionierte das wohl?

Klammheimlich, als würde ich eine Schrotflinte laden, zog ich mein Zauberbuch aus der Tasche.

»Mini-Zaubersprüche, Mini-Zaubersprüche.« Mein Finger suchte die Seite, und ich buchstabierte die Wörter wie ein Kleinkind: *Um Hindernisse zu überwinden, braucht man einen Allzweckstein – einen Saphir oder auch Amethyst.*

»Na großartig.« Wo sollte ich denn um zehn Uhr morgens einen Saphir herbekommen? Ich schaute auf die Uhr, und der Schock schlug mir sofort auf den Magen. Konnte es tatsächlich schon halb elf sein?

Ich klappte das Buch zu und wollte gerade weiterfahren, als ich an der Ecke ein Geschäft bemerkte. *Moonstones & Nectar* stand über der Tür, in kunstvollen goldenen Buchstaben, die von einem Sternenkranz umgeben waren. Der Laden hatte erst kürzlich eröffnet. Eine meiner Kolleginnen hatte ihre Mittagspausen dort verbracht und viel zu viel Geld dagelassen.

Ehe ich mich's versah, ließ ich den Wagen mitten auf der Straße stehen und eilte den Bürgersteig entlang.

»Steine«, keuchte ich, als ich durch die Tür fiel und ein ausgeklügeltes Arrangement von bimmelnden Windspielen in Bewegung setzte.

Die Frau hinter dem Tresen schaute auf. Sie war ungefähr so alt wie ich, aber eher klein und rundlich. Ihr glänzendes kastanienbraunes Haar wurde von einem zu kurz geratenen Pony entstellt.

»Die habe ich selbst geschnitten«, sagte sie, und mir fiel auf, dass ich hinstarrte. »Ist etwas missraten.«

»Oh Gott, das ist mir auch schon passiert«, sagte ich und fand sie sofort sympathisch. »Nun, ich bin etwas in Eile und wollte wissen, ob Sie zufällig einen ...«, ich wühlte in meinem Gedächtnis, »... einen Saphir-Amethysten haben.«

Sie lachte, was unerwartet rau klang. »Wär klasse, wenn man die kreuzen könnte, aber ich nehme an, Sie meinen einen davon.«

»Sind Sie eine Hexe?«, platzte es aus mir heraus, und sie nickte, als hätte ich mich nach dem Wetter erkundigt.

»Nichts Weltbewegendes, nur gelegentlich ein Liebestrank oder ein bisschen Heilerei. Und Sie?«

»Nein, nein, das ist nichts für mich«, sagte ich schnell. »Den Saphir, meine ich. Der ist, äh, ein Geschenk für jemanden.«

»Natürlich«, sagte sie munter, und ich schämte mich, weil ich gelogen hatte. Ich konnte es mir aber nicht leisten, für eine mystische Spinnerin gehalten zu werden, nicht so nah an meinem Arbeitsplatz.

»Dann wollen wir doch mal schauen.« Sie kam hinter dem Tresen hervor und schloss eine Wandvitrine auf. »Hier«, sagte sie und zeigte mir etwas, das wie zerbrochenes Glas aussah. Ich setzte eine faszinierte Miene auf. »Sagen Sie Ihrer Freundin, sie soll ihn immer bei sich tragen.«

»Okay.« Sie nahm das alles so ernst.

»Anouschka, übrigens.«

»Ist das auch ein Stein?«, fragte ich, stellte mir aber eher ein Fabelwesen vor, halb Frau, halb Pferd.

»Das ist mein Name«, sagte sie, als sie zu lachen aufgehört hatte. Sie wischte sich mit dem Ärmel ihres Spinnweben-Shirts die Augen trocken. »Du bist echt witzig.«

Ich lächelte reumütig. »Tut mir leid, aber ich habe keine Ahnung von diesen Dingen.«

»Kein Problem.« Sie nickte zu dem Zauberbuch hinüber, das ich immer noch in der Hand hielt. »Das sieht ganz schön alt aus«, sagte sie mit aufrichtigem Interesse. »Ist das eine Erstausgabe?«

Kurz war ich versucht, es ihr zu zeigen. Ihr die Sache mit der Hexe abzunehmen schien mir aber etwas ganz anderes zu sein, als gemeinsame Sache mit ihr zu machen. Wer weiß, vielleicht könnte ich mich dabei sogar strafbar machen.

»So etwas in der Art«, sagte ich, steckte das Buch in die Tasche und ignorierte ihr enttäuschtes Gesicht.

»Ich hab was für dich. Für alle Fälle.« Sie gewährte großzügig Einblick in ihr Dekolleté, als sie unter dem Tresen herumkramte. Schließlich reichte sie mir eine Kupferkette mit einem kleinen Flakon daran. »Da ist Salz drin«, sagte sie. »Trag sie um den Hals, sie wird dich beschützen.«

»Wovor?« Mein Puls jagte, als ich die Kette entgegennahm. Der Weihrauchgeruch im Laden war plötzlich zu aufdringlich und Anouschkas Blick zu stechend.

»Böse Geister, Pech, was auch immer.« Sie zuckte mit den Achseln. »Deiner Freundin wird es sicher gut gehen, aber man kann nie wissen.«

»Und was soll die kosten?« Die Kette sah aus, als wäre sie

schon oft getragen worden, und der Verschluss war verbogen. Ich würde sie bestimmt nicht haben wollen, da ich nicht wusste, wer sie schon alles umgehabt hatte. Das konnte ich aber wohl kaum sagen.

»Behalte sie einfach, ich hab schon eine«, sagte sie und schob meine Kreditkarte weg. »Schau einfach mal wieder vorbei.«

»Unbedingt«, sagte ich, trat durch die Tür und blinzelte ins grelle Licht. Ich hatte nicht die Absicht, je wieder einen Fuß in diesen Laden zu setzen.

»Ich habe meine Tasche vergessen«, sagte ich, sobald ich wieder drin war, und riss sie ihr aus der ausgestreckten Hand. »Tausend Dank.«

Ein Ordnungshüter näherte sich meinem Wagen, und ich stieg schnell ein.

Stell dir die Beseitigung deines Hindernisses bildlich vor, während du den Stein festhältst. Ich umklammerte den Saphir und fühlte mich etwas albern. Sollte ich nun meinen Wunsch nennen, oder sollte ich ein paar Worte deklamieren, um zu zeigen, dass ich es ernst meinte?

»Vater unser …«, begann ich. Das war es wohl eher nicht. Ich schlug das Buch auf und lernte den obersten Reim auf der Seite auswendig. »Uralte Kraft, ich rufe dich an, wie ich es wünsche, so sei es getan«, murmelte ich dreimal und stellte mir vor, wie der silberne Geländewagen zu meiner Rechten losfuhr und davonbretterte. Schwer war das nicht. Ich sah es klar vor mir, wie er die Straße mit Abgasen vollnebelte.

»Entschuldigen Sie, geht es Ihnen nicht gut?«

Ich riss die Augen auf. Der Ordnungshüter schaute herein, und in seinem wettergegerbten Gesicht spiegelten sich gleichermaßen Besorgnis und Misstrauen. »Sind Sie krank?«

»Nein, nein, mir geht es gut«, sagte ich langsam und schaute an ihm vorbei. Es war unglaublich, aber dort, wo der Geländewagen geparkt hatte, befand sich jetzt eine große freie Fläche.

Die Welt schien ein wenig zu beben. »Ich … ich wollte gerade einparken«, flüsterte ich.

Offenbar war der Fahrer aus einem der Gebäude gekommen, als ich die Augen geschlossen hatte. Reiner Zufall, nichts weiter. Ich hatte nicht *wirklich* gezaubert.

Das konnte ich gar nicht.

Der Ordnungshüter zog sich zurück und beobachtete, wie ich mittels Einparkhilfe in die Lücke zurücksetzte. Ein Kichern übermannte mich. Wie verrückt! Am liebsten hätte ich Gran angerufen und es ihr erzählt, aber mein Instinkt riet mir davon ab. Mum sagte immer, wir sollten sie in ihren Wahnvorstellungen nicht noch bestärken – falls es denn welche waren.

Ich beschloss abzuwarten, was als Nächstes passieren würde.

7. Kapitel

Ich stürzte durch die Tür von Lotus TV, das in einem umfunktionierten Pub untergebracht war, und prompt tauchte Felix im Flur vor seinem Büro auf. »Guten Abend, Jo.« Umständlich schob er den Ärmel hoch und schaute auf seine Uhr.

»Es hat ewig gedauert, bis ich einen Parkplatz gefunden hatte«, sagte ich schnell, obwohl ich unwillkürlich grinsen musste. »Ich musste warten, bis einer … erscheint.«

»Wärst du eher gekommen, hätte sich das Problem gar nicht gestellt«, sagte er und runzelte seine buschigen Augenbrauen. »Wenn der Rest von uns es schafft, warum schaffst du es dann nicht?«

Zufällig wusste ich, dass Felix seit der Trennung von seiner Frau auch die Nächte im Studio verbrachte – in einem Sarg, wie manche behaupteten –, und wollte schon einen Kommentar abgeben.

»Aber egal«, sagte er müde. »Jetzt bist du ja da.« Er nickte zu seinem Schreibtisch hinüber, auf dem ein wildes Durcheinander von Computerkabeln, Monitoren und angekauten Bleistiften herrschte. »Der Vertrag müsste hier irgendwo sein«, sagte er, und ich folgte ihm, schwitzend in der stickigen Hitze.

Das Gebäude war alt und im Winter verlässlich eiskalt und im Sommer bullig heiß. Felix hatte uns schon oft eine Klimaanlage versprochen, vergaß es aber praktischerweise immer.

»Dein Pullover ist auf links«, flüsterte Alice, die Produktionsassistentin, die bei der Arbeit die Einzige war, die ich als eine Art Verbündete bezeichnen würde. Sie war es auch, die Felix dazu überredet hatte, mir mehr Verantwortung zu übertragen, nachdem ich viele Jahre lang eine bessere Sklavin gewesen war. Wobei ich im Prinzip immer noch eine bessere Sklavin war.

Alice war groß, hatte langes schwarzes Haar und strenge Gesichtszüge, die sie mit rosafarbenem Lippenstift und weichen Halstüchern etwas abmilderte. »Er sollte das gar nicht erst bemerken«, fügte sie hinzu. »Das wäre gleich ein Minuspunkt für dich.«

»Danke, Alice.« Ich versuchte, das Etikett reinzustecken.

»War die Party gut gestern?« Sie lächelte.

»Äh ... ja, interessant«, antwortete ich ausweichend. »Hast du meine Einladung nicht bekommen?«

»Doch, aber ich möchte außerhalb der Arbeit nichts mit den Kollegen zu tun haben«, sagte sie entschuldigend.

»Nein, natürlich nicht. Entschuldige«, murmelte ich, und mein Grinsen erlosch. Seit ich hier arbeitete, ging das Gerücht, dass sie mal was mit Felix hatte, was aber wohl ziemlich übel ausgegangen sein musste.

Der trommelte schon ungeduldig mit dem Fuß, als ich endlich kam. »Er muss hier, hier und hier unterschreiben«, wies er mich an und schob mir die Dokumente energisch herüber.

»Und stell sicher, dass er das Kleingedruckte liest.« Er warf mir einen drohenden Blick zu. »Wir brauchen die Location unbedingt«, erinnerte er mich, als hätte ich das nicht längst begriffen. »In diesem Stadium können wir es uns nicht mehr leisten, eine Agentur einzuschalten.« Seine Stimme war verräterisch ruhig, und mein Magen zog sich zusammen. »Weiß Mr Cornish, dass die Dreharbeiten nächste Woche beginnen?«

»Was ist denn eigentlich mit diesem Ort in Denham, Felix? Der hat doch genau die richtige Größe, und …«

»Der ist passé. Er ist zu klein, und die historischen Details stimmen nicht. Denkst du, die Zuschauer merken das nicht?« Er fuhr sich mit der Hand durchs Haar, und ich tat so, als würde ich nicht merken, dass sich sein Ehering in den Haaren verfing. Er riss ihn los, wobei ihm Tränen in die Augen traten. »Du hast gar nicht mit diesem Cornish gesprochen, oder?«

Mein Gesicht wurde noch heißer. »Nun«, begann ich und zog das Wort in die Länge.

»Um Himmels willen, Jo. Erzähl mir nicht, dass du gelogen hast.«

Das Blut schoss mir ins Gesicht.

»Du weißt, wie viel an dieser Geschichte hängt«, sagte er und knallte die Faust auf den Tisch. »Wenn wir nicht einen weiteren Knüller landen und die Firma den Bach runtergeht, dann ist das deine Schuld.«

»Ich denke nicht …«

»Lass es nicht so weit kommen, dass ich es noch bereue, dich hierbehalten zu haben«, unterbrach er mich, fast ohne die Lippen zu bewegen.

»Das werde ich nicht«, flüsterte ich.

Allgemeine Stille war eingekehrt, weil alle in ihren Tätigkeiten innehielten und lauschten, vermutlich heilfroh, dass sie nicht selbst zum Opfer von Felix' scharfer Zunge geworden waren. »Du weißt, dass ich dagegen war«, fuhr er fort und entspannte sich merklich, als er nun in Fahrt kam. »Du hast keinen Biss. Wie lange bist du nun schon bei uns?« Er verschränkte die Arme. »Vier Jahre, und du hast nie versucht voranzukommen. Du hast keinen Ehrgeiz, Jo, das ist dein Problem. Du bist zufrieden mit deinem gemächlichen Trott.«

»Das stimmt schon, aber das heißt nicht ...«

Er fuhr dazwischen, als hätte er sich schon viel zu lange beherrscht.

»Ich habe dir eine Chance gegeben, für die viele Leute ihre Großmutter verkaufen würden, und was hast du daraus gemacht?«

Wieder öffnete ich den Mund.

»Nichts hast du daraus gemacht«, beendete er seinen Satz, trank einen Schluck von der schwarzen Flüssigkeit in seiner Tasse und zog eine Grimasse. »Immerhin konntest du Kaffee kochen.«

Einen Moment lang erinnerte er mich an meinen Vater, wie er so über verpasste Gelegenheiten und große Enttäuschungen schwadronierte. Dad hatte nie einen Hehl daraus gemacht, dass er es gerne gesehen hätte, wenn Pippa und ich auch zur Polizei gegangen wären. Pippas »pseudokünstlerische« Neigungen und meine Sorglosigkeit in Bezug auf die Zukunft missbilligte er zutiefst.

Da ich ein Jahr nach Abschluss meines Publizistikstudiums immer noch keine Berufserfahrungen nachweisen konnte – mal abgesehen vom Kellnern, das Dad immer als »Zeitverschwendung« abgetan hatte –, wurde ich allerdings selbst irgendwann nervös. Über Lara bekam ich dann den Job bei Lotus TV. Sie hatte nämlich die Wohnung einer Frau eingerichtet, die sich später als Felix' Ehefrau erwies.

Okay, weit hatte ich es tatsächlich nicht gebracht, aber es machte mir Spaß, Tee zu kochen, Requisiten zu besorgen und bei den Recherchen zu helfen. Daher war ich völlig von den Socken, als mich Felix irgendwann auf Alice' Drängen hin auf die Suche nach einem geeigneten Drehort schickte. Ich sollte etwas ausfindig machen, wo man den Pilotfilm zu einer von ihm geschriebenen Soap drehen könnte. Das hat mir sogar gefallen, und nun war er wirklich sauer, weil ich noch keinen atemberaubenden Schauplatz für seine neueste Produktion – *Geschwisterzwist* – gefunden hatte.

»... keine weitere Chance mehr, wenn du das hier vermasselst«, sagte er soeben, und ich umklammerte den Stein, der immer noch in meiner Handfläche lag. Plötzlich regte sich ein Gedanke in meinem Hirn.

Ich schloss die Augen und murmelte: »Uralte Kraft, ich rufe dich an, wie ich es wünsche, so sei es getan.« Dabei stellte ich mir vor, wie Felix nickte und mich anlächelte, was nicht ganz leicht war, weil er das praktisch nie tat. »Amen«, fügte ich vorsichtshalber hinzu und schlug ein Auge auf.

Er starrte mich an, eine senkrechte Furche zwischen den Augenbrauen, und mir war sofort klar, dass ich die Situation vollkommen falsch eingeschätzt hatte. Es gab keine Zauberei. Ich würde gefeuert werden wie einer dieser hochnäsigen Kandidaten in der Sendung *Der Lehrling*.

»Wenn du ihn also dazu bringen könntest, das hier zu unterschreiben, und es bis morgen Mittag vorlegen würdest, wäre ich dir außerordentlich dankbar, Josie.« Sein Mund verzog sich zu einem dünnen Strich, der entfernt an ein Lächeln erinnerte.

»W... was?«, stotterte ich, da ich meinen Ohren nicht traute.

»Morgen früh habe ich eine Sitzung nach der anderen, aber mittags bin ich da«, sagte er und klopfte mir auf die Schulter. Ich zuckte zusammen, als hätte er mich an die Brust gefasst.

»Morgen Mittag.« Vermutlich wirkte ich ziemlich töricht, doch ich konnte einfach nicht begreifen, was hier geschah. »S... sicher.«

»Braves Mädchen.« Er neigte den Kopf. »Hübscher Pullover übrigens. Passt gut zu deinen Augen.«

Ich drehte mich um, weil ich dachte, er rede mit jemand anderem. Felix hatte mir noch nie ein Kompliment gemacht. Alice fing meinen Blick auf und zuckte mit den Achseln, als wollte sie sagen: »Keine Ahnung, was er hat. Vielleicht ist er auf Drogen.«

»Die Farbe, du Dummchen.« Er kicherte, was komisch klang, eher finster als freundlich.

»Danke«, murmelte ich, nahm den Vertrag und steckte ihn in die Tasche. Um die Cotsworth-Geschichte würde ich mich später kümmern. Jetzt bekam ich sowieso keinen geraden Gedanken auf die Reihe. »Ich, äh, werde sehen, was ich tun kann.«

»Möchtest du einen Kaffee?«

»Wie bitte?«

»Du siehst aus, als könntest du einen Kaffee gebrauchen. Oder vielleicht lieber etwas Kaltes? Es ist so heiß hier.« Er fuhr sich mit dem Finger am Hemdkragen entlang.

»Ein kühler Drink wäre wunderbar«, sagte ich langsam, da der Tag sich offenbar zum Positiven wandelte. »Ich wüsste aber noch etwas Besseres.«

»Ach ja?« Er steckte die Hände in die Hosentaschen und schaute mich neugierig an. Gleichzeitig wirkte er amüsiert, als würde er selbst nicht glauben, was er da sagte. Und warum. »Was denn, Josie?«

Ich hätte fast losgekichert. Ein paar Leute aus dem Team traten näher und starrten Felix wie eine Erscheinung an. Dass ihr Chef sich zivilisiert verhielt, war ein ungewöhnliches Ereignis. »Eine Klimaanlage«, sagte ich dreist. »Du versprichst uns ständig, dich darum zu kümmern, aber letztlich tut sich gar nichts.«

Als ich mich schon fragte, ob ich zu weit gegangen war,

schossen seine Augen zum Telefon auf dem Schreibtisch hinüber.

»Das werde ich sofort regeln«, sagte er sanft, strich seine Krawatte glatt und nahm den Hörer ab. »Ihr sollt euch ja nicht in dieser Bruthitze abschuften, nicht wahr, Josie?«

Ich schaute zu, wie er eine Nummer suchte und dann sofort zu wählen begann. Als er aufblickte, erstarrte ich.

»Kerry«, rief er. Die Praktikantin kam mit wippenden Zöpfchen herbeigeeilt. »Bring Josie bitte etwas zu trinken.«

Ihr Lächeln trübte sich ein. Kerry hatte es mir nie verziehen, dass ich vergessen hatte, sie darauf hinzuweisen, dass Felix bei der Arbeit keine Anrufe von seiner Frau entgegennahm, und mochte sie noch so sehr bitten und betteln.

»Ich hätte gerne einen Granatapfel-Limonen-Saft, bitte«, sagte ich übermütig und machte mich auf den Weg in meine Büroecke. Mir war nur zu bewusst, dass mir alle hinterherstarrten. *Himmel, war das köstlich.* Ich hätte am liebsten laut gelacht und herausgeschrien, was ich getan hatte, aber das ging natürlich nicht – weder jetzt noch sonst irgendwann.

»Hast du nicht gehört?«, fragte Felix, und Kerry sah mich mit zusammengekniffenen Augen an.

»Ein Kaffee tut es auch«, flüsterte ich, als sie an mir vorbeikam. »Ich wollte nur sehen, was er sagt.«

Ich setzte mich, holte mein Handy heraus und schickte Will und Lara eine SMS: **Ihr werdet es nicht glauben, aber es scheint so, als wäre ich tatsächlich eine Hexe. xxx**

8. Kapitel

Um die Mittagszeit herum konnte ich nicht länger stillsitzen. Immerzu musste ich an meine neuen Begabungen denken und platzte fast vor Begeisterung.

Vermutlich hatte ich mein ganzes Leben auf so etwas gewartet – und hatte es nur nicht gewusst. Bei kluger Planung könnten meine Probleme innerhalb einer Woche gelöst sein.

Vielleicht könnte ich die Besenkammer neben dem Bad für meine Hexerei verwenden. Sie wäre ideal für einen geweihten Ort, zumal wir sie kaum benutzten. Ich sah mich schon dort, barfuß, von Kerzen umgeben, in einem fließenden Gewand – das aus irgendeinem Grund durchsichtig war –, mein (rotes) Haar den Rücken herabwallend. Draußen donnerte und blitzte es …

»Josie?«

Ich zuckte zusammen. »Oh, Entschuldigung, Alice. Was hast du gesagt?«

»Ich habe gefragt, wieso du Location-Websites anschaust, wenn du doch schon einen Drehort gefunden hast?« Die Fransen ihres Schals kitzelten mich am Arm, als sie sich über mich beugte.

»Tu ich doch gar nicht«, log ich und klickte Locations4U weg. »Ich meine, ich wollte doch nur Ersatzmöglichkeiten checken, für alle Fälle. Nicht dass das nötig wäre, aber man sollte ja immer auf alles vorbereitet sein«, plapperte ich drauflos. Ihre professionelle Art brachte den Stümper in mir zum Vorschein. »Ich möchte schließlich nicht mit leeren Händen dastehen.«

»Das wirst du schon nicht, da bin ich mir sicher«, sagte sie unbekümmert, legte ihren Papierkram ab und bedeutete mir, die Arme zu heben. »Du solltest etwas mehr Selbstvertrauen haben, Josie.«

Sie hatte mir den Pullover ausgezogen und richtig herum wieder übergestreift, bevor ich überhaupt gemerkt hatte, was hier passierte. »Und zieh einen BH an«, riet sie, als ich feuerrot wurde. »All dieses … Gewackel lenkt die Leute ab. Gut, dass Shaun nicht da ist.«

Shaun Lightly, der berühmte Regisseur, war nicht weniger

berühmt dafür, dass er weibliche Rundungen liebte. Bei seinen letzten Dreharbeiten war er rausgeflogen, weil er die Hauptdarstellerin ständig penetrant angestarrt hatte, um ihr schließlich auf dem Parkplatz ein unanständiges Angebot zu machen. Er war allerdings so gut, dass Felix sich nicht um den anschließenden Prozess geschert hatte und ihm »noch eine Chance geben« wollte.

»Wenn Lightly mit von der Partie ist, können wir gar keinen Flop landen«, hatte er getönt. »Und ein bisschen Publicity schadet auch nicht.«

Massenhaft negative Publicity und auch der Flop wären garantiert, wenn ich nicht bis zum Abend sicherstellen würde, dass wir in Cotsworth House oder einem ähnlich beeindruckenden Anwesen drehen könnten.

»Nun, ich geh dann mal besser«, sagte ich, schnappte mir meine Tasche und verschränkte verlegen die Arme vor der Brust. »Ich muss Mr Cornish erwischen.«

»Ich dachte, ihr hättet eine Verabredung.«

Alice entging aber auch gar nichts. Ihr Mund verzog sich zu einem schmalen Strich, und mir wurde bewusst, dass ihre Loyalität in erster Linie Felix galt.

»Sicher, aber es kann nicht schaden, früh genug da zu sein«, sagte ich und schenkte ihr mein strahlendstes Lächeln. »Vielleicht kann ich ihn überrumpeln.«

Sie verzog das Gesicht. »Pass aber auf, dass du ihm nicht auf den Schlips trittst.«

Du bist im Moment die Nervensäge, wollte ich schon sagen. »Tu ich schon«, versprach ich und hoffte, dass mein vorheriger Überschwang nicht gänzlich erloschen sein würde. War mir gar nicht klar, dass Alice derart … pedantisch sein konnte.

Ich verließ das Büro und erstarrte fast vor Schreck, als Felix eine erhitzte Diskussion unterbrach, um mir zuzulächeln und freundlich zu winken.

Ich fragte mich, wie lange der Zauber wohl anhalten würde. Das war ja schon fast unheimlich. Felix stand der finstere Blick eigentlich besser als dieses Gegrinse.

Als ich nach Cotsworth fuhr, durch eine Landschaft aus Hügeln und Feldern, die in Sonnenglanz getaucht waren, gingen mir die Schlüsselszenen der vergangenen Nacht noch einmal durch den Kopf.

Grans missbilligende Miene, Lara bei der Lektüre der »Regeln«, Mums beunruhigtes Gesicht, als ich erschüttert die Treppe hinunterstieg und einem Sperrfeuer neugieriger Fragen ausgesetzt war.

»Was erhält man, wenn man eine Hexe und eine Pistole kreuzt?«, witzelte Onkel Chris und nahm der Situation die Spannung, als ich mich ziemlich aggressiv weigerte, Auskunft zu erteilen. »Einen Hexenschuss.«

Erstaunt stellte ich fest, dass ich schon am Cotsworth House war. Das Ziegeldach wellte sich wie Wasser in der Sonne, und mein Herz hüpfte beim Anblick des honigfarbenen Gemäuers mit den vielen Fenstern, in denen sich die Wolken spiegelten.

Ich war mal mit Will hier gewesen, weil ich unbedingt seinen ältesten Freund kennenlernen wollte, und die verblichene Eleganz hatte mich fasziniert. Außer dem winzigen Teil, in dem Giles lebte, war das Gebäude ziemlich muffig und heruntergekommen.

Als ich aus einem der oberen Fenster geschaut und die Hausdächer und die glänzenden Kirchtürme gesehen hatte, war mir instinktiv der Gedanke gekommen, dass es der ideale Ort für Felix' neues Projekt wäre. Während Will und Giles also die neuesten Neuigkeiten ausgetauscht hatten, war ich in jeden Winkel gekrochen und hatte Fotos gemacht, auch von den weitläufigen Gartenanlagen. Hinter einer moosbewachsenen

Mauer verbarg sich sogar ein Friedhof, aber vor dem Tor hing ein Schloss, und ich war nicht hineingekommen.

Will war sauer, als er erfuhr, dass ich überall herumgeschnüffelt hatte. »Auf dem Friedhof ist fast die gesamte Familie beerdigt, Josie. Er wird dich nie in dem Haus filmen lassen, schließlich muss er ihr Andenken bewahren.«

»Steine und Mörtel, mehr ist es letztlich nicht«, erklärte ich und merkte zu meinem Entsetzen, dass ich Felix zitiert hatte.

»Das ist nicht der Punkt«, sagte Will und begann zu meditieren. Neuerdings stimmte er immer ein monotones Summen an, wenn er einer Auseinandersetzung aus dem Weg gehen wollte. »Er ist eben von unbestechlicher Integrität«, fügte er hinzu und öffnete noch einmal ein Auge.

»Integrität«, murmelte ich, stieg aus und stolperte ein wenig auf meinen hohen Hacken. »Was kannst du dir davon schon kaufen, Giles Dämlack Cornish?«

Mein Herz klopfte ängstlich, als ich das Tor in der Hecke vor dem Haus aufschob. Ich konnte es mir nicht leisten, mich mit einem Nein abspeisen zu lassen. Einen Plan B gab es nämlich nicht.

Als mir niemand aufmachte – irgendwie hatte ich erwartet, dass ein Hausmädchen an die Tür kommen würde –, ging ich um das Gebäude herum und stellte mir vor, wie die Schauspieler von *Geschwisterzwist* auf dem samtigen Rasen Tee tranken. Im nächsten Moment drang ein Sonnenstrahl durch eine Baumreihe, und als ich die Augen zusammenkniff, sah ich die Szene deutlich vor mir.

»Ach, du bist es«, sagte eine Stimme.

Ich zuckte zusammen, als Giles mit einer Schubkarre auftauchte. Er trug Jeans und ein bis zum Bauchnabel aufgeknöpftes blau-kariertes Hemd. Eine bronzefarbene Kette nistete in einem Büschel Brusthaar, und ich versuchte krampfhaft, nicht auf seinen straffen, braungebrannten Bauch zu starren.

»Hallo«, sagte ich, aber als er so vor mir stand, bekam ich gleich weiche Knie. All die Worte, die ich mir zurechtgelegt hatte, waren wie weggeblasen. »Tolle Muskeln.«

»Was?« Er stellte die Schubkarre ab und starrte mich mit zusammengekniffenen Augen an.

»Tolle Muscheln und so«, improvisierte ich und zeigte auf ein Bauelement, das vage an eine Muschel erinnerte.

»Es gibt vieles, was man an diesem Anwesen bewundern kann, aber *Muscheln* gehören eher nicht dazu«, kommentierte er trocken.

Ich wollte etwas sagen, hatte aber plötzlich einen staubtrockenen Mund.

»Möchtest du etwas trinken?«, fragte er in das plötzliche Schweigen hinein, und einen Moment lang fragte ich mich, ob ich schon wieder gezaubert hatte. Dann wurde mir klar, dass er einfach nur höflich war.

»Sehr gerne.« Ich folgte ihm zu einer schattigen Terrasse und ließ mich in einen Korbstuhl fallen. »Ich hätte gern ein Bier.« Am Vorabend war mein Plan, ihn beschwipst zu machen, leider gescheitert – er musste ja noch fahren –, aber nichts sprach dagegen, es jetzt zu versuchen.

»Ich dachte eher an Eistee«, sagte er mit einem säuerlichen Lächeln. Meine Kopfhaut brannte vor Scham.

»Das meinte ich ja.« Ich warf ihm etwas zu, das ich für ein gewinnendes Lächeln hielt, und er wirkte leicht verwirrt.

»Ist Zen nicht mit?«

»Wer? Ach so, Will meinst du.« Ich fühlte mich benachteiligt, weil er so hoch über mir aufragte. »Glaubst du etwa auch an diesen Zen-Mist?«

»Was meinst du damit?«

»Ach nichts. Ist auch egal.«

Von meinem Platz aus wirkte seine Miene hart. Seine blauen Augen schienen aus Eis zu sein. Mir ging auf, dass ich bis auf ein paar Dinge, die Will über ihre Zeit an der Uni erzählt hatte, nicht viel über Giles wusste. Seine Eltern waren im Urlaub bei einem Autounfall gestorben, und er war Single. Nach allem, was ich wusste, hatte er aber möglicherweise ein paar Leichen im Keller.

»Was suchst du hier eigentlich?« Seiner Stimme war der Ärger anzuhören.

Unbehaglich stand ich auf. »Hör zu, Giles. Ich weiß, dass du mir beim letzten Mal eine Abfuhr erteilt hast, als es um eventuelle Dreharbeiten in diesem Haus ging, aber …«

»Ich fasse es nicht.« Die Lichtverhältnisse verliehen seinen Haaren eine gelbliche Färbung, und ich musste an einen Löwen denken, der zum tödlichen Sprung ansetzt. »Dass dir das nicht peinlich ist«, sagte er und bückte sich, um seine Turnschuhe auszuziehen. »Weiß Zen, dass du hier bist?«

»Nun, nein, aber …«

»Sicher hat er dir erklärt, warum ich nicht die Absicht habe, mein Haus zur Prostitution freizugeben.«

»Prosti … das scheint mir ein wenig übertrieben«, sagte ich und versuchte, die Stimmung mit einem Lachen aufzuheitern. Ich spürte, dass er zutiefst aufgebracht war, konnte mich aber trotzdem nicht bremsen. »Giles, hör zu. Wenn ich dir etwas über die Geschichte erzähle, änderst du vielleicht deine Meinung. Es handelt sich um eine hochwertige Produktion …«

»Ich habe das Drehbuch gelesen, vielen Dank.«

»Okay.« Ich änderte die Taktik. »Das Filmteam wird sehr vorsichtig sein, wenn es sich auf dem Anwesen aufhält. Du wirst nicht einmal merken, dass jemand da war.«

Ungläubig starrte er mich an.

»Und die Bezahlung ist gut«, fuhr ich fort, da er nichts sagte. »Du willst mir doch nicht erzählen, dass dir das nicht gelegen käme, oder?«

»Meine Pläne sehen vor, das Haus an den Wochenenden für

die Öffentlichkeit zugänglich zu machen«, sagte er, die Hände in die Hüften gestützt. »Das war Zens Idee. Die Gärten habe ich bereits in Schuss gebracht.«

»Oh.« *Ganz herzlichen Dank, Will. Fantastische Idee.* »Von uns würdest du eine Menge mehr Geld bekommen«, sagte ich und verachtete mich selbst dafür, dass ich so verzweifelt klang. »Und in sechs Wochen wären wir wieder weg.«

»Ist das da eigentlich ein Vertrag?« Giles hatte die Papiere in meiner Tasche entdeckt und runzelte die Stirn. »Du denkst wirklich, ich würde unterschreiben, obwohl ich zweimal Nein gesagt habe?«

»Einen Versuch war's wert«, sagte ich hitzig, war aber plötzlich den Tränen nahe. »Gibt es sonst irgendetwas, womit ich dich ködern könnte?«

Sein Blick wurde sofort misstrauisch.

»Nicht, was du jetzt denkst«, beeilte ich mich hinzuzufügen. »Hattest du mir nicht übrigens etwas zu trinken angeboten?« Ich zog einen Schmollmund, doch das lag mir nicht. Vermutlich sah ich einfach nur beleidigt aus.

»Vergiss es.« Er steckte die Hände in die Hosentaschen, und auf sein Gesicht fiel ein Schatten, weil die Sonne nun hinter einer Wolke verschwand.

»Gut.« Allmählich machte sich Resignation in mir breit. Ich hatte ihn absolut unterschätzt. *Es sei denn* … Als ich an Felix' Veränderung dachte, steckte ich sofort die Hand in die Tasche, schloss sie um den Saphir und machte die Augen zu.

»Uralte Kraft, ich rufe dich an, wie ich es wünsche, so sei es getan«, zischte ich durch die Zähne, erfreut, dass ich den Dreh raushatte. »Beim dritten Male beißt er an.« Ich machte die Augen wieder auf.

Giles starrte mich mit aufgerissenen Augen an. »Wolltest du mich gerade verzaubern, damit ich tu, was du willst?«, fragte er, und mir schoss das Blut ins Gesicht.

»Nein.« Ich ließ den Stein los und mied Giles' Blick. »Nein, natürlich nicht.« Warum hatte es nicht funktioniert? Ich musste etwas Falsches gesagt haben.

»Doch, das wolltest du.« Ein Lächeln lauerte in seinen Mundwinkeln. »Du glaubst also wirklich an dieses Hexenzeug von heute Nacht«, sagte er, und es war nicht zu erkennen, ob er sich über mich lustig machte.

»Ach … vergiss es.« Mit brennenden Wangen stapfte ich an ihm vorbei. »Ich wünschte, ich hätte diesen Ort nie betreten.«

»Josie, warte doch«, sagte er und streckte die Hand aus, aber ich ging einfach weiter und blinzelte gegen die heißen Tränen an.

»Was kümmert es dich schon, wenn ich meinen Job verliere?«, flüsterte ich und kramte nach meinem Autoschlüssel. Ich hörte seinen Atem, als er mich nun einholte, und stieg schnell ein.

Das Problem war, dass ich meinen Job nicht verlieren wollte. Abgesehen vom Geld war es … Nun, jetzt da die Gefahr bestand, dass ich ihn verlieren könnte, wurde mir klar, wie viel Spaß er mir machte. Mehr noch, ich wollte beweisen, dass ich gut war.

Ich jagte den Motor hoch und wirbelte Staub auf, an dem Giles hoffentlich ersticken würde.

Es gab nur eine Möglichkeit. Ich musste einen meiner richtigen Zaubersprüche aufsagen – besser früher als später.

9. Kapitel

»Was war denn los?«

»Will.« Ich schoss herum. »Du bist ja zu Hause.«

»Ich wohne hier«, stellte er berechtigterweise fest. »Und ich heiße nicht Will, sondern … Ach, vergiss es.« Er klang müde.

Angeblich raubte ihm die Agentur jeden Tag einen Teil seiner Seele. Ich empfahl ihm immer, zu lächeln und an das Geld zu denken, aber das zog mittlerweile nicht mehr.

Er warf Aktentasche und Jackett beiseite, als wären es Fesseln. »Ich habe deine SMS bekommen«, sagte er, zog seine Schuhe aus und dehnte die Füße. »Ich wollte dich anrufen, bin aber nicht durchgekommen.«

»Mein Akku war alle.« Dass ich Giles belästigt hatte, erwähnte ich lieber nicht.

»Aha?« Er lehnte sich in den Türrahmen. »Wie kommt es, dass du plötzlich denkst, du seist eine Hexe?«

»Mhm?« Ich starrte auf den Fußboden und fragte mich, ob es ein Kreidekreis tun würde. Kreide könnte verwischen, aber wenn ich einen Textmarker benutzte, würde man das nie wieder wegkriegen, und das wäre Besuchern gegenüber nur schwer zu erklären.

Ach das? Das ist mein magischer Zirkel, in dem ich meine Zaubersprüche aufsage. Ihr wisst ja, wie das ist.

»Josie?« Will runzelte die Stirn, als er meinem Blick folgte. »Du hast ja alles ausgeräumt.« Dann hellte sich seine Miene plötzlich auf. »Oh, Josie, das wäre aber doch nicht nötig gewesen.« Er kam und nahm mich in die Arme.

»Was wäre nicht nötig gewesen?«, fragte ich und befreite mich aus seiner Umarmung. Ich musste in die Gänge kommen. Einen Anruf von Felix, der sich nach dem Stand der Dinge erkundigen wollte, hatte ich bereits abwimmeln müssen, außerdem noch einen von Alice, die mich darauf aufmerksam machte, was Felix vorhatte, falls ich mein Versprechen nicht hielt.

»Du willst gar keinen Meditationsraum einrichten?« In Wills Stimme hatten sich nun Zweifel geschlichen.

»Nicht wirklich«, sagte ich schuldbewusst. Vor ein paar Monaten hatte ich ihm mal versprochen, dass ich den kleinen

Raum für ihn herrichten würde, bin aber irgendwie nie dazu gekommen.

Sein Lächeln schwand. »Was tust du denn dann?«

Ich zögerte.

»Jo, du willst doch wohl nicht etwa ...?« Jetzt sah er das Zauberbuch aufgeschlagen am Fenster liegen. »Ich dachte, du glaubst nicht an dieses Zeug.«

Da ich ihm nicht sämtliche Ereignisse des Tages vorenthalten wollte, erzählte ich ihm schnell, was geschehen war. Meine Worte sprudelten ziemlich verworren hervor.

»Das war Zufall, nichts weiter«, sagte er halb lachend, zog seine Hose aus und stand in Boxershorts da. »Vielleicht ist Felix einfach netter, als du denkst.«

Meine Schuldgefühle wichen Ärger. »Ich hatte gehofft, dass wenigstens du mich verstehst«, sagte ich, während er mit seinen Socken kämpfte.

»Was meinst du damit?«

»Nun, du bist doch derjenige, der plötzlich auf dem Spiritualismus-Trip ist«, sagte ich. »Glauben diese Leute nicht an Karma – und Visualisierung und Mentalismus und so 'n Zeug?«

»Diese Leute?« Er verzog das Gesicht. »Wer sind denn ›diese Leute‹? Das klingt ja, als hätte ich mich einer Sekte angeschlossen.«

Ich sagte nicht, dass ich genau das dachte, und starrte stattdessen auf meine Hände. Sie waren schmutzig, nachdem ich all die Pappkartons aus der Besenkammer geschafft hatte. Wir hatten unser Zeug immer noch nicht ganz ausgepackt.

»Mit Mentalismus hat das überhaupt nichts zu tun, und spirituell zu sein bedeutet nicht, an ... Hokuspokus zu glauben«, ergänzte er, als ich nichts sagte. »Ehrlich, Jo, warum meditierst du nicht einfach mal zehn Minuten mit mir? Das ist wirklich entspannend.«

»Ich muss nicht herumsitzen und in eine Kerze starren, um

mich zu entspannen«, sagte ich und wünschte ihn zum Teufel, damit ich endlich meinen magischen Kreis ziehen, ein paar Kerzen anzünden und mich entspannen konnte. »Und selbst wenn ich vorher nicht daran geglaubt habe, jetzt tu ich es, glaube ich.«

»Josie.« Sein Tonfall klang irgendwie drohend, aber ich spürte, dass nicht viel Nachdruck dahintersteckte. »Was hast du vor?«

»Das wirst du schon noch herausfinden.«

Er seufzte und raufte sich die Haare. »Die Spannung bringt mich schier um«, sagte er. »Zuvor würde ich aber noch gerne wissen, was mit dem versprochenen Abendessen ist.«

»Oh, Entschuldigung.« Ich nahm ein Stück Kreide aus der Schachtel. »Dafür hatte ich keine Zeit. Im Kühlschrank ist Bacon, falls du dir ein Sandwich machen möchtest.«

Angespanntes Schweigen senkte sich herab. »Du weißt doch, dass ich kein Fleisch mehr esse.«

»Nun …« Ich schaute ihn im Dämmerlicht an und wurde langsam ungeduldig. »Bacon ist nicht wirklich *Fleisch*, oder?«

Er hielt meinem Blick stand. »Ich lass dich dann mal alleine«, sagte er schließlich, begab sich mit einem tiefen Seufzer in die Küche und hantierte dort lautstark herum.

Ich hob das Zauberbuch vom Boden auf und suchte die einschlägige Seite.

Ein magischer Kreis hat drei Zwecke: dich von der gewöhnlichen Welt zu isolieren, deine magische Energie zu sammeln und dich vor der negativen Energie von außen zu schützen.

Woher um alles in der Welt wollte meine Wie-viele-Urs-auch-immer-Großmutter das wissen? Und was war überhaupt zuerst da, das Buch oder das Wissen? Und wie hatte sie es geschafft, nicht ertränkt oder verbrannt zu werden oder was auch immer man mit Hexen damals getan hatte?

Ich kippte den Rest der Sachen, die ich auf dem Heimweg im Ein-Pfund-Shop besorgt hatte, aus meiner Tasche. Auf allen vieren kroch ich auf dem Boden herum und zog einen Kreis, wie ein Kind, das Hinkelkästchen aufmalt. Plötzlich spürte ich eine übermächtige Sehnsucht nach Lara.

Ich nahm mein Handy.

»Hallo, Josie.« Sie klang schläfrig.

»Oh, Gott, du bist doch nicht schon im Bett, oder?«

»Es ist doch erst halb acht.« Sie gähnte. »Ich bin schnell in die Wanne gesprungen, während Rob sich mit Olly beschäftigt.« Ich hörte ein Plantschen im Hintergrund. »Es ist herrlich.«

»Ich dachte, dass du vielleicht auf einen Sprung rüberkommen magst.«

»Wie bitte?« Das klang, als hätte ich sie zum Snowboarden eingeladen. »Wohin soll ich kommen?«

»Zu mir. Ich stehe kurz davor, einen Zauberspruch aufzusagen.«

Ich hatte sie noch nie nach Luft schnappen hören. »Josie, das ist doch Unsinn.«

»Das ist kein Unsinn, Lara.«

»Aber ...« Ich spürte, dass sie Mühe hatte, meine Worte zu verdauen – und sie mit meinen bisherigen ironischen Kommentaren in Einklang zu bringen. »Du machst Witze.«

Ich erzählte ihr von dem Parkplatz und von Felix' Stimmungswandel. Sie lachte erfreut, und ihre Schläfrigkeit war wie weggeblasen. »Kaum zu glauben. Klar, ich habe deine SMS bekommen, aber ich dachte, das sei purer Sarkasmus. Weiß deine Großmutter davon?«

»Ich habe noch nicht mit ihr gesprochen«, sagte ich. »Onkel Chris hat sie mit nach Schottland genommen. Sie wird eine Weile dort bleiben, das hatte ich ganz vergessen.«

»Aber du denkst doch wohl nicht, dass dein Zauberspruch etwas bewirken wird?«

»Nun, ich habe einen Kreis gezogen und wollte gleich die Vierheit anrufen, aber mir wäre es lieber, wenn du hier wärst, bevor ich ... irgendetwas tue, du weißt schon.«

»Wen willst du anrufen?«

»Die Vierheit. Das hat etwas mit den vier Elementen zu tun: Erde, Luft, Feuer und Wasser. Sie werden mich beschützen und die Kräfte auf mein Ziel lenken.«

»Aha.« Eine Pause entstand. »Deine Zeugin zu sein bringt offenbar echte Verantwortung mit sich, wie bei Taufpaten«, sagte sie, und das Plätschern wurde lauter. »Warte aber, bis ich da bin.«

Ich legte auf und steckte die Kerzen in die Halter, die ich im Angebot für fünfundvierzig Pence erworben hatte, dann lehnte ich mich zurück und bewunderte den Anblick.

Draußen wurde es dunkel. Da vor dem Fenster keine Vorhänge hingen, konnte ich den Mond hinter der Eiche aufgehen sehen. Er war kreisrund, wie mit dem Zirkel gezogen. Ich schaltete das Licht aus, um die Wirkung zu verstärken, und sofort fielen seine silbernen Strahlen herein und beschienen meinen magischen Kreis. Mich fröstelte. Was, wenn ich fälschlicherweise den Teufel beschwor oder meine ganze Familie verfluchte?

Während ich auf Lara wartete, verließ ich die Besenkammer, um Will zu suchen. Er lag auf dem Sofa im Wohnzimmer, das wir mal ziemlich gemütlich gefunden hatten. Jetzt wirkte es nur noch vollgestopft, da die schweren Möbel seiner Mutter dort standen.

Er schaute sich eine Natursendung an, die nackten Füße auf den Couchtisch gelegt, und stopfte sich Vollkornnudeln in den Mund. Plötzlich wurde ich von Zärtlichkeit überwältigt.

»Erinnerst du dich noch, wie wir uns bei dieser Fernsehgeschichte begegnet sind?«, sagte ich, schaltete die Lampe an und schüttelte ein paar Kissen auf.

»Natürlich erinnere ich mich daran.« Sein Blick war zärtlich, als er den Teller abstellte und auf den Platz neben sich klopfte. »Du hast mir in den Schoß gekotzt, falls du dich entsinnst.«

Ich wusste nicht, ob ich lachen oder genervt stöhnen sollte, als ich mich neben ihn setzte. Damals hatte ich gerade bei Lotus TV angefangen und fuhr jeden Tag den ganzen Weg von Buckinghamshire nach London. Alles war neu für mich, und ich hatte von nichts eine Ahnung. Felix hatte einen Preis gewonnen und alle zur Preisverleihung eingeladen.

Da ich nervös war und kaum jemanden kannte, hatte ich zu viel Gratis-Champagner getrunken und war irgendwann neben Will Hammond gelandet, einem der Werbemenschen, mit denen Felix zusammenarbeitete.

»Willsu so'n Ding?«, lallte ich, schnipste eine Garnele in seine Richtung und versuchte, nicht allzu sehr zu schielen. Er sah ziemlich gut aus, fast wie ein Rugbyspieler, aber mit unglaublich sanften, freundlichen Augen. Nachdem alle meine Beziehungen übel geendet hatten, hatte ich den Männern abgeschworen – zumal damals gerade mein Vater gestorben war –, aber ich konnte nicht leugnen, dass ich mich zu ihm hingezogen fühlte.

»Mach dir nur keine Umstände«, antwortete er, zupfte sich die Garnele vom Revers und steckte sie in den Mund – worauf mein Magen rebellierte.

Unbeirrt wischte er uns beide mit Servietten ab und beförderte mich dann nach draußen, wo ich im peitschenden Regen auf und ab marschieren musste.

»Ich musste Yellow Submarine singen, bis ich wieder nüchtern war«, sagte ich und lächelte bei dem Gedanken.

»Hat mich echt beeindruckt, dass du den Text kanntest.« Er legte mir den Arm um die Schulter. »Das ist ungewöhnlich für eine Frau.«

»Felix hat nichts davon mitbekommen«, sagte ich und kuschelte mich an ihn. Für einen Moment trat alles andere in den Hintergrund, mein Geburtstag, das Zauberbuch, Giles Cornish und Wills beunruhigende Verwandlung.

»Maud war ganz begeistert von meinen Zucchini«, sagte er und unterdrückte ein Gähnen.

»Was?«

»Maud Winthrop. Gestern im Schrebergarten. Sie sagte, so lange Dinger habe sie noch nie gesehen. Ich frage mich, ob ich sie nicht auf einem Bauernmarkt verkaufen soll.«

Ich setzte mich auf und starrte ihn an. Mir war gar nicht klar gewesen, dass ihm sein Gemüse derart wichtig war.

»Es gibt da einen in North Lambert.« Er dachte einen Moment nach. »Ich könnte an den Wochenenden einen Stand aufbauen. Die Leute sind verrückt nach selbstgezogenem Gemüse, und das Geld käme uns doch sehr gelegen.« Ich dachte an den Stapel Rechnungen, den ich in der Unterwäschekommode aufbewahrte, und wurde rot.

»Will, du hast einen fantastischen Job, der jede Menge Geld einbringen könnte, wenn du einfach mal jeden Tag hingehen würdest«, sagte ich und war plötzlich wieder auf hundertachtzig.

Die schläfrige Zufriedenheit verschwand aus seinem Gesicht. »Du weißt doch, dass ich dort nicht glücklich bin. Ich ...«

Das Geräusch einer knallenden Autotür ließ ihn innehalten. »Wer ist das denn?«, fragte er, als die Türglocke läutete.

»Lara will mir Beistand leisten, wenn ich meinen Zauberspruch aufsage«, erklärte ich knapp. Es war mir egal, wie albern das klang. Wenn er nicht bereit war, Opfer zu bringen, damit wir ein Dach über dem Kopf hatten, musste ich mich wohl um die Sache kümmern. »Hast du Streichhölzer?«

10. Kapitel

»Aus dem Zimmerchen könntet ihr wirklich etwas machen.« Lara schaltete die Lampe an und ließ ihr kritisches Auge herumschweifen. In dem grellen Licht wirkten mein magischer Kreis und die Kerzen ziemlich armselig. »Ohne den ganzen Krempel wirkt die Besenkammer gleich viel größer.«

»Das ist Wills Krempel, nicht meiner«, sagte ich und füllte ein wenig Weihrauch in die Duftlampe, bevor ich mich den Kerzen zuwandte. »Das meiste Zeug hat er nach dem Tod seiner Mutter von zu Hause mitgebracht. Ich glaube nicht, dass er sich dazu durchringen kann, die Sachen zu sichten.«

»Hat sich eigentlich sein Vater mal gemeldet?« Lara schnappte sich einen Küchenstuhl und setzte sich, eine Chipstüte in der Hand, als wäre sie im Kino. Sie war ungeschminkt, hatte das schlaffe Haar zu einem Pferdeschwanz zusammengebunden und trug einen Pullover von Rob. Trotzdem sah sie überwältigend aus.

»Abgesehen von diesem Brief, in dem es um den Verkauf des Hauses ging, nein«, sagte ich knapp und dachte an den stämmigen Mann mit dem runden Gesicht und dem lichten Haar, den ich nur einmal in meinem Leben gesehen hatte, bei Ginnys Beerdigung nämlich. Sein ganzes Gehabe war wichtigtuerisch gewesen. Unentwegt hatte er an seinen Manschettenknöpfen herumgefummelt und Will gefragt, wie es bei der Arbeit lief. »Der interessiert sich nur für Geld«, sagte ich.

Will und sein Bruder hatten keinen Cent bekommen. Ihre Eltern hatten es nie geschafft, sich scheiden zu lassen, und Ginny hatte auch kein Testament gemacht. Sie hatte sich einfach geweigert, der Tatsache ins Auge zu sehen, dass sich ihre Situation nicht mehr verbessern würde, obwohl die Ärzte ihren Krebs als unheilbar diagnostiziert hatten.

»Er muss doch ziemlich traurig darüber sein«, dachte Lara laut nach, während ich herumfuchtelte, damit sie das Licht ausmachte. »Ein Elternteil zu verlieren ist doch schon traurig genug.«

»Ich habe ihm erklärt, dass er ein Trottel ist, wenn er Kontakt zu seinem Vater aufzunehmen versucht«, sagte ich und hielt die Luft an, als der Raum in Dunkelheit versank. Das Kerzenlicht war ziemlich schummrig. »Warum fragst du?«

Sie zögerte und strich eine Strähne zurück. »Ich habe auf dem Weg hierher darüber nachgedacht. Du könntest deine neuen Fähigkeiten doch dazu nutzen, um ... nun, um ein paar Dinge in Ordnung zu bringen. Für euch beide, meine ich. Im Zauberbuch muss es doch irgendetwas dazu geben.«

»Dafür ist jetzt keine Zeit, Lara. Ich *muss* Giles Cornish davon überzeugen, morgen diesen Vertrag zu unterzeichnen, sonst verliere ich meinen Job.«

»Meiner Meinung nach verschenkst du die Gelegenheit, etwas wirklich Wichtiges zu tun.« Sie beugte sich vor. Ihr Gesicht war ernst, fast ein wenig gespenstisch. »Du könntest dir etwas Bedeutenderes wünschen, wie ... wie ...« Ihre Augen schweiften wild umher. »Wie, dass jeden Tag die Sonne scheint.« Triumphierend schnipste sie mit den Fingern. »Jedem geht es besser, wenn die Sonne scheint.«

»Dann zieh doch nach Mexiko.« Ich starrte sie verzweifelt an. »Außerdem brauchen wir Regen. Will sagt, das sei wichtig wegen der Tiere und wegen der Umweltverschmutzung. Und Wünsche, die die ganze Welt betreffen, funktionieren sowieso nicht.« Vorsichtig trat ich in den Kreis und verbrannte mir fast die Zehen an den Kerzen. »Mein Job IST wichtig, Lara. Ich möchte ihn nicht verlieren.«

»Dann wünsch dir doch einen Haufen Geld.«

Ich wischte mit dem Zeh am Kreidekreis herum. »Das darf ich nicht, hab schon nachgeschaut.«

»Mist.« Sie seufzte. »Okay, schön. Wie auch immer.« Plötzlich riss sie besorgt die Augen auf. »Musst du eigentlich unbedingt Kerzen anzünden? Kannst du nicht einfach die Nase krausziehen wie Samantha in *Verliebt in eine Hexe*?«

Die Tür ging auf. »Josie, das sieht aber echt gefährlich aus.« Will kam mit zwei dampfenden Bechern herein. »Ich dachte, ihr könnt vielleicht eine Erfrischung gebrauchen«, sagte er und zwinkerte Lara zu, als er die Becher auf die Fensterbank stellte. »Zaubern macht sicher durstig.«

»Gehe ich recht in der Annahme, dass er nicht weiß, dass du seinen Kumpel belästigt hast?«, fragte Lara, als er sich herausgeschlichen und die Tür übertrieben vorsichtig hinter sich geschlossen hatte.

»Schsch«, machte ich und trat wieder in meinen Kreis. Die Kerzen waren schon fast abgebrannt, und das Wachs verteilte sich auf dem Boden. »Reich mir meinen Zauberstab.«

»Deinen was?«

»Da drüben.« Ich nickte zu dem Stapel von Sachen hinüber, die ich zuvor ausgekippt hatte.

»Das hier?« Sie nahm einen rosafarbenen Plastikstab mit einem verzierten Stern am Ende. »Da steht Barbie drauf«, sagte sie fassungslos.

»Ich weiß«, sagte ich kleinlaut und nahm ihn ihr aus der Hand. »Das war das Beste, was ich bekommen konnte.« Ich schwang ihn und kam mir ziemlich töricht vor.

»Er macht die Sache authentischer«, erklärte sie versöhnlich. »Was noch?« Sie lehnte sich zurück und öffnete die Chipstüte. »Tut mir leid, aber ich sterbe vor Hunger.«

»Ich muss den Kreis reinigen, indem ich ihn gegen den Uhrzeigersinn abschreite«, sagte ich und tat es mit staksenden Schritten, damit meine Hosenbeine nicht Feuer fingen. »Dann muss ich mir vorstellen, dass ich Licht aus dem Universum empfange.«

»Okay, dann mal los«, sagte sie. Über den Weihrauch hinweg roch es plötzlich nach Krabbencocktail. Mir lief die Spucke im Mund zusammen.

Ich schloss die Augen, atmete tief ein und stellte mir vor, wie ein Sonnenbündel aus dem Himmel fiel, auf meine Kopfhaut traf, meinen Körper durchströmte ... »Kannst du vielleicht mit den Chips noch kurz warten, ich höre meine Gedanken nicht?«

»Entschuldigung.«

Zu meiner großen Überraschung fühlte ich mich plötzlich ganz anders, als wären sämtliche Moleküle meines Körpers mit irgendeiner Kraft aufgeladen. In meinem Innern spürte ich eine Wärme, als würde ich von Sonnenlicht durchflutet.

Ich öffnete die Augen. Lara saß da wie eine Statue, die Hand mit den Chips verharrte an ihrer Oberlippe.

»Ich habe den Zimt vergessen«, sagte ich hektisch.

»Was?«

»Das hat mit dem Job zu tun. Mit besseren Karrierechancen.«

Sie runzelte die Stirn. »So was kannte man doch früher überhaupt nicht.«

»Das Buch wurde gelegentlich auf den neuesten Stand gebracht«, flüsterte ich. »Schnell!«

Sie stürzte zu meinem Haufen und wühlte darin herum. Ihr Tanga schaute aus der Jeans heraus. »Das hier?« Sie hielt eine kleine braune Dose hoch.

»Bestäube mich damit«, drängte ich sie und senkte den Kopf.

Sie nahm den Deckel ab. »Wie einen Apfelkuchen?«

»Mach schnell, solange ich noch in Zauberstimmung bin.«

Sie drehte die Dose über meinem Kopf um. Ich musste niesen, und eine der Kerzen erlosch.

»Verdammt, Lara, doch nicht den ganzen Zimt.«

»Tut mir leid. Ich dachte, die Dose hat eine Streuvorrichtung.« Sie musste entsetzlich lachen und schleppte sich zu ihrem Stuhl zurück. »Absolut köstlich«, sagte sie und wischte sich mit dem Ärmel über die Augen.

»Da bin ich aber froh, dass du das so siehst.« Fest entschlossen, das sonnendurchflutete Gefühl zu bewahren, schüttelte ich die Haare, bog den Kopf zurück, schloss die Augen und hob den Zauberstab. Leise spulte ich die Verse herunter.

»Lass dich von mir leiten und tu, was ich sag,
Gehorche, was auch immer kommen mag,
gib mir alles, was ich halten kann,
und alles werde zu Gold sodann.«

Ich kniff die Augen zusammen und stellte mir vor, wie Giles Cornish den Vertrag unterschrieb und ich ihn mit einer triumphalen Geste an Felix übergab.

»Und Schade erspare, wes Schade du nicht begehrst.«

»Was war das denn da am Ende?«

Ich zuckte zusammen. Einen Moment lang hatte ich ganz vergessen, dass Lara auch noch da war. Die Szene, die ich mir vorgestellt hatte, war so ... wirklich gewesen. Ich hatte mir fast eingebildet, Felix' aufdringliches Aftershave zu riechen.

»Das muss man dazusagen, damit nichts Schlimmes passiert.«

»Wie in ›Bei den Dreharbeiten sind keine Tiere zu Schaden gekommen‹?«

»So etwas in der Art.« Plötzlich wurde ich von einer unglaublichen Müdigkeit befallen, die meine Glieder nach unten zog.

»Geht es dir gut?« Lara sprang auf.

»Vielleicht habe ich mich zu sehr angestrengt«, sagte ich und versuchte, die Sache mit einem Lächeln herunterzuspielen. Dabei fühlte ich mich wirklich sonderbar. Ich blies die restlichen Kerzen aus und schleppte mich zur Fensterbank. »Ich bin vollkommen erschlagen.«

»Was glaubst du, wird jetzt geschehen?« Lara schaltete das Licht wieder ein, und wir blinzelten uns an, als wir unseren Tee tranken. Aus dem Fernsehen drang Gelächter herüber.

»Weiß ich nicht.« Die Spannung von vorhin war so gut wie verschwunden.

»Ich hatte erwartet ... keine Ahnung, dass es blitzt, und dann würde Giles in der Tür stehen, nur halb angezogen und die Haare zu Berge stehend«, sagte sie. Lara hatte ihn auf meiner Party kennengelernt. »Hast du irgendetwas gespürt?«

Ich nickte langsam, wusste aber nicht, wie ich es erklären sollte. »Vermutlich war es Einbildung.«

»Du wirkst tatsächlich verändert. Irgendwie strahlst du«, sagte sie, als plötzlich das Telefon klingelte.

Mein Puls beschleunigte sich.

»Das ist sicher Rob, weil ich nach Hause kommen soll«, sagte Lara, trank ihren Tee aus und schaute auf die Uhr. »Olly wird die Brust wollen. Vielleicht hätte ich abpumpen sollen.«

»Dann solltest du sofort gehen«, sagte ich betroffen und zog den Pullover wieder über den Schlafanzug. »Tut mir leid, dass ich dich hergelockt habe.«

»Soll das ein Witz sein?« Lara verdrehte die Augen. »Das war das Lustigste, was ich erlebt habe, seit Olly meine Schwiegermutter angepinkelt hat. Ich hoffe, du lädst mich zur nächsten Sitzung wieder ein.«

Will rief »Klopf, klopf« und steckte den Kopf zur Tür herein. »Giles ist am Telefon«, sagte er. Seine Stimme klang fragend. »Er möchte dich sprechen, Jo.«

»Was?« Mein Herz vollführte einen dreifachen Salto rückwärts.

Lara erwiderte meinen Blick. »Oh mein Gott!«, quiekte sie, und Will runzelte die Stirn.

»Was ist denn los?«

Mit zittriger Hand nahm ich den Hörer entgegen. »Hallo, Josie Goodwin am Apparat.«

»Das weiß ich doch.« Giles klang amüsiert, und ich stellte mir vor, wie sich sein Mund zu einem Lächeln verzog. »Hör mal, ich habe über das nachgedacht, was du heute Nachmittag gesagt hast.«

»Hast du das?« Hoffnung schwang in meiner Stimme mit. Mir war nur zu bewusst, dass Will und Lara mich beobachteten.

»Ich habe mich mit dem Haus vielleicht ein bisschen angestellt. Eigentlich sehe ich keinen Grund, warum ihr nicht euren Film dort drehen solltet, im Gegenteil. Es wäre sogar schön, wenn der alte Kasten Unsterblichkeit erlangen würde.« Sein Ton wurde wehmütig. »Mum hat Kostümfilme immer geliebt.«

»Hat sie das?« Ein gewaltiges Lächeln machte sich auf meinem Gesicht breit. »Das ist ja wundervoll, Giles«, sagte ich, stieß meine Faust in die Luft und formte mit den Lippen ein JA. »Etwas Schöneres könnte uns gar nicht passieren.«

Lara schlug die Hand vor den Mund, als sie meine Worte hörte.

Wills Miene hingegen wurde noch skeptischer. »Was sagt er denn?«

Ich fuchtelte, damit er still war. »Wenn ich also morgen früh mit dem Vertrag komme, wirst du ihn unterzeichnen?«

»Du musst aber sehr früh kommen«, sagte er, plötzlich ganz geschäftsmäßig. »Morgen habe ich viel zu tun.«

»Kein Problem«, meinte ich und fühlte mich wieder so leicht wie Luft. Es hatte funktioniert. *Mein Zauberspruch hatte funktioniert!* »Du wirst es nicht bereuen«, fügte ich eifrig hinzu und hüpfte auf der Stelle herum.

»Doch, das werde ich, da bin ich mir sicher«, sagte er trocken.

»Was hat dich denn dazu bewogen, deine Meinung zu ändern?«

»Da bin ich mir nicht ganz sicher.« Ich hatte das Gefühl, dass es nicht das war, was er eigentlich sagen wollte. Vermutlich wusste er es selbst nicht, und ich hatte nicht die Absicht, ihn aufzuklären.

»Er hat Ja gesagt!«, kreischte ich, warf mich auf Lara und führte mit ihr ein Freudentänzchen auf.

»Josie.« Wills nüchterner Tonfall verdarb mir wieder die Stimmung. Er legte mir die Hände auf die Schulter und hielt mich von sich weg. »Was führst du nur im Schilde?« Dann schnüffelte er an meinen Haaren. »Und warum riechst du wie ein Apfelkuchen?«

»Sei doch nicht sauer, Will. Ich …«

Wir zuckten zusammen, als ein blechernes Geräusch aus dem Hörer drang, und ich musste kichern.

Ich hatte vergessen aufzulegen.

11. Kapitel

Auf dem Rückweg nach London am nächsten Morgen beschloss ich, Mum zu besuchen.

Der Vertrag lag neben mir, unterschrieben in Giles' kühner Handschrift, und ich musste unentwegt grinsen. Alice hatte ich die Neuigkeit bereits mitgeteilt.

»Ich wusste, dass du es schaffen würdest«, freute sie sich, und ich bekam Schuldgefühle, weil ich am vorherigen Tag so schlecht über sie gedacht hatte. »Vermutlich hast du ihn mit deinem Charme um den Finger gewickelt, was?«

»So etwas in der Art«, sagte ich, und meine Wangen glühten.

Will war vollkommen erschüttert gewesen, als ich ihm alles erzählt hatte.

»Glaubst du mir jetzt?«, hatte ich ihn gefragt, nachdem ich Giles noch einmal gedankt und den Hörer aufgelegt hatte. Will war vor mir zurückgewichen, als wäre ich ansteckend.

»Du willst ernsthaft behaupten, dass du einen Zauberspruch aufgesagt hast, damit Giles dich auf seinem Anwesen drehen lässt, und jetzt hat er tatsächlich zugestimmt?«

»Völlig korrekt«, bestätigte ich triumphierend. Lara war sofort aufgebrochen, als sie eine dringliche SMS von Rob bekommen hatte, dass sie doch bitte kommen möge, um Olly zu stillen. »Und du weißt ja selbst, wie hartnäckig er sich geweigert hat.«

Will schien tief in Gedanken versunken. »In der Tat«, sagte er bestürzt. »Sogar die Worte ›nur über meine Leiche‹ fielen ein paarmal.«

»Tja, hab ich's nicht gesagt?«

»Das ist wirklich merkwürdig.« Er rieb sich die Unterarme, an denen sich sämtliche Härchen aufgerichtet hatten. »Aber wäre das nicht schon fast Betrug?«, fragte er, als hätte er schließlich eingesehen, dass es für Giles' Meinungsumschwung keinen anderen Grund geben konnte. »Das ist ja, als hättest du ihn ... hinters Licht geführt.«

»Hinters Licht geführt?«, spottete ich. »So redet doch heute niemand mehr, Will. Und natürlich ist es kein Betrug.« Ich schlang meine Arme um seinen Hals und hatte meine Müdigkeit völlig vergessen. »Jeder hat einen Vorteil davon, wo ist also das Problem?«

Er schaute mir ins Gesicht, als hätte er mich noch nie zuvor gesehen. Offenbar fiel es ihm schwer, Worte für sein Unbehagen zu finden. »Stimmt schon«, sagte er benommen und pflanzte mir einen Kuss auf den Mund. »Unglaublich, oder?«

Giles war die Höflichkeit selbst gewesen, als ich um Punkt acht in Cotsworth erschienen war, als hätte er seinen Ärger vom Vortag längst vergessen.

Jetzt fuhr ich in die schmale Einfahrt bei Mum und betete,

dass Del nicht da sein würde. Mit ein bisschen Glück hatte er eine seiner Ferntouren und war über Nacht fort gewesen. Mum begleitete ihn manchmal, obwohl ich Schwierigkeiten hatte, mir vorzustellen, wie sie wie ein Jack Russell Terrier in seinem Lkw hockte. Wenn sie und Dad verreist waren, dann immer nur mit dem Auto oder dem Flugzeug oder einmal auch mit dem Orient-Express.

So wenig, wie ich mir Del in einem Luxuszug vorstellen konnte, schien mein Dad hinters Lenkrad eines Lkws zu passen, und wieder einmal fragte ich mich, was Mum wohl an ihm fand. Ich hatte sie mal danach gefragt, aber ihr Gesicht hatte ein derart aggressives Rot angenommen, dass ich schnell so getan hatte, als wäre es ein Scherz gewesen.

Der Tag war schon wieder sehr heiß. Summend ging ich den Weg zum Haus hoch und bewunderte die Blumenkästen mit den prächtigen Petunien.

An der Stufe vor der Haustür hockte ein Steinfrosch und spuckte Wasser aus seinem grinsenden Maul.

Im Prinzip war ich froh, dass Mum aus dem Haus, in dem ich meine Kindheit verbracht hatte, ausgezogen war – Del in unserer Küche sehen zu müssen oder, schlimmer noch, erleben zu müssen, wie er aus Mums und Dads Schlafzimmer kam, wäre unerträglich. Trotzdem vermisste ich das Haus, und an dieses Reihenendhaus hatte ich mich noch nicht gewöhnt. Aber die Straße war ruhig und lag nahe genug an der Innenstadt, sodass Mum kein Auto brauchte.

»Josie! Was für eine nette Überraschung.« Sie kam aus der Küche geeilt und trocknete sich die Hände an einem Geschirrtuch ab. »Ich habe gerade einen Zitronenkuchen gebacken.«

»Um diese Uhrzeit?« Ich umarmte sie und schaute mich im gelb gestrichenen Flur um.

»Ich bin schon seit sechs wach, weil ich Del verabschieden wollte«, sagte sie nervös, und ich fragte mich, ob sie gespürt hatte, dass ich nach Zeichen für seine Anwesenheit suchte. »Er ist heute nach Düsseldorf gefahren.«

Im ersten Moment kam es mir so vor, als hätte ich, ohne es zu merken, schon wieder gezaubert, aber dann schalt ich mich selbst. Ich sollte gar nicht erst anfangen, so zu denken. Obwohl es natürlich großartig wäre, wenn die Dinge immer so laufen würden, wie ich es wünsche …

»Möchtest du ein Stück?«

»Wovon?«

»Von dem Kuchen. Ich setze schnell Kaffeewasser auf.«

»Mach das«, sagte ich und fühlte mich vollkommen eins mit der Welt, als ich ihr in die sonnendurchflutete Küche folgte.

Mir fiel auf, dass sie ein Fünfziger-Jahre-Kleid trug, in der Taille gegürtet. Seit wann takelte sie sich tagsüber auf? Ich konnte mich noch daran erinnern, wie sie uns im Eiltempo zur Schule brachte und nur einen Trenchcoat über dem Nachthemd trug.

»Ist Pippa da?«, fragte ich und spürte wieder Schuldgefühle. Am Abend zuvor hatte ich mich nicht von ihr verabschiedet, da niemand gewusst hatte, wo sie war.

»Sie ist in Brambles geblieben, weil sie deine Großmutter heute Morgen verabschieden wollte. Jetzt ist sie aber auf dem Weg hierher.«

Ich hatte das Gefühl, dass sie mir irgendetwas verschwieg. »Ist alles in Ordnung zwischen ihr und Tyler?«

Das Messer in Mums Hand zitterte. »Ich weiß nicht«, sagte sie, und ihr Gesicht wirkte plötzlich traurig. »Sie hat nicht viel gesagt, aber sie wollte dir auch nicht die Party verderben.«

Ich dachte darüber nach, während ich die Becher suchte, da ich mich in dieser Küche noch nicht gut auskannte. »Ich bin mir sicher, dass es ihr gut geht«, sagte ich und goss kochendes Wasser auf. »Als ich das letzte Mal mit ihr gesprochen habe, stand Tyler kurz davor, ihr einen Antrag zu machen.«

»Fragt sich nur, was für einen.«

»Der war gut, Mum. Du hast ja Humor.« Ich schenkte ihr ein zufriedenes Lächeln. Über Nacht war alles anders geworden, und ich platzte vor Dankbarkeit – gegenüber Gran, gegenüber ihren verrückten Hexenvorfahren, ja gegenüber … der ganzen Welt.

Ich legte mir ein großes Stück Kuchen auf den Teller. »Der ist köstlich«, sagte ich krümelspuckend. »Isst du nichts?«

»Ich muss mich ein wenig zurückhalten«, antwortete sie mit einem sehnsüchtigen Blick auf den Kuchen. »Nach deiner Party gestern habe ich einiges abzutrainieren.«

»Du musst doch nicht abnehmen, Mum«, sagte ich schockiert. »Hat Del dir das eingeredet?«

»Natürlich nicht«, sagte sie scharf. »Er mag Frauen, die ein wenig gepolstert sind.«

Ich zuckte zusammen. »Mum!«

»Das tu ich für mich selbst. Ich habe mich auch im Fitnessstudio angemeldet.«

Meine Fantasie reichte nicht ganz, um mir vorzustellen, wie sie Gewichte stemmte. Das war so unvorstellbar wie Mum als Rapperin. »Du siehst doch wunderbar aus, so wie du bist«, sagte ich und stützte mich auf die Arbeitsplatte.

»Was ist denn in *dich* gefahren, Josie?«, fragte sie und musste lachen. Normalerweise fand ich es furchtbar, wenn sie lachte – diese Bestätigung dafür, dass es ihr auch ohne Dad gut ging –, doch heute hatte ich nichts dagegen.

»Ich habe einen Drehort für *Geschwisterzwist* gefunden«, erzählte ich ihr und klatschte wie ein zweijähriges Kind begeistert in die Hände. Sie drückte mein Knie.

»Das ist ja großartig, Josie. Ich bin stolz auf dich.« Ihr Lächeln wurde noch strahlender. »Wird dieser Schauspieler wieder dabei sein? Der aus dieser Geschichte auf Channel 4, der mit einer Stricknadel erstochen wurde und dann wieder auferstanden ist.«

»Dorfvampir?«

Sie nickte. »Genau.« Ihre Augen glühten. »Der ist wirklich zum Anbeißen.«

»Mum!« Ich ließ den Kopf in die Hände sinken. »Du bist zu alt, um so etwas zu sagen.«

»Ich bin gerade einmal sechzig«, erklärte sie in gespielter Empörung. »Das ist das Problem mit euch Mädchen. Ihr denkt, eure Eltern sollten kein wildes ...«

»Sag jetzt bitte nicht ›Sexleben‹.«

»Okay, ich sag's nicht.« Ihre Miene wurde sanft. »Aber ernsthaft, Josie. Ich bin froh, dass du dich auf die Arbeit konzentrierst, statt auf diesen Unsinn von gestern.« Ich stellte meinen Kuchen ab und fühlte mich schuldig. Vielleicht sollte ich doch etwas klarstellen. »Ehrlich gesagt hatte ich befürchtet, dass dir die Sache zu Kopf steigt. Kannst du dich noch erinnern, dass du bis zu deinem elften Lebensjahr an die Zahnfee geglaubt hast?«

Vielleicht war ich Gran ähnlicher, als ich gedacht hatte.

»Du glaubst also nicht daran?«, fragte ich neugierig. Kaum vorzustellen, dass sie nach all den Jahren immer noch skeptisch war – obwohl ich die Sache mit der Hexerei keine achtundvierzig Stunden zuvor ebenfalls abgetan hatte.

»Ich glaube nur, dass Gran daran glaubt.« Mit einem sehnsüchtigen Seufzer drehte sie dem Kuchen den Rücken zu. »Ich kann natürlich nicht leugnen, dass es ein paar äußerst merkwürdige Dinge gibt. Dass wir nie krank werden etwa und dass diese Freundin damals die Goldmedaille gewonnen hat. Aber vielleicht haben wir ja auch einfach Glück mit den Genen.«

»Habt ihr denn nie etwas mitbekommen, du und Onkel Chris?«

»Wir waren zu jung. Laut Gran wirkt die Kraft ...«, sie verdrehte die Augen, »... nur neun Tage. Das ist doch alles ziemlich durchschaubar, wenn du mich fragst.«

Ich kämpfte mit mir, ob ich ihr sagen sollte, dass es stimmte – und dass der Beweis in Form von Giles' Unterschrift in meinem Wagen lag –, aber ich würde ihre Enttäuschung nicht ertragen. Wenn sie dachte, es wäre mir aus eigener Kraft gelungen, wäre das auch nicht verkehrt. Es war ein gutes Gefühl, dass sie stolz auf mich war. Nur wenn Dad jetzt hier wäre, könnte der Tag noch perfekter sein.

»Jetzt muss ich aber gehen.« Ich sprang von der Arbeitsplatte und verteilte Kuchenkrümel auf dem Boden.

»Begrüß doch wenigstens noch deine Schwester«, sagte sie, als auch schon der Riegel an der Hintertür aufsprang. »Es passiert ja nicht oft, dass ich meine Mädchen beide bei mir habe.«

Das hatte wehmütig geklungen, und ich fragte mich, ob sie die alten Tage ebenfalls vermisste.

Bevor ich etwas sagen konnte, kam Pippa hereingeplatzt, die Haare wirr und das Gesicht tränenverschmiert.

»Er … Er will uns nicht.« Schluchzend fiel sie Mum in die Arme.

»Was ist denn los?«, fragte ich erschrocken. Ich suchte Mums Blick, während ich Pippas Rücken streichelte.

»T … Tyler«, schluchzte Pippa und wischte sich an Mums Schulter die Nase ab. Ihre Wimpern waren verklebt. »Dieser beschissene, verlogene Bastard. Dieser hirnverbrannte Vollidiot.«

»Pippa!« Allerdings konnte ich nicht so entsetzt sein, wie ich es sein sollte. Nach ihren anfänglichen Schwärmereien hatte ich eine Mischung aus Monet und Johnny Depp erwartet und war dann furchtbar enttäuscht gewesen von diesem Wesen mit der Stachelfrisur, das sie uns letztes Jahr Weihnachten vorgestellt hatte – ein dürres Skelett in einer hautengen Lederhose. Er sah eher wie Johnny Rotten aus und benahm sich auch entsprechend. »Was ist denn passiert? Und wer ist ›wir‹?«

Pippa schluchzte noch lauter.

»Würde mir mal jemand verraten, was hier los ist?«, bat ich und verlor allmählich meine gute Laune.

Mum machte den Mund auf, schloss ihn dann aber gleich wieder, als würde sie nach den richtigen Worten suchen. Schließlich entschloss sie sich für den direkten Weg. »Tyler hat eine andere, und Pippa ist schwanger.«

»Schw... schwanger?«, wiederholte ich töricht und starrte auf Pippas Bauch. Dann fiel mir wieder ein, dass sie mir tatsächlich ein bisschen fülliger vorgekommen war. »Warum hast du denn nichts gesagt?«

»Ich wollte dir nicht die Hexenparty verderben, und außerdem dachte ich, er würde sich anders besinnen, wenn ich erst einmal weg bin, weil er mich dann vielleicht vermissen würde. Stattdessen hat er sich im selben Moment, als ich die Tasche gepackt hatte, diese schielende Schlampe ins Haus geholt. Sie heißt Honeybelle. Hast du schon einmal einen so bescheuerten, affigen Namen gehört? Ich hoffe, er verkauft nie wieder im Leben ein Bild, so sehr hasse ich ihn. Oh Gott, ich liebe ihn doch so sehr«, heulte sie, und die Tränen quollen unter den Lidern hervor, die fast zugeschwollen waren. »Was soll ich denn nur machen?«

Ich hatte sie noch nie so fertig gesehen, nicht einmal bei Dads Tod.

»Mach dir keine Sorgen, Pips.« Die Worte blieben mir in der Kehle stecken. Ich strich ihr das feuchte Haar aus der Stirn und bückte mich, um meine Tasche aufzuheben. Das Zauberbuch war beruhigend schwer. »Wir finden schon eine Lösung«, versprach ich.

12. Kapitel

Ich fuhr soeben auf meinen üblichen Parkplatz, als Felix mit seinem Porsche um die Ecke bog. Schnell stürzte ich ins Studio und stolperte fast in der Eile. Auf den wilden Applaus, der mich empfing, war ich nicht gefasst.

»Gut gemacht, Jo«, sagte Alice und klatschte über dem Kopf in die Hände. Ihre Haare hatte sie mit Hilfe von Essstäbchen zu einem Knoten hochgesteckt, was ihre katzenhaften Augen noch einmal betonte. »Du hast wirklich den Tag gerettet.«

»Oh, danke«, sagte ich, wurde rot und verbeugte mich leicht. Es gelang mir irgendwie, Pippas Sorgen zu verdrängen, um mich in diesem kurzen Moment des Ruhms zu sonnen.

»Ich weiß nicht, wie du das bewerkstelligt hast, aber Gott sei Dank hast du es bewerkstelligt«, sagte jemand mit einem schweren irischen Akzent.

Bevor ich den klaren Verstand wiedererlangt hatte, trat Shaun Lightly vor und packte mich mit seiner haarigen Hand. »Endlich können wir uns an die Arbeit machen, dir und deinen Überredungskünsten sei Dank.« Seine Stimme klang so honigsüß, als hätte er eine ganze Bienenwabe verschluckt.

»War mir eine Freude«, sagte ich und fühlte mich bedrängt.

Er beugte sich herab und küsste mich auf die Wange, und ich gab mir alle Mühe, nicht zurückzuweichen. Er war zwar ziemlich attraktiv – ein dunkler Latino-Typ mit vollen Lippen, schwarzen Augen und Schleierblick –, aber er stank nach Knoblauch und Wein, und seine Augen waren rot angelaufen. Es wirkte fast, als hätte er soeben noch ein Supermodel beglückt, was vermutlich nicht ganz abwegig war, wenn man den Gerüchten Glauben schenken durfte.

»Weißt du, dass ich mit Cornish gesprochen habe, nachdem er das Drehbuch gelesen hatte?« Er schüttelte den Kopf, und sein volles Haar fiel ihm ins Gesicht. »So eine überhebliche Type«, sagte er und zog mich mit Blicken aus.

»So übel ist er gar nicht«, sagte ich und verpasste Shaun innerlich eine Ohrfeige.

Er stieß ein raues Lachen aus und wackelte anzüglich mit den Augenbrauen. »In welcher Hinsicht genau?«

Die anderen lachten höflich.

»Sei nicht geschmacklos, Lightly«, sagte Alice vorwurfsvoll, und er zwinkerte mir zu.

»Der sollte es mal jemand richtig besorgen.«

Sie ging hin und schlug ihn mit ihrem Klemmbrett auf den Arm. »Das habe ich gehört.«

Ihre Augen funkelten. So hatte ich sie noch nie erlebt, und ich fragte mich, ob sie vielleicht heimlich in ihn verliebt war.

»Das solltest du auch«, sagte er versöhnlich und rieb sich den Arm. »Lass uns also ein Treffen anberaumen«, fuhr er fort, als Alice nichts erwiderte. »Je eher wir loslegen, desto besser.« Er strich mir mit dem Finger über den Arm. »Du wirst meine rechte Hand sein, Josie. Ich hoffe, du bekommst das hin«, sagte er mit einem leidenschaftlichen Blick.

»Natürlich bekomme ich das hin«, murmelte ich und nahm mir vor, zu keinem Zeitpunkt mit ihm alleine zu bleiben. »Ich kann es kaum erwarten, dass es endlich losgeht.«

»Darauf würde ich wetten«, sagte er mit zunehmend glühenden Augen. »Ich gehe davon aus, dass man da gut parken kann, oder?«

»Wie bitte?« *Sollte das eine Anspielung sein?*

»In Cotsworth House. Parken.«

»Ach so.« Auf dem falschen Fuß erwischt musste ich erst einmal nachdenken. Vor dem Haus war ein runder gepflasterter Platz, und ich hatte sichergestellt, dass es auf der Straße keine Parkbeschränkungen gab, aber mit Giles hatte ich noch nicht darüber gesprochen. Im Vertrag stand sicher etwas davon, und er schien ihn gründlich studiert zu haben, als ich im Wohnzimmer herumgelaufen war und die kunstvoll gemusterten Teppiche bewundert hatte.

»Ich gehe davon aus, dass es da keine Probleme geben wird. Das heißt, ja, es gibt jede Menge Platz«, korrigierte ich mich, als Shauns Augenbraue immer wilder wackelte. Wenn nicht, würde ich halt Platz schaffen müssen. Doch wollte ich dafür wirklich einen Wunsch vergeuden?

Das konnte es ja wohl nicht sein, was Dorothy Cranshaw im Sinn gehabt hatte. Vermutlich drehte sie sich im Grabe um.

»Dann werde ich mal ein paar Telefonate tätigen«, sagte Alice. »Die Schauspieler müssen informiert werden.« Die allgemeine Aufregung war spürbar, als sie ihr Handy aus der Tasche holte. Auch Shaun wurde jetzt mit Beschlag belegt.

Pippas Misere ließ mich nicht los, und so wollte ich mich zurückziehen, um ein wenig Zeit zum Nachdenken zu gewinnen. Mittlerweile war aber auch Felix gekommen, die Mähne ausnahmsweise einmal glatt zurückgegelt, was seinen fliehenden Haaransatz erkennen ließ.

»Toll«, sagte er, bleckte seine gefährlich spitzen Zähne und schüttelte schwungvoll meine Hand. Unter seinen Achseln sah man Schweißflecken. Er trug dasselbe Hemd, das er auch gestern getragen hatte. »Wurde aber auch Zeit.«

»Besser spät als nie«, gab ich zurück. Mein Herz schlug allerdings heftig. Dass ich den Drehort besorgt hatte, war nur der Anfang, wie mir klar wurde. Jetzt musste ich mich ernsthaft in die Sache reinknien. Ausrüstung und Crew, Catering und Ordnungsdienst mussten organisiert werden, und irgendwo mussten die Schauspieler während der Dreharbeiten auch untergebracht werden. Das war unsere größte Produktion zurzeit.

Meine Handflächen wurden feucht, und ich begann zu hyperventilieren.

»Alles in Ordnung?« Felix war erbleicht, als würde ich Blut

weinen, und klammerte sich an seine Krawatte wie an eine Kuscheldecke.

»Das ist die Hitze«, sagte Alice und legte mir besorgt den Arm um die Schulter.

»Das Problem wird Freitag gelöst sein. Ich habe gestern jemanden angerufen«, sagte Felix und runzelte die Stirn, als würde ihn irgendetwas an der Erinnerung irritieren. »Mach das Fenster auf, wenn dir heiß ist.«

Als er sich zurückzog, klopfte er Shaun so derb auf den Rücken, dass ein weniger kräftiger Mann durch die Glastür gegangen wäre.

»Das verdanken wir nur dir«, sagte Alice lächelnd, als sich die beiden wie zwei Gangster die Hand schüttelten. »Der Sender wollte uns schon die Mittel streichen.«

»Wirklich?« Sobald ich das richtig begriffen hatte, riss ich die Augen auf. »Du machst Scherze.«

Sie führte mich zu einem weichen Ledersessel, drückte mich hinein und sprühte mir aus einer geschwungenen Flasche etwas Kühles ins Gesicht. »Sie haben gestern angerufen, nachdem du weg warst, deswegen war er so schlecht gelaunt.« Mein Mini-Zauberspruch hatte seine Wirkung also schnell eingebüßt. »Ich habe es dir gar nicht erzählt, damit du nicht …« Ihr Blick schweifte ab.

»Damit ich nicht was?«

Sie wischte imaginären Staub von der Stuhllehne. »Damit du nicht ausrastest.«

»Ausraste?« Meine Stimme war plötzlich eine Oktave höher. »Wann wäre ich je ausgerastet?«

»Ganz ruhig.« Sie sah mich besorgt an. »Kannst du dich noch an die Szene erinnern, als Mr Cornish dir die erste Absage erteilt hatte?«

Ich rutschte auf meinem Stuhl herum und schaute zu Boden. »Ach das.« Okay, ich war vor Felix zusammengebrochen, aber er war auch wirklich fies zu mir gewesen und hatte mir vorgeworfen, dass ich die Dinge vollkommen falsch anpacke.

»Du kannst nicht einfach da aufkreuzen und sagen: ›Ich weiß schon, dass Ihre gesamte Familie soeben gestorben ist, aber ich habe eine großartige Idee, wie Sie auf andere Gedanken kommen und außerdem jede Menge Geld machen können‹«, hatte er gewütet.

»Das habe ich doch gar nicht gesagt!« Ich hatte ihn angestarrt und war vor Scham erbleicht, weil Giles offenbar sofort Kontakt zu ihm aufgenommen hatte. »Ich habe versucht, meiner Bitte eine persönliche Note zu geben«, hatte ich mich, schon den Tränen nahe, gerechtfertigt.

Mum hatte soeben verkündet, dass sie das Haus verkaufen und mit Del zusammenziehen würde, und es ging mir schrecklich, weil irgendetwas für immer verloren schien.

»Ich wollte ihn doch nicht bedrängen«, hatte ich geschluchzt, zitternd vor Verzweiflung. »Er hätte eben nicht so ... so gemein zu mir sein sollen.«

Er hatte verächtlich geschnaubt, und ich war aufs Klo geflüchtet.

»Aber egal«, sagte Alice und holte mich aus meinen Erinnerungen zurück. »Es ist ja gut gegangen, und das ist schließlich alles, was zählt.« Als sie meine Hand tätschelte und mich anerkennend anschaute, wünschte ich fast, ich hätte Giles ohne Zauberkraft überzeugt.

Während der Sitzung machte ich mir demonstrativ viele Notizen, musste aber trotzdem ständig an Pippa denken. Ich hatte sie mir noch nie mit einem Baby vorgestellt, wusste aber instinktiv, dass sie eine großartige Mutter sein würde. Als Kind hatte sie immer gerne mit Puppen gespielt und hatte sie sogar gestillt, wie sie es mal bei einer Frau im Bus gesehen hatte. Ich hingegen hatte mit dem Nachbarsjungen wilde Karatekämpfe ausgetragen.

Plötzlich hatte ich vor Augen, wie sie auf meiner Party Olly gehalten hatte, und dann musste ich an ihr Gesicht vorhin bei Mum denken. Sofort traten mir Tränen in die Augen. Wie kam Tyler dazu, die beiden nicht zu wollen?

»Josie?«

»Mhm?« Alle Augen ruhten auf mir. »Wie bitte?«

»Mobile Toiletten. Schreib das auf.« Felix nickte zu meinem Notizblock hinüber, auf den ich eine Katze mit einem riesigen Kopf und einem kerzenartigen Schwanz gemalt hatte. »Diesmal darf niemand in die Büsche pissen.« Er schloss die Augen, als wollte er eine unangenehme Erinnerung verdrängen. »Ach so, und ruf Star Catering an und sag ihnen, dass es losgeht.«

»Wird Kerry uns wieder helfen, wie bei *Das Böse im Nacken?*«, fragte ich. Das klang alles nach grauenhaft viel Arbeit.

»Willst du damit sagen, dass du es alleine nicht schaffst?« Felix fuhr sich mit der Hand durchs Haar.

»Nun, ich ...«

»Sag einfach, wenn du es nicht schaffst.«

»Sicher schaffe ich das«, sagte ich und gab mir Mühe, überzeugter zu klingen, als ich mich fühlte.

Felix' Miene verdüsterte sich. »Das wollen wir hoffen. Sonst müssten wir noch einmal über deine Position in der Firma nachdenken.«

Oh Gott.

Ich betrachtete meine Tasche, die zu meinen Füßen lag, stellte mir vor, wie ich das Zauberbuch aufschlug, und spürte sofort, wie sich meine Schultern entspannten.

»Keine Sorge«, sagte ich entschieden und hob das Kinn. »Du kannst dich auf mich verlassen, Felix.«

13. Kapitel

Als ich den Catering Service gebucht und für Schauspieler und Crew Hotelzimmer besorgt hatte, ging mir auf, dass ich mich nach Beginn der Dreharbeiten glücklich schätzen dürfte, wenn ich noch zum Haarewaschen kam. Für einen Haufen Zaubersprüche blieb dann sicher keine Zeit mehr.

Ich bat Lara, Samstagabend vorbeizukommen, aber Rob war geschäftlich unterwegs, und sie konnte keinen Babysitter finden. »Ich könnte schwören, dass meine Eltern in den Urlaub gefahren sind, um mich zu ärgern«, klagte sie, während man im Hintergrund Olly heulen hörte. »Wenn du über ein bisschen Menschlichkeit verfügst, sprichst du einen Zauberspruch, damit mein Sohn ausnahmsweise einmal zufrieden ist.«

Ich legte das Zauberbuch zurecht und holte das »Werkzeug«, das ich am Nachmittag bei *Moonstones & Nectar* gekauft hatte, sehr zu Anouschkas Freude. »Sieht aus, als hätte deine Freundin eine lange Nacht vor sich«, sagte sie unter Betonung des Worts »Freundin«, und ich wurde bis über beide Ohren rot.

Zünde in einem abgedunkelten Raum eine rote Kerze an, mitten im magischen Kreis. Nimm ein Hufeisen und schiebe es um die Kerze herum.

Ich arrangierte das Hufeisen wie verlangt. Das Messing glänzte sanft im schwachen Licht.

Um deine Zaubersprüche zu bündeln, schreibe sie mit einer Feder, die du in Drachenbluttinte getaucht hast, auf einen Zettel.

Aus einer spontanen Eingebung heraus lief ich ins Schlafzimmer, um meinen alten CD-Player zu holen. Plötzlich war ich erleichtert, dass Will im Schrebergarten war. Bevor er gegangen war, hatte er mir zu verstehen gegeben, dass ich, wenn ich mich auf die wesentlichen Dinge konzentrieren würde, gar keine Magie bräuchte – was mich ziemlich verletzt hatte.

»Komm doch einfach mit«, hatte er mich mit einem provokanten Unterton aufgefordert, aber ich hatte ihm vorgeflunkert, dass ich mich vor der Arbeit am Montagmorgen unbedingt entspannen müsse.

»Mir kommt es so vor, als hättest du dein Leben lang auf dieses Zauberbuch gewartet«, brachte er meine eigenen unausgegorenen Gefühle zum Ausdruck, bevor er die Wohnung verließ und die Tür hinter sich zuknallte. Ich starrte sie noch eine Weile an und blinzelte wütend.

Dann schob ich eine CD mit keltischen Melodien in den CD-Player und fragte mich, warum ich sie überhaupt gekauft hatte – vielleicht hatte mein innerer Heide seine Finger im Spiel gehabt. Im nächsten Moment erklangen Harfentöne.

Ich kehrte ins Schlafzimmer zurück, holte das, was noch am ehesten an ein Gewand erinnerte – das lange weiße Baumwollnachthemd, das Wills Mutter mir mal zu Weihnachten geschenkt hatte –, zog mich um und löste mein Haar, weil ich die diffuse Vorstellung hatte, dass Zaubersprüche, wenn das Äußere stimmte, besser funktionierten.

Als ich es nicht länger hinauszögern konnte, nahm ich einen Notizblock, kniete mich hin und kämpfte mit dem Fläschchen »Drachenbluttinte«. Irgendwann flog der Deckel ab, und die Tinte tropfte auf den Boden. Ich wischte sie mit dem Ärmel meines Gewands auf. Allmählich erinnerte der Raum an einen Tatort. »Reiß dich zusammen«, ermahnte ich mich und wünschte, Lara wäre da. Sie hatte einen beruhigenden Einfluss auf mich.

Sprich folgende Worte, wenn du schreibst:
»Was ich wünsche, das schreib ich nieder,
Nimm meine Träume und bring sie wieder,
Was ich erhalte, entspricht meinem Willen,
Mögen kostbare Träume sich erfüllen.«

Ich wippte vor und zurück und tippte mir mit der Feder ans Kinn. Meine Lider fielen zu, und ich schüttelte mich. *Konzentrier dich.* Eine Erinnerung an Dad kam hoch. »Du steckst immer mit dem Kopf in den Wolken, Mädchen. Ohne Konzentration auf die Sache wirst du es nie zu etwas bringen.«

Was wollte ich denn eigentlich?

Schließlich steckte ich die Feder in die Tinte (als Blut konnte ich sie nicht bezeichnen, das war mir zu unheimlich) und schrieb:

1) **Olly soll endlich lieb sein.**
Ein Bild vom Kleinen Lord mit seinem Pagenkopf und dem blauen Samtanzug trat mir vor Augen. Das Buch hatte Dad mir und Pippa im Sommer im Garten vorgelesen, während Mum mit ihrem Rasenmäher für den Klangteppich gesorgt hatte.
2) **Will soll wieder auf eine volle Stelle gehen.**
Ich war es satt, dass er in lumpigen Jeans herumlief und Esel ritt. Zugegebenermaßen war ich noch nie im Eselsheim gewesen und wusste gar nicht, ob man die Viecher überhaupt reiten durfte, aber es war trotzdem nicht das richtige Umfeld für jemanden, der so intelligent und kreativ war wie Will.

Ich starrte auf meine spinnenartige Handschrift, bis die Buchstaben verschwammen. Die Harfen verklangen, und es begann ein Tanzstück mit Irischen Flöten. Ich konnte mich nicht beherrschen, sprang auf, hottete im Raum herum, schmiss meine Beine in alle Richtungen und dirigierte ein imaginäres Orchester. Die Flamme der Kerze tanzte mit.

»Jetzt komm schon, Josie, konzentrier dich«, ermahnte ich mich schließlich, keuchend vor Erschöpfung.

3) **Ich will mich endlich verloben.**
   Unauffällig schaute ich mich um, als ich den Satz aufschrieb, als würde Will mir hinterherspionieren. Ich versuchte, mir vorzustellen, wie er mit einer Samtschachtel in der Hand vor mir kniete. Stattdessen sah ich, wie Alice mit ihrem Klemmbrett auf Shaun einhieb und wie mich Shaun mit seinem Schlafzimmerblick auf die Wange küsste.

Ich seufzte, und die Kerze flackerte. Das war ja schwieriger, als ich gedacht hatte, da ich mich einfach nicht konzentrieren konnte.

Was noch?

4) **Mum soll einen Besseren finden als Del.**
   War das präzise genug? Ich strich es durch und schrieb stattdessen: **Mum soll sich von Del trennen.** Das Bild, wie die beiden in einer Kapelle in Las Vegas vor den Augen eines Elvis-Imitators den Bund fürs Leben schlossen, trat mir vor Augen, und ich schüttelte mich. Mein schlimmster Alptraum – Del als Stiefvater. Ganz zu schweigen davon, dass sein Sohn Dwayne dann mein Stiefbruder wäre. Als ich ihn zum letzten Mal gesehen hatte, hatte er gerade in einen Busch vor ihrem Haus gepinkelt – am helllichten Tage. Laut Mum hatte er irgendein »Leiden«, aber niemand konnte Genaueres dazu sagen.

5) Pippa und Tyler sollen wieder zusammenkommen.
   Das stand fest. Ich hatte sie noch nie so unglücklich gesehen und konnte es einfach nicht ertragen, sie alleine in ihrer höhlenartigen New Yorker Wohnung zu wissen, mit einem Baby und niemandem an ihrer Seite. Unter größten Mühen versuchte ich, mir vorzustellen, wie sie sich umarmten, Pippa und Tyler mit seinem üblichen zurechtgegelten Horn über der Stirn.

Aus irgendeinem Grund sah ich plötzlich Giles vor mir, der Pippas Babybauch streichelte, während ich gerührt zuschaute.

Ich öffnete die Augen. »KONZENTRIER DICH!«, rief ich, und die Worte platzten lautstark in die Stille zwischen zwei Titeln. Mit klopfendem Herzen überflog ich die Liste. Wenn sie erst einmal fertig war, würde ich sie nicht mehr ändern können, also müsste sie Hand und Fuß haben. Gab es noch etwas?

6) Ein Ferienhaus!
   Als ich das aufschrieb, stellte ich mir eine schneebedeckte Berghütte vor. Skifahren wollte ich immer schon lernen. Rob und Lara waren vor ein paar Jahren im Skiurlaub gewesen und schwärmten immer noch in den höchsten Tönen davon, obwohl sie mit einem gebrochenen Knöchel und einem gebrochenen Schlüsselbein heimgekehrt waren.

Was ich mir verzweifelt wünschte, war ein Lotteriegewinn, aber den durfte ich mir nicht wünschen. Weiße Hexen bitten nicht um materielle Reichtümer und werden sie auch nicht erhalten, hatte mir Gran mit Onkel Chris' Handy geschrieben. Schande aber auch!

Oh, noch eins.

7) *Geschwisterzwist* soll ein Riesenerfolg werden.
Das schrieb ich auch auf und sah bereits vor mir, wie Schauspieler und Crew die Räume mit ihren Stimmen und ihrem Lachen erfüllten und ein preisverdächtiges Meisterwerk schufen, während ich mittenmang herummarschierte und Felix Kommandos erteilte.

Das war's.

Ich schaute ins Zauberbuch, über das Schatten hinwegstrichen.

Nimm das Papier und falte es viermal zusammen.

Halte es mit einer Pinzette über die Kerze und lass es verbrennen.

Stell dir vor, wie deine Wünsche in Erfüllung gehen, und während das Papier noch brennt, schicke Wellen der Liebe zu den heraufbeschworenen Bildern.

Gebe deinem Zauber vierundzwanzig Stunden, um zu wirken.

Pinzette. Ich lief ins Bad, holte eine aus meinem Kulturbeutel und zupfte noch schnell ein paar Augenbrauen aus, die aus der Reihe tanzten.

Als ich anzündete, was von der Kerze noch übrig war, spürte ich eine eigentümliche Erleuchtung. So musste auch Gran sich gefühlt haben. War sie aufgeregt gewesen? Ängstlich? War Elsie Brumford bei ihr gewesen? Was hatte mein Großvater wohl von der ganzen Sache gehalten?

Ich fühlte mich ihr auf seltsame Weise nahe, obwohl so viele Kilometer zwischen uns lagen.

Tief am Himmel hing wie ein Melonenschnitz der Mond.

Irgendetwas musste ich jetzt rezitieren. *Was war das noch mal?*

»Do-re-mi-fa-so-la-ti-DOOOO!« Das war es nicht. Ich blätterte mit dem Zeh im Zauberbuch und schaute auf die nächste Seite. Ach ja, da stand es.

»Jetzt schlägt die Stunde, jetzt ist's geschafft, mein ist der Zauber, mein ist die Kraft«, hob ich an und verlieh meiner Stimme eine kehlige Färbung. »Jetzt schlägt die Stunde, jetzt ist's geschafft, mein ist der Zauber, mein ist die Kraft«, wiederholte ich und unterdrückte den Impuls zu lachen. Ich konnte mir gut vorstellen, was für ein Gesicht Lara machen würde. »Jetzt schlägt die Stunde, jetzt ist's geschafft, mein ist ... Oh Gott, halt's Maul, Josie, das klingt ja grauenhaft.«

Als die Flammen an den Rändern des Papiers züngelten, schloss ich die Augen und bombardierte die Bilder meiner Wünsche mit Wellen der Liebe. Allerdings war alles ein bisschen durcheinander und verschwommen, und ich konnte mich gar nicht mehr genau erinnern, was ich mir überhaupt gewünscht hatte.

»Autsch!« Die Flamme hatte mit erstaunlicher Kraft an meiner Hand genagt, und ich ließ die Pinzette los. Das verkohlte Papier fiel zu Boden, und ein Funke verirrte sich an den Saum meines Nachthemds.

»Oh Gott!« Ich nahm das Zauberbuch und hieb auf den Stoff ein, fächelte den Flammen aber nur noch Luft zu.

»Hiiiilfe!«, schrie ich, von Panik gepackt. Ich warf mich hin und wälzte mich am Boden, bis mir einfiel, dass er aus Holz war. Das ganze Gebäude könnte in Flammen aufgehen. In meiner Angst sprang ich wieder auf und riss, zu schrägen Akkordeonklängen im Hintergrund, wie eine trauernde Witwe an meinem Gewand. Über den Kopf konnte ich das Nachthemd nicht ziehen, was vermutlich auch besser war. Meine Haare sollten nicht auch noch Feuer fangen.

Hektisch zerrte ich die Arme aus den Ärmeln, streifte das Nachthemd ab und spürte, wie das Material riss.

»Bitte, mein lieber Herr Jesus, bitte, bitte, lass mich nicht verbrennen. Ich möchte keine Narben, oh Herr, das war eine so dämliche Idee, jetzt geh schon ab.« Als ich schließlich nackt dastand, bekam ich sofort eine Gänsehaut an der kühlen Luft.

Ich rollte das angekokelte Nachthemd auf und sprang darauf herum, bis ich sicher war, dass sämtliche Flammen erstickt waren. Dann beugte ich mich vor und pustete die Kerzen aus. Die Knie mit den Händen umklammert saß ich frierend da und wimmerte wegen des Schocks.

Das hätte nicht passieren dürfen. Wie um alles in der Welt machten Hexen das denn sonst? Ich hätte sterben können.

Ein Husten riss mich aus dem Chaos meiner Gedanken. Ich konnte mich gerade noch rechtzeitig umdrehen, um zu sehen, wie Will eine Rentnerin in Richtung Wohnzimmer schob.

»Was zum Teufel tust du da?«, zischte er ein paar Sekunden später. Ich hatte mich keinen Millimeter bewegt. »Maud Winthrop ist auf eine Tasse Tee mitgekommen, weil ich sie dir vorstellen wollte, und du sitzt …«

Er rang die Hände und ließ den Blick über meine desolate Erscheinung gleiten, aber bevor ich eine Erklärung abgeben konnte, ließ er die Arme wieder sinken. Erstaunt kratzte er sich am Bein, während ich schnell nach dem T-Shirt griff, das ich vorher getragen hatte, und es anzog.

»Was ist, Will?«, fragte ich. Meine Kopfhaut juckte. Wills Anblick gefiel mir ganz und gar nicht.

»Nichts eigentlich.« Er sah aus wie jemand, der aus einem tiefen Schlaf erwacht. »Ich kann mich nicht erinnern. Dann setz ich mal schnell den Kessel auf.«

»Statt Hut?«, witzelte ich. Es funktionierte, das wusste ich. Die Zaubersprüche funktionierten.

Binnen vierundzwanzig Stunden würde er verkünden, dass er wieder eine ganze Stelle antreten würde.

Das wusste ich einfach.

14. Kapitel

»Glaubst du wirklich, es hat funktioniert?« Lara klang ungewöhnlich munter.

»Ja«, sagte ich wie eine aufgeregte Braut, senkte die Stimme und schloss die Küchentür, damit Will nichts hörte. Er machte sich gerade fertig, um ins Eselsheim zu gehen – zum letzten Mal hoffentlich –, und pfiff leise vor sich hin, als er in seine Jeans stieg.

Er schien vergessen zu haben, dass er sauer auf mich war. Maud hatte er erklärt, dass ich Nudistin sei, die ihre Hausarbeit gerne nackt erledige, und sie schien mit der Erklärung zufrieden.

»Mein Claude hat sich auch immer nackt in die Sonne gelegt«, sagte sie und trank, ohne mit der Wimper zu zucken, ihren Brennnesseltee. »Er war Halbfranzose«, fügte sie hinzu, als erklärte das alles, und zog dann ein Bild aus der Tasche ihres burgunderroten Anoraks. »Ich habe ein Foto von den Zucchini Ihres Mannes geschossen.« Ihre Stimme nahm plötzlich einen vorwurfsvollen Ton an. »Sie kommen ja nie zum Schrebergarten, um sie sich anzuschauen.«

»Oh, wie ... hübsch«, sagte ich, starrte auf das Ding, das wie eine überdimensionale Gurke aussah, und war selbst begeistert von meiner Fähigkeit, ganz normal weiterzumachen. Maud hatte nicht die blasseste Ahnung, dass unerhörte Veränderungen bevorstanden, und Will auch nicht. »Er hat eine solche Begabung für Gemüse«, fuhr sie fort, und ihre lustigen weißen Löckchen zitterten zur Bestätigung. »Sie müssen so stolz auf ihn sein.«

»Oh ... ja. Ja, das bin ich«, sagte ich wahrheitsgemäß. Vermutlich wäre sie nicht annähernd so begeistert, wenn sie wüsste, wofür er letztes Jahr einen Preis gewonnen hatte: *Dog Nutts – der Bio-Snack für Hunde.*

»Wie kommt es übrigens, dass du so munter wirkst?«, fragte ich Lara.

»Robs Eltern waren da und sind mit Olly in den Park gegangen«, erklärte sie vergnügt. »Da konnte ich vorhin schön ein wenig schlafen, ohne gestört zu werden.«

»So genau wollte ich es gar nicht wissen.« Ich lächelte und dachte daran, wie friedlich ihr Leben von nun an sein würde, wenn der Zauber gewirkt hatte. »Ist Rob schon zurück?«

»Nein.« Sie gähnte lautstark. »Ich habe ihm eine SMS geschickt, aber er hat noch nicht geantwortet. Vermutlich schläft er aus, weil sie ein Geschäftsessen hatten.«

»Hast du heute Abend Zeit?« Will kam rein, und ich hielt ihm die Wange für einen Abschiedskuss hin.

»Warum?«

Ich wartete, bis ich sicher sein konnte, dass Will fort war. Irgendwann waren seine Schritte auf der Treppe zu hören. »Ich habe noch einen Wunsch frei. Gestern Abend war ich so müde, dass ich ihn glatt vergessen habe, und ich möchte, dass du dabei bist.«

»Okay«, sagte sie zögerlich. »Aber nur, wenn Rob zurück ist.«

»Super. Dann sehen wir uns also um zehn.«

»Um zehn?« Ihre Stimme klang gereizt. »Warum denn so spät?«

»Weil es dann dunkel ist«, erklärte ich.

»Kannst du nicht die Vorhänge zuziehen? Um zehn bin ich eigentlich schon reif fürs Bett.«

»Nun …« Ich zögerte. Musste es wirklich dunkel sein? Das hatte irgendetwas mit dem Mond zu tun, aber der Mond schien natürlich immer – irgendwo in der Welt. »Müsste eigentlich gehen. Komm einfach, wenn du fertig bist.«

»Okay«, sagte sie, sichtlich erleichtert. »Wenn du mich jetzt entschuldigen würdest. Ich schnapp mir die Zeitung und gehe wieder ins Bett.«

Die Wohnung war viel zu still, nachdem sie gegangen war, und ich spürte eine unbändige Energie in mir. Ich ging unter die Dusche, zog ein trägerloses Kleid an und steckte meine Haare zu einem Knoten hoch. Wieder kündigte sich ein heißer Tag an. Die Blätter an den Bäumen waren schon ganz trocken.

Ich schüttete mir einen Orangensaft ein und ließ den Blick zerstreut über meinen Arbeitsplan für morgen schweifen, konnte mich aber nicht richtig konzentrieren. Irgendwann beschloss ich, zu Mum zu fahren, um Pippa zu besuchen.

»Sie sind nicht hier. Als ich aufgestanden bin, waren sie schon nicht mehr da. Keine Ahnung, wo sie hin sind«, verkündete Pippa, nachdem ich durchs ganze Haus gelaufen war und sie dann hinten im Garten gefunden hatte.

»Vielleicht zum Flohmarkt«, sagte ich und beschirmte meine Augen. Pippa trug ein pinkfarbenes Bikini-Oberteil und Jeans-Shorts und lutschte an einem blauen Wassereis. Jetzt schob sie die Sonnenbrille in ihr wirres Haar.

»Du siehst gut aus, Schwesterherz.«

»Danke.« Ich ließ mich neben sie auf den Boden fallen und fächelte mir mit einer alten Klatschzeitschrift Luft zu. »Und wie geht es dir?«

Sie umklammerte ihre Knie und sah aus wie ein kleines, verängstigtes Mädchen.

»Ich weiß nicht, Josie«, sagte sie mit einer leisen, vom vielen Weinen ganz belegten Stimme. »Jedes Mal, wenn ich anrufe, geht diese Schlampe dran und legt dann einfach auf.«

»Eine echte Schlampe!«

»Genau.«

»Liebst du ihn denn, Pipsi?«

Ein Lächeln trat auf ihre Lippen, als sie den Spitznamen ihrer Kindheit hörte. »Natürlich. Ich meine ...« Als sie darüber nachdachte, wirkte sie plötzlich unsicher und runzelte die Nase. »Ja, natürlich tue ich das. Schließlich ist er der Vater meines Kindes.«

Ich seufzte erleichtert. *Kaum vorzustellen, was wäre, wenn sie ihn gar nicht mehr wollte.*

Sie leckte an ihrem Eis und warf mir einen Blick zu. »Und wie geht es dir und Will?«

»Ach, weißt du.« Ich zuckte mit den Achseln, da ich es nicht gewohnt war, meine Beziehung zu analysieren. »Uns geht es gut.« *Und ab morgen wird es uns noch besser gehen.* Der Gedanke zauberte ein Lächeln auf meine Lippen.

»Er ist ziemlich beschäftigt mit diesen Umweltgeschichten, nicht wahr?«, fragte sie unerwartet. »Als du mit Gran zu deiner Hexen-Initiation oben warst, hat er davon erzählt.«

»Du Arme«, sagte ich und zupfte am Gras.

»Nein, nein, das war interessant«, erklärte sie. Offenbar hatte sie genug von ihrem Eis und warf es in die Mülltonne an der Hausseite. »Ich habe ihm versprochen, eine Eselin zu adoptieren«, sagte sie und zog ihr Handtuch in den Schatten. »Das kostet nur sechzehn Pfund im Monat, und ich bekomme ein Zertifikat und alle sechs Monate einen Brief, in dem ich über ihr Wohlergehen informiert werde.«

»Wie bei einem Patenkind in einem Entwicklungsland.« Ich schüttelte den Kopf. »Er hätte dich nicht damit belämmern sollen.«

»So war es nicht, wirklich.« Sie warf mir einen fragenden Blick zu. »Hältst du das denn nicht für eine gute Sache?«

»Nun, ich liebe Esel wie meinen Nächsten«, plapperte ich daher und fragte mich, wie wir von Tyler abkommen konnten. »Meiner Meinung nach werden sie allerdings ein bisschen zu sehr verhätschelt.«

Pippa kicherte. »Du bist doch wohl nicht eifersüchtig?«

»Wie bitte?« Ich schnipste eine Fliege von meinem Arm. »Welche Frau fühlt sich schon von einem Esel bedroht?«

»Mein Reden.« Ihre Stimme klang ein wenig säuerlich, aber als ich sie anschaute, lächelte sie milde.

»Leidest du eigentlich unter Übelkeit?«, fragte ich und ließ den Blick zu der kleinen Wölbung über ihren Shorts wandern.

Sie schüttelte den Kopf und legte die Hände auf ihr Bäuchlein. »Ich habe nur einen Riesenhunger. Heute Morgen habe ich bereits zwölf Pfannkuchen mit Ahornsirup und eine Packung Doppeldeckerkekse verspeist.«

»Wahnsinn.«

»Das kannst du wohl sagen.«

»Und wie weit ... bist du?«, fragte ich und stolperte über die Worte. Als Lara schwanger war, war es genauso. Als befände ich mich in einem fremden Land, dessen Sprache ich nicht beherrschte.

»Vierter Monat ungefähr«, sagte sie und schien wieder zu schrumpfen. Ihre Augen waren aber plötzlich wachsam.

»Und du bist ...« Ich räusperte mich. »Du willst es in jedem Fall behalten?«

Sie löste ihre Augen von dem, was sie zu betrachten schien. »Natürlich«, sagte sie streng. »Ich kann es kaum glauben, dass du das fragst, Josie. Du weißt doch, dass ich immer Kinder wollte, mindestens fünf. Drei Mädchen und zwei Jungs. Sogar über die Namen habe ich mir schon Gedanken gemacht.«

»Entschuldige, Pips. Ich wollte nur noch mal eine Bestätigung«, sagte ich und fand ihre Entschiedenheit fast beängstigend. Sie teilte aus wie eine Tigerin, die ihre Jungen verteidigt.

»Ist schon okay.« Sie beugte sich herüber und schlang ihre Finger um die meinen. »Tante Josephine.«

»Oh Gott, untersteh dich«, sagte ich. »Das klingt ja, als wäre ich neunzig. Für was für einen Namen hast du dich denn entschieden?«

»Skylark Dingleberry, wenn es ein Mädchen wird, und Prince Moo-Moo für einen Jungen.«

Ich starrte sie an, bis wir schließlich gemeinsam in Lachen

ausbrachen. Unser Lachen war das, was uns in besonderem Maße als Geschwister auszeichnete: hohe Frequenz mit einer Menge Pruster, von Generation zu Generation weitergegeben – wie das »Buch der Zaubersprüche«.

»Sie werden jahrelang zur Therapie gehen müssen«, sagte ich und war erleichtert, dass sie fröhlicher wirkte.

»Keine Sorge. Vermutlich bleibe ich bei Amy oder Harry.« Sie drehte mein Handgelenk um und schaute auf meine Uhr. »Ah, super«, sagte sie, sprang auf und klopfte sich Gras von den Shorts. »Zeit fürs Mittagessen.«

15. Kapitel

Lara kam um sieben und wirkte verstört. Sie hatte nur eine Seite ihrer Haare mit dem Lockenstab bearbeitet und wirkte auch sonst ziemlich durch den Wind.

»Rob ist also wieder da?«, erkundigte ich mich.

»Ich erreiche ihn nicht«, sagte sie und warf ihre Tasche in die Ecke. Sie trug ein riesenhaftes T-Shirt, das schon bessere Tage gesehen hatte. »Sein Handy ist immer noch ausgeschaltet.«

»Vielleicht steckt er ja mit Will zusammen«, sagte ich. »Der geht auch nicht ans Handy. Womöglich sind sie mit Maud und den Eseln im Pub und diskutieren über Pastinaken. Aber warte mal.« Ich tat so, als würde ich ihre Tasche inspizieren. »Wo ist denn Olly?«

»Robs Mum hat sich angeboten, auf ihn aufzupassen.« Plötzlich entdeckte Lara sich im Flurspiegel. »Oh Gott, ich sehe ja aus wie Helena Bonham Carters verrückter Cousin«, sagte sie und fuhr sich mit den Fingern durchs Haar. »Um neun muss ich zurück sein.« Sie wühlte in ihrer Jackentasche und holte eine Miniflasche Wodka heraus. »Ich dachte, wir könnten einen heben.«

»Du musst doch noch fahren, Lara«, erinnerte ich sie, und ihre Schultern sackten herab.

»Mist.« Sie steckte das Fläschchen wieder zurück. »Das ist doch alles zum Kotzen.« Ihre anfängliche Munterkeit hatte sich in Luft aufgelöst. »Ich hatte mich so gefreut, ein paar Stunden für mich zu haben, aber dann konnte ich mich nur zu ein bisschen Hausarbeit aufraffen, und das ohne nennenswerten Erfolg. Der Kuchen, den ich für Rob backen wollte, sieht schlicht aus wie ein gewaltiger Keks.« Ihre Stimme zitterte. »Ich krieg nichts mehr auf die Reihe.«

»Mach dir mal keine Sorgen«, sagte ich und schob sie in den Zauberraum, bevor sie noch einen Zusammenbruch erleiden würde. »Morgen früh wird dein Leben schon ganz anders aussehen.« Ich konnte mir ein Grinsen nicht verkneifen.

Sie riss die Augen auf. »Was hast du getan, Josie?«

»Nun ja …« Allmählich gefiel ich mir in der Rolle.

»Das kann nicht funktionieren.«

»Hast du die Sache mit Cotsworth House schon vergessen?«

»Oh Gott, vielleicht funktioniert es ja doch«, sagte sie, und ich zuckte geheimnisvoll mit den Achseln.

»Das wird die Zeit schon weisen, Mrs Merritt-Smythe.«

»Hör auf«, protestierte sie und ging vorsichtig um meinen magischen Kreis herum. »Du weißt, dass ich Doppelnamen hasse. Oh Gott, was ist denn hier passiert?«, fragte sie, als sie das angekokelte Nachthemd und die verschmierte Tinte auf dem Boden entdeckte. »Hier sieht es ja aus wie in einer Folge von *CSI: Den Tätern auf der Spur*.«

Ich erklärte es ihr, und sie ließ sich gegen die Wand sacken. »Das hätte ich sehen mögen«, gackerte sie und wischte sich Lachtränen aus den Augen. »Und Wills Freundin hat dich so …« Sie bekam sich gar nicht mehr ein, und ihre Schultern bebten. Das einzige Wort, das ich verstand, war »Exhibitionismus«.

»Ich bin mir nicht sicher, ob Maud Winthrop eine ernstzunehmende Konkurrentin ist, aber sie scheint zu denken, dass die Sonne aus seinem Allerwertesten strahlt.« Es freute mich, dass Lara sich amüsierte, wenngleich es auf meine Kosten geschah.

»Oh Gott.« Sie wischte sich das Gesicht ab und gab sich alle Mühe, ernst zu sein. »Okay, ich schließ dann mal die Vorhänge, oder?«

Ich nickte und war plötzlich ganz aufgeregt. »Du musst aber fest an das glauben, was ich tue«, ermahnte ich sie.

»Du machst mich wahnsinnig.« Sie holte aus einer anderen Tasche eine Dose Erdnüsse und riss sie auf. »Du auch?«

Ich schüttelte den Kopf. »Sehr dunkel ist es ja nicht«, sagte ich, als die Abendsonne durch einen Spalt im Vorhang fiel. »Denkst du, das ist okay so?«

»Was steht denn im Zauberbuch?«

»Das habe ich im Auto gelassen.«

Sie wirkte nachdenklich. »Ich habe nichts davon gelesen, dass Mitternacht sein muss«, sagte sie und wischte sich die salzige Hand an ihren Leggings ab. »Vielleicht ist das nur im Film so, wegen der Atmosphäre.«

»Egal, mein Wunsch ist sowieso eher eigennützig, daher ist es nicht so schlimm, wenn nichts draus wird.«

»Aber damit wären dann alle deine Wünsche verbraucht.« Ihre Stirn legte sich besorgt in Falten. »Du willst es doch sicher richtig machen, Jo.«

»Das Wichtigste habe ich gestern Abend bereits erledigt«, gab ich zu und musste schon wieder grinsen.

Lara presste die Lippen zusammen. »Oh Gott, ich halt die Spannung nicht mehr aus«, sagte sie, trat vor und drängte mich in den Kreidekreis. »Geh in deinen Hexenring und leg los. Brauchst du noch etwas?«

»Ist alles hier.« Ich hielt die Dinge einzeln hoch wie ein Kandidat in einer Spielshow. »Spiegel, blaue Kerze, Opal, Minze, Honig und Lavendel. Ich habe Samstag den halben Laden leergekauft.«

»Wenn du hinterher Hunger hast, kannst du noch ein Picknick veranstalten«, scherzte sie. »Um was für einen Wunsch handelt es sich denn überhaupt?«

Ich kam mir töricht vor, als ich es laut aussprechen sollte. Schnell rammte ich die Kerze in den Kerzenhalter und zündete sie umständlich an, dann reihte ich ordentlich mein Zeug auf.

»Josie?«

»Na ja, ich werde mir ein wenig Glamour verpassen«, murmelte ich und kratzte Wachs vom Boden ab.

»Glä … was?« Lara lehnte sich vor und hielt die Hände hinter die Ohren.

»Glamour«, sagte ich viel zu laut für den Raum. »Ich werde mein äußeres Erscheinungsbild verändern.«

Lara schaute mich durch ihre Finger hindurch an. »Oh Gott, Josie, was meinst du damit? Willst du dich in ein anderes Wesen verwandeln?« Plötzlich zischte sie nur noch. »Willst du eine Katze werden?«

»Nein, natürlich nicht.« Meine Wangen brannten. »Ich möchte einfach nur rote Haare haben. Für immer.«

»Aber du bist doch schön, so wie du bist.« Sie schien wirklich verblüfft. »Was wird denn Zen dazu sagen?«

»Der wird nichts dagegen haben, er mag rote Haare. Falls er es überhaupt merkt.«

Lara riss sich zusammen, vergaß ihr Entsetzen und hockte sich vor mich hin. »Natürlich wird er es bemerken, wenn du herumstolzierst wie … wie …« Offenbar suchte sie nach einer rothaarigen Berühmtheit.

»Jessica Rabbit?«

»Genau!«

»Lara, verdirb mir die Sache bitte nicht«, bat ich und griff nach ihrer Hand. »Ich habe mich schon den ganzen Tag darauf gefreut. Das klingt vielleicht pathetisch, aber ich möchte mir diese Chance um keinen Preis entgehen lassen.«

»War mir gar nicht klar, dass du mit deinem Äußeren unzufrieden bist.« Sie klang besorgt.

»Das ist doch nur ein kleiner Spaß.« Ich lachte ein wenig, um meinen Worten Glaubwürdigkeit zu verleihen. »Ernsthaft, ich möchte einfach nur wissen, wie es ist … nun ja, ein wenig aufzufallen. Immer war Pippa die Hübsche von uns beiden.«

»Das ist lächerlich, Josie. Du könntest übrigens auch einfach zum Friseur gehen.«

»Du weißt doch noch, was mal passiert ist, oder?«, erinnerte ich sie. »Damals, als ich im Krankenhaus gelandet bin? Ich bin allergisch gegen Haarfarbe.«

Sie packte meine Hand fester. »Nun, wenn du dir ganz sicher bist … Du musst es ja eigentlich auch selbst wissen.« Sie beäugte meine krause Mähne. »Wär schon nett, wenn die Haare etwas gepflegter wirken würden«, gab sie zu und zupfte an einer Strähne. »Was musst du denn tun?«

»Nicht viel.« Ich lächelte erleichtert. »Ich muss mich nur in diesem Spiegel anschauen und mich richtig doll konzentrieren und dabei … ein paar Worte aufsagen.«

»Super.« Sie lehnte sich zurück und stützte sich dabei mit den Händen auf. »Lass dich von mir nicht stören.«

Ich nahm den Spiegel und drehte den Kopf hin und her. Im Dämmerlicht sah ich ein bisschen wild aus, fast wie eine Höhlenfrau.

»Brauchst du das hier nicht?«, mischte Lara sich ein. Sie hatte die Kette mit dem Salzflakon entdeckt, die Anouschka mir geschenkt hatte. Sie musste aus meiner Tasche gefallen sein. »Solltest du das nicht als Schutz tragen?«

»Das ist ein Ammenmärchen«, winkte ich ab. »Salz wird im Zauberbuch überhaupt nicht erwähnt.«

»Okay. Ich wollte nur sichergehen.«

Ich kniete mich hin und betrachtete mit zusammengekniffenen Augen mein Spiegelbild. »Strahlende Schönheit, leuchtende Schönheit, verliehen sei mir ein ganz neues Kleid.«

Nachdem ich den Spiegel weggelegt hatte, nahm ich den Opal in die eine Hand und die Minze in die andere. Dann beugte ich mich vor und roch an dem duftenden Honig, den ich in eine Untertasse geträufelt hatte. Dabei stellte ich mir eine andere Version von mir vor, mit hüftlangen, glänzend roten Haaren, und sah mich von Bewunderern mit Sixpacks umringt.

Lara unterdrückte ein Kichern. »Das geht ja schneller als bei Cut & Go«, flüsterte sie.

Ich legte den Opal und die Minze weg und fuhr mir mit der Hand durchs Haar. Prickelnde Wärme durchströmte meinen Körper, als hätte ich eine Champagner-Infusion bekommen.

»Oh. Mein. Gott.« Als ich einen Blick riskierte, saß Lara kerzengerade da. »Das muss ich mir genauer anschauen.«

Benommen sah ich zu, wie sie sich erhob und die Vorhänge zurückzog. Aus der Ferne hörte man den Verkehrslärm. Die Sonne hatte sich in ein strahlendes Purpurrot verwandelt. »Hat es funktioniert?« Ich fühlte mich schwer und gleichzeitig körperlos, als hätte ich zu viel getrunken.

Lara schaltete das Licht an, drehte sich wieder zu mir um und schnappte nach Luft.

»Glotz nicht. Sag's einfach.«

Sie trat vor und reichte mir wortlos den Spiegel. Ganz langsam drehte ich meine Augäpfel in die Richtung. Für einen Moment schien alles zu verschwimmen. Ich konnte es nicht richtig sehen. Dann …

»AAARRRGGGGHHHHHH!«

»Sei ruhig, Josie. Die Nachbarn müssen denken, du wirst abgeschlachtet.«

»Es ist orange.« Meine Stimme war nur noch ein Quieken. »Mein Haar ist orange, Lara.«

Ihre Augen klebten an mir. »Du meinst nicht zufällig fuchsrot?«

»Schön wär's. Ich mag fuchsrot.« Vorsichtig warf ich noch einen Blick in den Spiegel. »Oh Gott! Und die Krause ist geblieben. Es ist sogar noch krauser als vorher.« Tränen verstopften meine Kehle. »Das begreife ich nicht, Lara. Ich hatte mir schönes rotes Haar vorgestellt, und ich habe mich wirklich konzentriert.« Ich schaute sie an. »Versuchst du krampfhaft, nicht loszulachen?«

»Nein, nein.« Sie bemühte sich um eine neutrale Miene, zog mich ins Licht und drehte mich herum wie einen Kreisel. »Du erinnerst mich an irgendjemanden aus einem Film.«

Den Tränen nahe zupfte ich an einer krausen Strähne. »Die kleine Waise Annie nach einer verpatzten Maske.«

»Nein, ich weiß wer.« Sie klatschte in die Hände. »Johnny Depp in *Alice im Wunderland*.«

Ich stieß einen gequälten Schrei aus. »Nie wieder werde ich das Haus verlassen.«

»Red keinen Unsinn.« Sie gab mir einen Klaps auf den Arm. Ihr Mund zuckte. »Du wolltest doch auffallen.«

»Aber nicht so!« Mir war speiübel.

»Dann mach es rückgängig.«

»Das geht nicht. Ich habe doch alle meine Zaubersprüche schon aufgebraucht.« Die Erkenntnis traf mich wie ein Vorschlaghammer, und ich ließ mich gegen die Wand sinken.

»Mist.« Sie schaute einen Moment zu Boden. »Dann geh schnell ins Bett, damit Will nichts merkt. Und morgen zur Arbeit kannst du ja eine Mütze aufsetzen, dann musst du gar nicht groß etwas erklären. Trag am besten immer eine Mütze von nun an … War ein Scherz!«, fügte sie hinzu und breitete die Arme aus. »Komm her.«

»Ich bin so oberflächlich«, schniefte ich an ihrem Hals, als wäre ich Olly. »Wenn ich doch den Wunsch für etwas Sinnvolleres genutzt hätte.«

»Ich hätte es doch genauso gemacht. Vielleicht hätte ich mir längere Beine gewünscht oder so«, sagte sie versöhnlich, aber ich wusste, dass das nicht stimmte. Lara war zufrieden mit ihrem Aussehen. Wieso sollte sie sonst mit fettigen Haaren und behaarten Beinen herumlaufen und Robs alte Pullover auftragen?

Sobald sie gegangen war und mir das Versprechen abgenommen hatte, dass ich sie anrufe, wenn ich jemanden zum Reden brauche, schloss ich mich im Badezimmer ein und rief Gran an.

»Du Dummerchen«, schalt sie mich, als wäre ich wieder zehn und vom Apfelbaum gefallen. »Du musst warten, bis es dunkel wird, damit der Zauber seine ganze Kraft entfalten kann. Das steht doch in dem Buch«, schimpfte sie. »Bei Tageslicht kommt was ganz anderes raus.«

»Kann ich … kann man es überfärben?« Meine Allergie war mir jetzt ziemlich egal. Eine Nacht auf der Intensivstation wäre es schon wert, nicht so auszusehen, als hätte ich mein Haar frittiert und dann orange angepinselt.

»Das ist leider nicht möglich, Josephine.«

»Was ist mit einer Perücke?«

»Die hält nicht«, sagte sie sachlich. »Du hast den Zauber jetzt gesprochen und musst damit leben.«

»Scheiße.« Doppelt Scheiße.

»Glamour-Wünsche können aber in der Wirkung nachlassen.«

»Gott sei Dank!« Ich stieß einen Stoßseufzer aus. »Warum hast du das nicht gleich gesagt?«

»Weil ich fürchte, dass das erst geschieht, wenn du mit dir selbst zufrieden bist.«

»Aha, super.« Also nie.

»Du gehst an die Sache heran wie ein Elefant im Porzellanladen«, fuhr sie fort. »Es gibt wirklich keinen Grund zur Eile, mein Schatz. Du hast doch noch ein paar Tage, um dich zu entscheiden, was du dir sonst noch so wünschst.«

»Ein paar Tage sind nichts, Gran.«

»Denk gut darüber nach«, mahnte sie mich. »Und denk auch dran, beim nächsten Mal auf Vollmond oder zunehmenden Mond zu warten.«

Ich riss den Kopf hoch. Sie wusste ja nicht, dass ich schon alle Zaubersprüche vertan hatte. »Wieso das denn?«

Sie stieß Luft aus. »Lies das Buch, Josie«, sagte sie, und ich merkte, dass ihr langsam der Geduldsfaden riss. »Treib es nicht so weit, dass ich es noch bereue, dir das Buch gegeben zu haben.«

Alles wird gut, sagte ich mir und knabberte noch einen Millimeter von meinen Fingernägeln ab. Am Vorabend hatte der Mond geschienen, ich hatte ihn doch vor dem Fenster gesehen – leider konnte ich mich nicht mehr erinnern, ob er voll war.

»Wie war euer Auftritt?«, fragte ich, weil ich unbedingt das Thema wechseln wollte, und sie lachte entzückt.

»Absolut spektakulär, wenn ich das in aller Bescheidenheit sagen darf. Onkel Chris hat es auf Boob Tube gestellt und …«

»YouTube, Gran.«

»… und dein Großvater hat es sich vorhin angeschaut. Er möchte, dass ich die Federboa mit nach Hause bringe und eine Privatvorführung für ihn veranstalte.«

Ich schloss die Augen und versuchte, das Bild zu verdrängen, das sie damit heraufbeschwor. »Ich muss jetzt Schluss machen, Gran. Hab dich lieb.«

Ich vermied es, in den Spiegel zu schauen, als ich für Will ein Hemd bügelte, das er am nächsten Tag bei der Arbeit anziehen könnte. Ein grotesker Clown schien sich bei uns eingenistet zu haben, und das war mir regelrecht unheimlich. Als Will schließlich ins Schlafzimmer kam und den Geruch von Sonne und Dünger mitbrachte, hatte ich mich längst unter die Bettdecke gekuschelt und tat so, als würde ich schlafen.

Ich versuchte, mich nicht zu rühren, als er sich herüberbeugte und mir einen Kuss gab. Bestimmt waren meine Haare das reinste Leuchtfeuer in der Dunkelheit, aber er wandte sich mit einem schweren Seufzer ab und war innerhalb von wenigen Minuten eingeschlafen.

Seine Atemzüge wurden immer tiefer, und mein Verstand lief Amok. Wie konnte ich nur so maßlos sein und mir ein glamouröses Äußeres verpassen wollen? Das war doch lachhaft. Jetzt war ich nicht glamourös, sondern einfach nur … hässlich.

Wenn das nicht wäre und dann auch noch Grans Kommentar zum Mond, wäre ich in absoluter Hochstimmung.

So aber mischte sich Angst in die Vorfreude. Als ich endlich einschlief, wurde es draußen schon wieder hell.

16. Kapitel

Ich träumte, dass ich von einem fuchsroten Riesenkaninchen in einem Kilt verfolgt wurde, als der Wecker klingelte.

Nachdem ich draufgeschlagen und ihn zum Schweigen gebracht hatte, kroch ich unter die Bettdecke zurück, aber irgendetwas an der Stille in der Wohnung sagte mir, dass Will schon fort war.

Ich war beleidigt. Am ersten Tag, an dem er wieder voll arbeitete, hätte ich doch ein Dankeschön dafür erwartet, dass ich ihm ein Hemd gebügelt hatte. Oder er hätte mir wenigstens einen starken Kaffee oder eine Schüssel Cornflakes ans Bett bringen können, wie er es früher getan hatte.

Ich äugte zum Nachttisch hinüber. Kein Becher und keine Schüssel zu sehen. Das Hemd war allerdings fort.

Immerhin musste ich meine Erscheinung nun nicht kommentieren. Ich trottete zum Spiegel und stellte fest, dass ich, selbst wenn ich die Augen zusammenkniff, immer noch grauenhaft aussah. Als hätte ich meine Haare angemalt statt gefärbt. Radioaktiv sahen sie aus, und es gab absolut nichts, was man da machen könnte.

Leise fluchend stopfte ich sie unter eine Wollmütze, als ich plötzlich etwas Komisches an meiner Hand bemerkte.

Ich lief zum Fenster und zog die Vorhänge auf. An meinem Finger steckte ein Ring! Ein schmaler Platinring mit einem Diamanten, der in der Morgensonne funkelte.

Mein Herz vollführte einen dreifachen Salto. Der Ring sah genauso aus wie der in dem Katalog, den ich in der Wohnung hatte herumliegen lassen, damit Will drüberstolperte.

Ich war verlobt! Okay, er war nicht auf die Knie gegangen – das wäre eine schöne Erinnerung gewesen –, aber dennoch.

»Ich fasse es nicht, es hat funktioniert«, sagte ich und vergaß fast meine Haare, als nun meine Fantasie mit mir durchging. Ich sah mich schon, wie ich das Kleid auswählte, den Friseurtermin machte und mir den Kopf über den Blumenschmuck zerbrach. »Juhuuuuu!«

Ich drehte an dem Ring, betrachtete ihn von allen Seiten, versuchte, mich an das Gefühl zu gewöhnen, ihn am Finger zu haben, und fragte mich dann, wen ich als Erstes anrufen sollte.

Wie aufs Stichwort klingelte mein Handy. »Hallo?«

»Josie.« Pippas Stimme klang sonderbar. Glücklich irgendwie, im Vergleich zum letzten Mal, als wir miteinander gesprochen hatten. »Du wirst es nicht erraten, aber Tyler sitzt im Flieger und kommt. Er möchte, dass wir wieder zusammen sind.«

»OH GOTT!«, kreischte ich und fragte mich, ob der Tag

überhaupt noch besser werden konnte. »Das freut mich so sehr für dich, Pips.« Ich grinste derart, dass sich meine Wangen fast verkrampften. »Lass es mich wissen, wenn er da ist, ja?«

»Werde ich. Oh, Jo, ich bin ja so glücklich«, hauchte sie. »Heute Morgen habe ich kaum noch etwas runtergebracht, nachdem ich mein Bauernfrühstück und die Schüssel Frosties aufhatte.«

Ich unterdrückte die Freudentränen und auch die Zweifel, die ich in Bezug auf Tyler immer noch hatte. Mein Zauber sah vor, dass sie ewig glücklich sein würden, und Honeycombe, oder wie auch immer sie hieß, würde bald Geschichte sein.

»Ich habe auch eine Neuigkeit …« Meine Stimme stockte, als plötzlich das Telefon im Flur klingelte. »Warte, Pips, kann ich dich später zurückrufen?«

»Klar, Jo-Jo. Ich liebe dich.«

Als ich aufgelegt hatte, hörte ich eine gedämpfte Männerstimme im Flur.

Will war also doch noch nicht fort. Ich wusste ja, dass es zu früh für seinen Zug war. Sicher war er schnell rausgegangen, um zur Feier des Tages etwas Schönes fürs Frühstück zu kaufen. Ich schlang die Arme um meinen Körper und tanzte durchs Schlafzimmer, ein dämliches Grinsen im Gesicht.

Nachdem ich meinen Morgenmantel angezogen hatte, prüfte ich noch ein paarmal, ob mein Haar gut versteckt war, damit er nicht erschrak, und hörte Shaun Lightlys samtene Stimme sagen: »Warte noch, wir werden auch bald da sein. Und mach keine Dummheiten.«

Ich bekam eine Gänsehaut. Shaun Lightly? Was tat Shaun Lightly montagsmorgens um sieben in unserer Wohnung? Ich hatte nicht einmal die Türklingel gehört.

In der Annahme, ich müsse mich geirrt haben, riss ich die Tür auf.

Es roch irgendwie anders. Ich schnüffelte wie ein Terrier.

Das Rasierwasser konnte ich nicht richtig zuordnen. Will musste das *Paco Rabanne* geöffnet haben, das ich ihm zu Weihnachten schenken wollte. *Hervorragend!* Eigentlich benutzte er nämlich gar kein Aftershave mehr, seit er gelesen hatte, dass Esel auf Chemie allergisch reagieren.

»Da ist ja meine kleine Zuckerschnute. Mit diesem hinreißenden Mützchen siehst du einfach zum Anbeißen aus. Am liebsten würde ich schon mal anfangen.«

Shaun Lightly war in einem beigen Leinenanzug aus der Küche getreten und umschlang meine Taille. »In Cotsworth ist der Teufel los, mein Schatz, wir konnten noch gar nicht loslegen«, sagte er und bedeckte meine Wange mit Küssen. »Giles Wieauchimmer führt sich wie ein Verrückter auf. Ich habe versprochen, dass wir sofort kommen. Macht es dir etwas aus, wenn wir später frühstücken?«

War das eine Astralwanderung? Vielleicht träumte ich noch. »W … was machst du hier?«, presste ich schließlich zwischen meinen erstarrten Lippen hervor. »Wie bist du überhaupt reingekommen?«

Er runzelte die Stirn und senkte das Kinn. Ausnahmsweise einmal war er rasiert, und sein Haar war ordentlich zurückgekämmt. »Was ist los mit dir, Schätzchen? Du siehst aus, als hättest du einen Alptraum gehabt.« Er lächelte zärtlich. *Shaun Lightly lächelte mich in meinem eigenen Flur zärtlich an.* »Das ist der Druck«, sagte er und versuchte, meinen steifen Körper an sich zu ziehen. »Mir macht das auch zu schaffen. Dieser ganze Rummel, aber ich bin wild entschlossen, diese verdammte Gerichtsgeschichte hinter mich zu bringen. Und dann gibt es keine Eskapaden mehr, meine Geliebte. Nicht solange ich mit dir zusammen bin.«

»Mit mir?« Ich entwand mich ihm, da ich seine … Männlichkeit nur allzu deutlich spürte. Er strömte etwas penetrant Maskulines aus. »Wo ist Will?«

Ich schaute mich hektisch um, als hätte Shaun ihn im Wäscheschrank versteckt.

»Was ist nur mit dir los, mein Schatz?« Seine irritierte Miene legte nahe, dass ich den Verstand verloren hatte.

»Wo ist mein Freund?« Als ich auf die Stelle starrte, wo aus seinem offenen Hemd der haarige Pelz herausschaute, kam mir ein schrecklicher Gedanke. Ich musste an meinen Zauberspruch denken, an all die wirren Gedanken. *Was zum Teufel hatte ich nur getan?*

»Du und ich, wir sind ... wir sind ...?« Mit einer Hand wedelte ich zwischen uns hin und her, die andere presste ich an den Mund.

»Wir sind verlobt, mein Schatz, natürlich.« Er lachte und war offenkundig erleichtert, dann umschlang er mich wieder. »Ich kann es selbst kaum glauben.«

Er setzte mich auf einen Stuhl, nahm meine Finger und starrte auf den Ring. »Er steht dir«, sagte er verwirrt, als hätte ihn irgendetwas aus der Fassung gebracht. Dann lächelte er wieder. Mir war noch nie aufgefallen, wie weiß seine Zähne waren. Perfekte Simon-Cowell-Zähne, wie Alice immer sagte.

»Wo ... wo hast du mir denn den Antrag gemacht?«, fragte ich schwach.

»In einer Gondel in Venedig, so wie du es dir immer gewünscht hast«, sagte er und zog mich ins Schlafzimmer. »Hier.« Er zeigte auf ein gerahmtes Bild an der Wand, auf dem wir beide verträumt in die Kamera schauten, im Hintergrund ein grinsender Gondoliere. *Wo zum Teufel kam das nur her?* »Erzähl mir nicht, du hast das vergessen, meine Süße. Du musst wirklich gestresst sein.« Er hielt mir den Handrücken an die Stirn. »Du scheinst Fieber zu haben.«

»Ich ... ich habe eine leichte Migräne«, stotterte ich und konnte den Blick gar nicht mehr von dem Bild lösen. Genau dort hatte ich mich immer verloben wollen – mit Will. Ich riss mich los, taumelte zum Kleiderschrank und schaute hinein. Wills Sachen waren verschwunden, und an ihrer Stelle hingen jede Menge Anzüge und schicke Westen.

Das hier passierte tatsächlich.

»Hat … Giles sonst noch irgendetwas gesagt?«, flüsterte ich. Mein Verstand schweifte in die verrücktesten Richtungen. Wenn ich jetzt mit Shaun zusammen war, was war dann wohl noch schiefgelaufen? »Ist er sehr wütend?«

»Er tobt«, sagte Shaun und wollte mich daran hindern, den Ring abzustreifen.

»Ich werde ihn … äh, in die Tasche stecken, damit ich ihn nicht verliere«, stammelte ich und versuchte, mir vorzustellen, wie Will reagieren würde, wenn er mich damit sah. *Wo war er überhaupt?* »Ich muss schnell ein Telefonat erledigen«, sagte ich.

»Dann warte ich im Wagen, Kätzchen.« Shaun kniff mich in den Hintern, als ich an ihm vorbeiging. »Hast du dir eigentlich sehr wehgetan?«, murmelte er.

»Was?« Ich schob seine Hand von meinem Hintern. »Wann?«

»Als du vom Himmel gefallen bist.« Er wollte mir mit der Zunge über die Lippen fahren, und ich flüchtete mich ins Bad.

»Beeil dich und zieh dich an, Schatz«, sagte er und klapperte an der Türklinke. Mich fröstelte es, als ich lauter unbekannte Toilettenartikel – einschließlich Haarwachs – auf dem Fensterbrett stehen sah und eine hellblaue Zahnbürste neben der meinen entdeckte.

»Was habe ich nur GETAN?« Meine Finger fühlten sich viel zu dick an, als ich an meinem Handy herumfummelte. Erst nach ein paar Anläufen erwischte ich Wills Handynummer, wurde aber direkt an seine Mailbox weitergeleitet. »Ruf mich an«, sagte ich einfallslos. »Hier ist Josie«, fügte ich hinzu, als würde er sich womöglich gar nicht mehr an mich erinnern.

Ich dachte daran, Gran anzurufen, brachte es aber nicht übers Herz, ihr zu erklären, was soeben passiert war. Ich wusste es ja selbst nicht. »Oh Gott, lass mich einfach wieder einschlafen«, jammerte ich und fasste mich an die Stirn.

Als Shaun ungeduldig auf die Hupe drückte, zuckte ich zusammen. Für den Bruchteil einer Sekunde dachte ich, er sei erschossen worden und aufs Armaturenbrett geknallt.

Schnell zog ich die Mütze zurecht und warf, ohne auch nur zu duschen, das Kleid über, das ich am Vortag getragen hatte. Dann wickelte ich mich in meinen Trenchcoat, lief auf und ab und kaute an den Nägeln. »Was soll ich nur machen?«

Wieder drückte Shaun auf die Hupe, und ich griff widerstrebend nach meiner Tasche.

»Beeil dich, mein Entchen.« Er schien sich hinter dem Steuer meines Minis sauwohl zu fühlen und fragte nicht einmal, ob ich nicht vielleicht selbst fahren wollte. Mir wiederum fehlte die Kraft, ihm Paroli zu bieten. Ich ließ mich wie ein Gespenst auf den Beifahrersitz sinken und kontrollierte im Seitenspiegel mein Äußeres. Mein Gesicht war käsig, als würde ich in einer Höhle wohnen. Als ich einen Schimmer Orange entdeckte, zog ich schnell die Mütze tiefer ins Gesicht.

»Wozu eigentlich der Kopfputz?« Shaun schaute mich von der Seite her an, fädelte gleichzeitig in den Verkehr ein und hätte dabei fast einen Motorradfahrer umgenietet.

»Mir ist kalt.« Es war sonderbar, neben ihm zu sitzen. Will hatte das Fahren gern mir überlassen. Ihm war das einfach nicht mehr wichtig gewesen in letzter Zeit.

»Es ist Sommer«, sagte er und musterte meinen Trench und die Lederstiefel.

»Ich, äh, habe jetzt eine andere Haarfarbe«, gestand ich, da ich die Sache lieber vom Tisch haben wollte. »Das sieht ziemlich … anders aus.«

»Du könntest gar nicht anders aussehen als sexy, Jo-Jo«, säuselte er und warf mir einen schmierigen Blick zu. »Hast du eine Straßenkarte?«

»Wieso?«

»Weil ich mich immer verfahre, wenn ich dir in die Augen schaue.«

»Oh, Shaun, um Himmels willen!«

Plötzlich steuerte der Wagen direkt auf einen Radfahrer zu.

»Schau auf die Straße«, schrie ich, und er stieß ein kehliges Lachen aus, als wäre alles, was ich sagte, höchst erregend. »Und nenn mich bitte nicht Jo-Jo.« So hatten mich nur Dad und Pippa genannt.

»Mein kleiner Heißsporn«, murmelte er. »Das ist es, was ich an dir so liebe.« Er krallte seine Hand in meinen Oberschenkel, und ich ging fast durch die Wagendecke.

»Shaun, *bitte.*«

Da er mich penetrant anstarrte, hatte er gar nicht gemerkt, dass der Wagen auf die Gegenseite geraten war und direkt auf ein Feld zuhielt. Die Angst packte mich. Schnell kniff ich die Augen zusammen und umklammerte den Saphir in meiner Tasche. »Uralte Kraft, ich rufe dich an, wie ich es wünsche, so sei es getan«, flüsterte ich und versuchte, den Wagen mit Hilfe meiner Willenskraft wieder auf Kurs zu bringen. Als ich vorsichtig die Augen öffnete, stellte ich zu meiner Erleichterung fest, dass es gelungen war.

»Tut mir leid«, sagte er glucksend. Dann fuhr er gemäßigt weiter und hielt den Blick starr geradeaus gerichtet.

Ich atmete aus. Wenigstens meine Mini-Zaubersprüche – jene, die mich aus einer Klemme befreien konnten – funktionierten noch.

17. Kapitel

Als wir zum Cotsworth House kamen, versteifte sich mein Nacken endgültig.

Die Sonne hatte sich verzogen, und das Anwesen wirkte irgendwie abweisend. Das Fensterglas war stumpf, und dem Mauerwerk fehlte der Glanz, den ich vom letzten Mal in Erinnerung hatte.

Der Lkw vom Catering Service war schon da, und kreuz und quer um ihn herum parkten Fahrzeuge. Ein oder zwei standen auch auf dem Rasen. Vielleicht war Giles ja deswegen so sauer.

Ich sah ein paar Leute vom Filmteam an der Beleuchtung herumfummeln, konnte aber keinen der Schauspieler entdecken.

»Bevor wir uns ins Getümmel stürzen, komm doch noch mal her, mein hübsches Füllen«, sagte Shaun, stellte den Motor aus und griff nach mir. Er presste seinen Mund auf den meinen und setzte zu einem ausgedehnten Kuss an.

»Laffmifflof«, protestierte ich und stieß ihn von mir. Er war schwer, anders als Will, den ich mal beim Armdrücken besiegt hatte. »Für solche Sperenzchen haben wir jetzt keine Zeit«, improvisierte ich, als er mich wie ein trauriger Welpe anschaute.

»Sperenzchen«, wiederholte er, dann hellte sich seine Miene plötzlich auf. »Was für ein fantastisches Wort, mein Liebling. Sperenzchen«, sagte er noch einmal. Sein Haar hing wirr herab, als er sich die Hose zurechtzupfte und in den frischen Wind hinaustrat. »Du bist ja noch wortgewaltiger als ich.«

Nachdem ich den Gürtel von meinem Trenchcoat festgezogen hatte, folgte ich ihm widerwillig. Im nächsten Moment hatte eine Bö meine Mütze erfasst und weggeweht. Instinktiv schnellte meine Hand hoch.

»Wow, Schätzchen. Du siehst ja … überwältigend aus.«

Shaun lief jetzt rückwärts und stolperte fast über ein Kabel, das sich über die Zufahrt zog. »Die Farbe, das ist … Ich kann sie gar nicht beschreiben, mein Liebling.«

»Satsuma?« Verlegen strich ich mir übers Haar und krümmte mich innerlich.

Dann merkte ich, dass sämtliche Mitarbeiter in ihren Tätigkeiten innehielten und mit offenem Mund dastanden. *Hatte ich mir nicht bei meinem Zauberspruch etwas Ähnliches vorgestellt?* Nur dass ich eine umwerfende Erscheinung war und meine Bewunderer Sixpacks hatten, was man von diesen Leuten hier nicht sagen konnte – besonders nicht von Chubby Walker, dem Tontechniker.

»Macht bitte einfach weiter«, forderte ich sie auf, aber sie warfen mir verstohlene Blicke zu, als ich vorbeiging. Hätte ich doch wenigstens keine flachen Stiefel angezogen. Das war einfach zu viel – meine Riesenfüße und dann noch dieses Clownshaar.

»Darf ich dir ein Frühstück spendieren, Geliebte?«, fragte Shaun und breitete die Arme aus, als wollte er die ganze Welt umarmen. Ich hatte es nie so richtig gewürdigt, wie gnadenlos gut gelaunt er war.

Mir kam der Gedanke, dass er vielleicht nur wegen mir so war. *Vielleicht hatte er sich tatsächlich verliebt.* Das verwarf ich sofort wieder. Es war schlicht ein Trugschluss, Ergebnis meiner unausgegorenen Zauberkünste. Sobald ich herausgefunden haben würde, wie sich das wieder rückgängig machen ließ, wäre er auf und davon.

»Ein Ei-Brötchen bitte«, rief er dem Mann im Catering-Wagen zu, wo bereits das Mittagessen vorbereitet wurde. »Und eins für meine wunderschöne Verlobte.«

»Nenn mich nicht so in der Öffentlichkeit, Shaun«, bat ich ihn und nahm langsam die Hand vom Haar. Ich konnte sie schließlich nicht den ganzen Tag dort lassen.

Giles stand auf der Veranda, zusammen mit Felix, der wie ein Panther hin und her lief und offenkundig vor Wut schäumte.

Shaun drehte sich zu mir um. »Was ist, Süße?«

»Ich glaube nicht, dass ich zu ihm gehen kann.« Am liebsten hätte ich auf den Hacken kehrtgemacht und so getan, als wäre das alles gar nicht wahr, aber Shaun hatte schon meine Hand genommen und zerrte mich wie einen eigensinnigen Windhund hinter sich her.

»Komm schon«, lockte er. »Wir müssen herausfinden, was da los ist.«

Felix' Stimme drang an mein Ohr. »Mr Cornish, nichts für ungut, aber Sie haben den Vertrag gelesen und unterschrieben. Jetzt ist es zu spät für einen Rückzieher.«

Rückzieher?

»Wo zum Teufel warst du?« Giles hatte mich nun entdeckt. Sein Gesicht glühte. »Sag ihm, dass ihr hier nicht drehen könnt.«

»Mir ist nicht klar, was sich geändert haben soll«, zischte Felix und glotzte dann auf mein Haar. »Gütiger Gott, Josie, was ist denn mit dir passiert?«

»Sprich nicht so mit meiner Frau«, knurrte Shaun.

»Ist das eine Perücke?« Felix hob die Hand, als würde er magisch davon angezogen. »Ich fasse es nicht. Musst du noch zu einer Kostümparty später?«

»Rühr sie an, und ich hau dir eine rein.«

»Hört auf damit, alle beide«, sagte ich und fühlte mich elend. »Beim Färben ist etwas schiefgelaufen, das ist alles.«

»Da solltest du aber den Friseur verklagen«, kicherte Felix. Er kommentierte es nicht weiter, dass Shaun seinen Arm um meine Schulter gelegt hatte, aber Giles kniff misstrauisch die blauen Augen zusammen.

»Es ist nicht so, wie es aussieht«, sagte ich und entzog mich Shaun. »Du weißt nicht zufällig, wo Will ist, oder?«

»Wieso sollte ich?« Er zog ein finsteres Gesicht. »Es gibt Wichtigeres, über das ich mir Gedanken machen muss.«

Er drehte sich um, und ich hatte keine andere Wahl, als ihm in die Eingangshalle zu folgen. Alles wirkte verändert. Der Raum war düster und mit Spinnweben überzogen. Die Tapeten lösten sich von den Wänden und waren verschimmelt. Die Gerüche, an die ich mich erinnerte – Holz, Leder, Bohnerwachs –, waren einer gewissen Muffigkeit gewichen.

»Soll das … ein Witz sein?«, flüsterte ich und fuhr mir mit der Hand an die Kehle. »Was ist denn mit den wunderbaren Bildern und den Möbeln geschehen?« Mein Blick wanderte zum Garten hinaus, der nur noch ein einziger verkrauteter Dschungel war. Man konnte sich gut vorstellen, dass dort Tiger herumliefen und Sittiche in den Bäumen hockten. »Wer hat das getan?«

»Keine Ahnung«, sagte Giles mit zusammengebissenen Zähnen. »Es war schon so, als ich heute Morgen aufgestanden bin.«

Shaun schaute mich stirnrunzelnd an und wandte sich dann an Giles. »Von was für einem Stern kommst du eigentlich, Kumpel?« Er stellte einen Fuß auf die Treppe, und die Hose spannte über seinem Gemächt. »Das ist doch perfekt.«

Ich versuchte zu verstehen, ob das ironisch gemeint war.

War es nicht.

Shaun, Felix und der Rest der Crew schienen irgendwie von meinem dämlichen Zauber befallen zu sein und hielten das alles für normal.

»Ich habe keine Erklärung dafür, was hier passiert sein könnte«, sagte ich zu Giles, der aussah, als wollte er jemanden verprügeln. Ich fragte mich, warum er nicht von meinem Zauberspruch betroffen war. »Aber für uns ist das absolut okay so. Den Dreharbeiten steht nichts im Wege. Es macht nichts, wenn das Anwesen ein bisschen verkommen aussieht.«

»Ein bisschen …« Er atmete tief ein. »Euch mag das vielleicht egal sein, mir nicht«, sagte er ruhig. »Dies ist mein Zuhause.«

»Können wir nun bitte weitermachen?«, fuhr Felix uns an. »Wir verschwenden hier nur unsere Zeit.«

Ohne Vorwarnung zog Shaun mich zu sich herum, nahm mein Gesicht in die Hände und fragte: »Tun eigentlich deine Füße weh?«

»Was? Wieso?«

»Weil du mir ständig im Kopf herumgehst«, hauchte er und hüllte mich in seinen Kaffeeatem ein.

»Mr Lightly! Ich meine, Shaun, *bitte*.« Ich entwand mich ihm und musste ein Würgen unterdrücken. Dass Giles uns ungläubig anstarrte, war mir durchaus bewusst.

»Jetzt nicht«, bellte Shaun vollkommen unmotiviert. Dann sah ich aber, dass jemand vom Catering Service mit unserem Frühstück angerückt war. »Unser Mann hier hat eine Art Nervenzusammenbruch.« Er nickte zu Giles hinüber.

»Oh, es kommt noch schlimmer«, sagte Giles schmallippig. »Folgen Sie mir.«

Ich ging hinter ihm die Wendeltreppe hoch, Shaun und Felix dicht auf den Fersen. Es war deutlich zu spüren, dass Shaun meinen Hintern nicht aus den Augen ließ.

»Ich kann das verdammt noch mal nicht glauben«, schimpfte Felix. »Ist dir nicht aufgefallen, was für ein Spinner dieser Typ ist, Jo?«

»Das wird sich schon geben«, sagte ich und bekam weiche Knie, da ich das selbst nur hoffen konnte.

»Wenn du deinen Hintern etwas früher hierher bewegt hättest, wäre alles längst geregelt.«

»Ihn erschießen, meinst du?«, fragte Shaun und lud ein imaginäres Gewehr. »Keine schlechte Idee.« Als er meinen Gesichtsausdruck sah, sagte er: »Wir werden ihn schon mit sanfteren Mitteln überzeugen, Süße, keine Panik.«

Schwungvoll öffnete Giles eine der Türen am Treppenabsatz. Wildes Gelächter war zu hören. »Na?« Er trat zurück, und ich warf vorsichtig einen Blick hinein.

»Was tun die denn da?«, flüsterte ich und versuchte, die Szene vor meinen Augen einzuordnen.

»Sag du's mir.«

Sämtliche Schauspieler befanden sich im Schlafzimmer, trugen Kostüme und redeten wie ihre Charaktere, als wären sie so geboren worden. Der Schauspieler, der den Lord Montague spielte, lehnte an einem kunstvoll verzierten Frisiertisch, während seine Gemahlin sich auf einem riesigen Bett räkelte und den Oberschenkel des Butlers tätschelte.

Mein Mund klappte zu. »Ist das eine Probe?«, fragte ich schließlich und zwang mich dazu, mein Gehirn zu aktivieren. Das war, als würde ich mit einem Panzer über eine Dorfstraße fahren. »Klar!« Mit einem triumphierenden Lächeln wandte ich mich an Shaun und Felix. »Sie proben schon einmal die Szene.«

»Aber natürlich tun sie das«, sagte Felix und wechselte mit Shaun einen Blick, der keinen Zweifel daran ließ, dass sie Giles und mich für verrückt hielten.

»Davon hat mich niemand in Kenntnis gesetzt«, sagte Giles, wenig überzeugt. »Sie behandeln mich, als wäre ich unsichtbar.«

»Weil du nicht im Drehbuch stehst«, sagte ich und fühlte mich unendlich erleichtert. *Mit dieser Sache würde ich locker fertigwerden.* »Das ist ein vollkommen neuer, äh, innovativer Ansatz. Die Schauspieler sind vollkommen auf ihren Part fokussiert.«

»Der da bestimmt.« Giles nickte zu dem Butler hinüber, der wie gebannt in Lady Montagues Dekolleté stierte. »Sie scheinen sogar zu denken, sie wohnen hier.«

»Ja und?«, fragte Shaun und zog eine Schulter hoch, während ich versuchte, meinen Atem unter Kontrolle zu bringen.

»Ist Teil des Vertrags«, tat Felix die Sache ungeduldig ab.

»Sie machen wohl Scherze.« Giles' Augen wurden so eisig wie ein Winterhimmel. »Wollen sich diese Leute etwa während der gesamten Dreharbeiten hier herumtummeln?«

»Was haben Sie bloß?«, fragte Felix verblüfft, und ich musste nicht erst das Kleingedruckte im Vertrag lesen, um zu wissen, dass er recht hatte. Noch ein Nebeneffekt meines verrückten, chaotischen Zauberspruchs. »Ich werde sie im Auge behalten«, lenkte er ein. »Es wird keine wilden Partys geben, wenn es das ist, was Ihnen Sorgen bereitet.«

»Ich weiß nicht, was hier los ist«, sagte Giles zu mir, und ich hätte am liebsten gesagt: *Da bist du nicht der Einzige.* »Aber du kümmerst dich besser darum. Heute Nacht werde ich auf meinem Boot schlafen, und wenn ich zurückkomme, möchte ich, dass alles wieder ist wie vorher. Hast du mich verstanden?«

»Mhm«, machte ich unverbindlich und schaffte es endlich, die Augen von den Schauspielern loszureißen.

»Dann sind Sie also einverstanden, wenn wir jetzt weitermachen?«, erkundigte sich Shaun und wickelte eine meiner Locken um seinen Finger.

Giles bedachte ihn mit einem eisigen Blick. »Natürlich nicht, aber ich habe ja den Vertrag unterschrieben«, sagte er. »Sieht so aus, als hätte ich im Moment keine Wahl.« Er stürzte an mir vorbei, und seine unfreundliche Miene ließ mich innerlich zusammenschrumpfen.

Schnell riss ich mich von Shaun los und hätte mich dabei fast skalpiert. »Giles, das tut mir alles so wahnsinnig leid, ich …«

»Das mach ich nur Will zuliebe. Zen, meine ich …«, murmelte er und griff nach einer Reisetasche, die er offenbar schon gepackt hatte. »Du wirst eine Menge zu erklären haben.«

Ich drückte mich an die Wand, als er an mir vorbeistürmte, und wünschte, ich könnte uns in der Zeit zurückzaubern. Mit geschlossenen Augen tastete ich nach dem Saphir. »Uralte Kraft, ich rufe dich an, wie ich es wünsche, so sei es getan«, betete ich, aber als ich die Augen wieder öffnete, war alles unverändert.

»Wo zum Henker ist das Zimmermädchen?«, fragte Lord Montague und steckte den Kopf zur Tür heraus. »Ich hatte vor einer Stunde Tee bestellt.« Jeder Millimeter an ihm schien den Dandy zu verkörpern, den er darstellte. Von dem Schauspieler, der soeben seine dritte Entziehungskur hinter sich hatte, war nichts zu spüren.

»Ist Alice da?«, erkundigte ich mich zaghaft bei Felix, da ich dachte, sie könne vielleicht für Ordnung sorgen, während ich nach Hause fuhr und das Zauberbuch durchforstete – mit einer Lupe, wenn nötig. Es *musste* die Ausstiegsklausel geben, die ich bislang noch nicht gefunden hatte.

»Vergiss Alice, wir müssen jetzt mit dem Dreh beginnen«, sagte Felix und zupfte an seiner Krawatte.

Und starrte mich an – als würde er auf Anweisungen warten.

NEIN! Das konnte nicht wahr sein. Mir rutschte das Herz in die Hose, als ich daran dachte, wie ich ihn in meiner Vorstellung herumkommandiert hatte. Ich stöhnte.

Shaun starrte mich ebenfalls an, vollkommen unbeirrt.

»Was denn?«

Sie starrten weiter.

»Oh, was zum … Gut«, sagte ich schließlich und straffte die Schultern. Obwohl ich eine Hexe war – mit all der Macht, die angeblich daran hing –, stand ich offenbar ganz alleine da. »Maske und Kostüm, ihr werdet gebraucht«, rief ich, und sofort brach hektische Betriebsamkeit aus. »Wenn sie fertig sind, kannst du … Nun, tu einfach, was du tun musst«, sagte ich zu Felix und hoffte, meine Anweisung war hinreichend präzise. »Ich werde Alice anrufen und mich mal erkundigen, wo sie steckt. Dem Catering Team werde ich sagen, dass wir erst um zwei Mittagspause machen, da wir so spät angefangen haben.«

Felix nickte zustimmend.

»Du machst mich an, Madame.« Shaun warf mir einen Kussmund zu.

»Pfui Teufel«, flüsterte ich und lief die Treppe hinunter. »Los, an die Arbeit, Leute«, rief ich, und alle sprangen sofort auf.

»Zu Befehl, Ma'am.« Chubby Walker strich sich über seinen feinen Schopf. »Mir ist jetzt eingefallen, an wen du mich erinnerst.«

»Schieß los.« Ich konnte es kaum erwarten.

»An unseren Cocker Spaniel Muffy«, sagte er mit einem versonnenen Lächeln.

Das war das schlimmste Kompliment, das man mir je gemacht hatte.

18. Kapitel

In meiner Tasche klingelte mein Handy, und ich kramte es hektisch heraus. Ein paar entgangene Anrufe waren verzeichnet, aber keiner kam von Will, wie ich feststellte.

»Hallo, Pippa«, sagte ich und schaute mich zerstreut um. Chubby fuchtelte mit einem Foto vor meiner Nase herum. Der Mischling darauf war sicher Muffy, aber es war, als würde ich in einen Spiegel schauen.

»Was ist denn?«, fragte ich und schenkte Chubby ein lahmes Lächeln, bevor ich zur Seite trat.

»Mum hat soeben angerufen«, sagte sie und schien zu kichern. »Las Vegas muss total abgefahren sein, aber die Hochzeit ist super gelaufen. Sie will uns gleich per SMS noch ein Foto schicken.«

Das Handy rutschte mir aus der Hand und knallte aufs Pflaster.

»Josie?« Pippas Stimme drang zu mir hoch, blechern und besorgt. »Jo?«

Ich bückte mich, hob es wieder auf und fragte mich, ob ich richtig gehört hatte. »Entschuldige, Pippa, ich ... Hattest du Hochzeit gesagt?« Ich hielt das Handy vom Ohr weg, als könnte ihre Antwort mir das Hirn wegpusten.

»Ja klar«, sagte sie mit fragendem Unterton. »Warum?«

»Wann ... Wann? Wie? Ich meine ...« Alle vernünftigen Gedanken schienen wie weggeblasen. »Aber das wäre doch genau das Gegenteil von dem, was ich wollte! Um Gottes willen, Pippa! Sie können nicht geheiratet haben, das geht einfach nicht.«

Natürlich hatten sie es getan. Hatte ich sie nicht bei meiner dämlichen Zauberei in einer kitschigen Kapelle in Las Vegas gesehen, einschließlich Elvis-Imitator? »Nein, nein, NEIN!« Ich schlug mir mit dem Handy gegen die Stirn. Der Mann vom Catering Service schaute herüber und runzelte die Stirn. »Mist, Mist, Mist«, jammerte ich. Jetzt würde ich Del nie wieder los.

»Was ist nur los mit dir?« Pippa klang verwirrt und auch ein wenig besorgt, und ich rief mir in Erinnerung, dass die Dinge für alle anderen ganz normal aussahen. »Del ist das Beste, was Mum in ihrem Leben passieren konnte«, sagte sie entschieden, und ich war sofort auf hundertachtzig.

»Ist er das?« Pippa war in letzter Zeit nicht viel daheim gewesen und hatte nicht mitbekommen, wie sich Mum verändert hatte, seit Del auf der Bildfläche erschienen war.

»Du weißt doch selbst, Jo, dass Dad nicht immer nett zu ihr war.«

Noch während sie das sagte, kam von irgendwoher eine Erinnerung auf. Mum stand weinend an der Spüle und schälte Kartoffeln. Dad lehnte an der Arbeitsplatte und machte sich über sie lustig. Er hatte oft über ihre Kochkünste gelästert – so etwas würde man nicht einmal dem Nachbarshund zum Fraß vorsetzen –, aber er hatte immer dabei gelacht.

Oder?

Noch ein Flashback. Dads Augen, wütend und eiskalt, als er Mum in die Mangel genommen hatte, weil er wissen wollte, wo sie abends gewesen war. Sie hatte Teilzeit als Sprechstundenhilfe gearbeitet, und auf der Heimfahrt war der Bus liegen geblieben. »Du hast dich sicher mit deinem Lover getroffen«, donnerte er, während Mum eingeschüchtert in der Tür stand.

»Ich habe doch keinen Liebhaber. Er ist bloß eifersüchtig«, erzählte sie uns später im Flüsterton, die Augen rot und geschwollen. »Das sagt er nur, weil er mich so liebt. Er meint es nicht böse.«

»Doch, das tut er«, sagte Pippa mit einem dünnen, verängstigten Stimmchen, und ich boxte sie kräftig in den Arm.

»Nein, tut er nicht«, schrie ich, bevor ich laut zu heulen begann. Schließlich kam Dad bestens gelaunt ins Zimmer und erkundigte sich, was wir für einen Lärm veranstalteten. Er kitzelte mich, bis ich zu lachen anfing und um Gnade flehte.

Die ganze Welt schien aus den Angeln. Ich hatte diese Erinnerungen tief in meinem Gedächtnis vergraben, aber sie waren natürlich alle noch da. Wie viele mochten es sein?

»Jo?«

Ich atmete hektisch. Wir hatten nie über diese Dinge gesprochen. »Wenn es so schlimm gewesen wäre, hätte sie ihn doch verlassen.«

»Das war vermutlich nicht so einfach.«

Meine Schulterblätter fühlten sich an wie Beton.

»Freu dich doch einfach für die beiden, Josie. Del ist gut für Mum.«

»Dad ist noch gar nicht lange tot.«

»Fast drei Jahre.«

»Drei Jahre sind nichts.« Das Schlimmste war, dass das Ganze auf meinem Mist gewachsen war. »Ich habe den Verdacht, dass Del nur hinter ihrem Geld her ist.«

»Soll das ein Witz sein?« Pippas Stimme klang ungläubig. »Mum ist doch nicht Ivana Trump.«

»Nein, aber sie hat etwas zurückgelegt.«

»Nun, egal, jedenfalls werden sie sich später noch den kirchlichen Segen holen, dann können wir alle zusammen feiern.« Pippa klang jetzt wieder so glückselig, als könnte sie gar nicht anders. »Dann wird auch das Baby schon da sein!«, fügte sie hinzu, als würde es mit dem Zug anreisen.

Ich nuschelte etwas, das ich für angemessen hielt, legte auf und fühlte mich erschöpft.

Ein Piepston verkündete, dass eine SMS eingegangen war, und ich öffnete sie vorsichtig. Ein Foto: Mum und Del standen vor der Chapel of Love und strahlten, als hätten sie im Lotto gewonnen. Darunter hatte Mum geschrieben: **Bis bald, mein Schatz. LG Mrs Thomson!!**

»Oh *Gott*!«

Hinter ihnen stand Elvis, die Perücke schräg auf dem Kopf, die Lippen gespitzt. An Mums Finger steckte statt des alten Eherings ein schlichter goldener Ring.

»Ich krieg die Krätze«, flüsterte ich und fasste mir an den Kopf. Als ich allerdings weiter auf das Bild starrte, fiel mir auch auf, wie glücklich Mum wirkte, irgendwie … sorglos.

Ich zuckte zusammen, als noch eine SMS eintraf, diesmal von Will. Fast traute ich mich schon gar nicht mehr, sie zu lesen.

Wieder auf eine volle Stelle zu gehen war die beste Entscheidung, die ich in den letzten Jahren getroffen habe. Danke, dass du mich in die richtige Richtung gedrängt hast. Will xx

Eine Welle der Erleichterung packte mich und spülte einen Teil des Schocks fort. Er hatte auch nicht mit Zen unterschrieben, was ein weiteres gutes Zeichen war. Wenn wenigstens die *Hälfte* meiner Zaubersprüche funktioniert hatte, dann würde ich mit dem Rest vielleicht leben können.

Nicht damit allerdings, dass Del nun mein Stiefvater war.

»Was bin ich nur für eine unglaubliche Vollidiotin«, schalt ich mich frustriert und kämpfte gegen die Tränen an.

Ich musste unbedingt mit Lara sprechen, aber die ging nicht ans Telefon, und ich wurde das Gefühl nicht los, dass irgendetwas entsetzlich schiefgelaufen war.

Unsicher, was ich nun tun sollte, rief ich im Hotel des Städtchens an und stornierte die Buchungen für die Schauspieler, was gar nicht gut aufgenommen wurde. Dann ging ich hinüber zum Catering-Wagen. »Ihr müsst reingehen und den Leuten das Essen bringen. Sie ziehen sich gar nicht erst um und kommen auch nicht raus«, sagte ich zum Chef des Küchentrupps, einem kleinen, drahtigen Mann mit einem schmalen Gesicht.

»Wow, deine Haare.« Der Blick, den er mir zuwarf, war mir mittlerweile vertraut. »Sieht heiß aus.«

»Oh, danke«, sagte ich überrumpelt und fuhr mit der Hand hindurch. Sie fühlten sich an wie Schmirgelpapier.

»Als stünde dein Kopf in Flammen, meine ich.«

»Na prima.« Ich streckte die Hand aus. »Kann ich mir deine Mütze ausleihen?«

»Wie bitte?«

»Deine Kochmütze.«

»Irgendwo müsste ich noch eine in Reserve haben.«

Es war deutlich zu sehen, dass er sich Mühe gab, nicht zu lachen. Seine Schultern bebten, als er überall herumkramte, bevor er mir eine Ewigkeit später die Ersatzmütze reichte. Sie war viel zu groß, aber ich steckte meine Haare hinein und stopfte sie mit meiner Jacke aus, und schließlich konzentrierte sich der Mann auch wieder aufs Wesentliche. »Dann bring ich das Gulasch schnell rüber, bevor es kalt wird.«

»Gute Idee.«

Als ich in der vagen Hoffnung, ich hätte mir das Hochzeitsfoto vielleicht nur eingebildet, noch einmal auf mein Handy schaute, bemerkte ich plötzlich eine Gestalt, die über die Kabel in der Zufahrt hinwegstieg.

Alice. *Gott sei Dank.*

»Wo warst du denn?«, fragte ich, als ich auf sie zueilte, zu gestresst für Nettigkeiten. »Ich habe dich noch nie unpünktlich erlebt, Alice. *Ich* bin doch die Unpünktliche von uns beiden.«

Sie war blass und derangiert, und ihre Augen waren rot gerändert, als hätte sie eine Bindehautentzündung.

»Wo warst du denn?« Ich lachte versuchsweise.

»Das kann ich dir sagen.«

»Gut«, sagte ich verwirrt.

»Ich habe dich beobachtet.« Ihre Augen schossen wie Murmeln in meine Richtung.

»Was?« Ich fragte mich, ob ich mich verhört hatte. »Komm rein und trink einen Kaffee«, sagte ich und führte sie in die Küche, wo ein paar der Schauspieler am Tisch saßen und eine Szene drehten.

»Wir müssen so bald wie möglich nach London fahren, ich habe keine Strumpfhosen mehr«, sagte die Schauspielerin, die Lord Montagues Tochter Poppy spielte.

»Du bist eine verwöhnte Göre, Poppy Montague. Das sagen alle.«

»Ach, sei du doch ruhig, Hugo. Du magst ja mein Bruder sein, aber du bist nur eifersüchtig, weil du lieber selbst Strumpfhosen tragen würdest.«

Lord Montague beugte sich über den Tisch und strich Lady Montague eine Strähne aus den Augen. »Mein Schatz, unsere Kinder sind völlig außer Rand und Band.«

Am Frisiertisch stand ein Zimmermädchen und lauschte, während es mit der Schürze einen Teller polierte.

Felix stand in der Nähe und blätterte im Drehbuch. Shaun schaute zu und strich sich übers Kinn.

»Spiel es ganz schlicht«, wies er Lord Montague an. »Hör auf das, was sie sagt.«

»Das Haus ist Mist«, sagte Felix zu Alice, als wäre es das Einzige, was aus dem Rahmen fiel. »Schau dir diese feuchten Flecken an.«

Alice schaute aber Shaun an und antwortete nicht. Ihre Arme hingen herab wie die eines Roboters.

»Josie?« Felix wandte sich nun an mich.

»Ja?«

»Das Haus sieht überhaupt nicht aus wie auf den Fotos, die du gemacht hast.«

»Ich ... ich weiß«, sagte ich kleinlaut und fragte mich, warum er sonst nichts bemerkte.

»Was tun wir also?«

Wir? Um diese Dinge kümmerte sich doch Alice. »Lass mich mal nachdenken«, sagte ich und schüttete Kaffee in einen Becher, um Zeit zu gewinnen.

»Alice«, sagte ich und drückte ihr den Becher in die Hand. »Was sollen wir tun? Wegen des Hauses?«

Sie warf mir einen giftigen Blick zu. »Er hat gesagt, er liebt mich.«

»Was?«

Sie knallte den Becher auf den Frisiertisch, und der Kaffee schwappte über. »Er hat gesagt, er liebt mich, und jetzt ist er mit dir zusammen.«

Oh nein. Langsam und nebelhaft kamen die Erinnerungen wieder hoch. Alice mit ihrem Klemmbrett. Shaun, der mich im Studio auf die Wange küsst. Die Zaubersprüche mussten auf verhängnisvolle Weise durcheinandergeraten sein.

Als er mich sah, kam Shaun sofort auf mich zu und riss mir die Kochmütze vom Kopf. »Warum um alles in der Welt trägst du so ein Ding, mein Schatz?« Die Strickjacke fiel heraus. »Lass dich anschauen«, sagte er bewundernd und strich mir das Haar aus der Stirn. »Wie dieser Typ von den Simpsons, nur hübscher. Unendlich viel hübscher.«

»Danke vielmals«, schnaubte ich und setzte die Kochmütze sofort wieder auf. Jetzt rutschte sie mir allerdings über die Augen, also nahm ich stattdessen meine Strickjacke und wickelte sie mir wie einen Turban um den Kopf. »Hast du Alice gesagt, dass du sie liebst?«

»Komm her, mein flatterhaftes Ding.« Er ließ seine Lippen über meinen Nacken wandern. »Wenn Küsse Schneeflocken wären, würde ich dir einen gewaltigen Schneesturm schicken.«

»Shaun!« Ich schüttelte ihn ab. »Hast du das zu Alice gesagt?«

Er zuckte mit den Achseln und zog die Mundwinkel herab. »Schon möglich. Wir hatten drei, vier One-Night-Stands«, sagte er und legte beide Hände aufs Herz. »Dann habe ich mich aber neu sortiert, und jetzt sind DU und ICH ein Paar. Ewiglich.«

»Tu mir bitte einen Gefallen, Shaun.«

»Alles, was du willst, mein Liebling.«

»Lass mich in Ruhe.«

»Liebling, du bist köstlich.«

Alice nahm ihr Halstuch mit dem Leopardenmuster ab und zog es straff, als wollte sie mich damit erwürgen. »Wie konntest du mir das nur antun?«, fragte sie mich.

»Was sollen wir denn jetzt machen?«, fragte Felix erneut und massierte sich die Nasenwurzel.

Poppy Montague weinte leise in ihr Taschentuch. Das Hausmädchen ließ ein Glas auf den Steinfußboden fallen und fluchte.

Ich fühlte mich, als hätte ich jahrelang nicht geschlafen.

»Warum können wir die Geschichte nicht ein bisschen umschreiben?«, schlug ich vor und entfernte mich von Shaun, um

Alice nicht zu provozieren. Leicht vorstellbar, dass sie in dieser Stimmung zur Waffe greifen würde. »Vielleicht erleben die Montagues ja eine schlimme Zeit und müssen mit ansehen, wie alles um sie herum zusammenbricht. Deswegen sind sie auch so grässlich zueinander.« Ich schaute mich um und versuchte, mich zu konzentrieren. »Später taucht dann ein mysteriöser Wohltäter auf und gibt ihnen Geld, um das Haus zu renovieren.« Eigentlich schrieb ich ziemlich gern und hatte im Rahmen meines Publizistikstudiums auch in den Journalismus reingerochen. »Oder was, wenn eine reiche Tante stürbe und ihnen ein Vermögen hinterließe, das zu noch mehr Geschwisterzwist führt? Komm schon, Felix.« Ich hielt seinem Blick stand. »Du bist doch der Autor.«

Er beugte sich mit einem verschlagenen Blick vor und stützte die Hände in die knochigen Hüften.

»Eine adelige Familie im Überlebenskampf ist wesentlich interessanter als eine adelige Familie, die über Seidenstrümpfe debattiert«, drängte ich ihn. »Für so etwas wäre unter Umständen sogar ein Filmpreis drin.«

Er zierte sich immer noch.

»Klingt gut, finde ich«, sagte der Kostümbildner und wurde bis an den Rand seiner Baskenmütze rot. Er hatte panische Angst vor Felix.

»Sie ist ein Genie«, schnurrte Shaun und legte die Hände zusammen, als würde er beten. Alice stöhnte wie eine kalbende Kuh, aber niemand außer mir schien es gehört zu haben.

»Möglicherweise ist das keine ganz schlechte Idee«, gab Felix zu und kritzelte etwas in seine Hand. »Vielleicht kann ich der Geschichte mehr Schwung verleihen.«

»Okay«, sagte ich und hatte endlich das Gefühl, ein wenig Kontrolle wiederzuerlangen. »Dann lasst uns loslegen.«

19. Kapitel

Zurück in der Wohnung warf ich mich aufs Sofa und war froh, dass niemand mich sehen konnte.

Ich sammelte meine letzten Energien zusammen und begann, im Zauberbuch zu lesen. Unter jeder einzelnen Zeile fuhr ich mit dem Finger entlang, so wie ich es immer schon hätte tun sollen.

Ziemlich schnell sprang mir ein Absatz ins Auge.

Einmal im Monat reist der Mond durch die Sternzeichen und wird geviertelt. Sprich niemals einen Zauberspruch in diesem Moment, da die Wünsche sonst verzerrt werden.

»Mist.« Vollmond war nicht gewesen, der Mond hatte eher wie ein Melonenschnitz ausgesehen. Ich schmiss das Buch hin und wünschte, ich hätte es nie in die Finger bekommen. »Arrrggghhh!«, kreischte ich und stützte den Kopf in die Hände.

Die Jacke löste sich von meinen Haaren. »VERDAMMT!«

Genervt schmiss ich ein Kissen quer durch den Raum und riss ein Foto vom Bücherregal. Es war ein Foto von Will und mir, und ich bückte mich, um es wieder aufzuheben. Es war aus unserem ersten gemeinsamen Urlaub, den wir in Portugal verbracht hatten. Will hatte den Arm um meine Taille gelegt und lachte über irgendetwas.

Meine Augen füllten sich mit Tränen. Vor diesem Urlaub hatte ich nicht richtig schwimmen können – auf einem Klassenausflug wäre ich sogar fast einmal ertrunken, als wir nach Delfinen Ausschau gehalten hatten –, aber Will hatte verkündet, dass wir nicht eher heimfahren, bis ich nicht zwei Bahnen im Pool schaffe.

Er war so geduldig und hat sich nicht ein einziges Mal über meine Schwimmflügel lustig gemacht. Die Freude, die ich empfand, als ich durchs Wasser glitt und von Will angefeuert wurde, habe ich nie wieder vergessen. Und er sah gut aus, wie er da braungebrannt und in Badehose am Beckenrand stand.

So ernsthaft hatte er sich danach nie wieder mit etwas beschäftigt. *Diese dämlichen Esel und Pastinaken.* Gott sei Dank, dass er wieder voll arbeitete.

Aus einer plötzlichen Laune heraus nahm ich mein Handy. Vielleicht konnte er auf dem Heimweg etwas zu essen besorgen, während ich mir überlegte, was ich mit Shaun anfing.

»Könntest du mich bitte mit Will verbinden?«, bat ich, als Penny dranging, seine Sekretärin.

»Tut mir leid, Josie, aber montags kommt er doch gar nicht ins Büro.« Sie klang amüsiert. »Erzähl mir nicht, dass du das vergessen hast.«

»Ist er denn ... Arbeitet er denn nicht wieder Vollzeit?« Meine Hände kribbelten plötzlich.

»Nein«, sagte sie und zog die Worte bedächtig in die Länge. »Ich meine, du weißt ja, dass Jeff begeistert wäre, aber soweit ich weiß, war davon nicht die Rede in letzter Zeit.«

Mein Verstand war der reinste Whirlpool. »Aha.«

»Alles okay bei dir?«

»Tut mir leid, Penny, aber ich muss da wohl etwas missverstanden haben.« Ich lachte schrill, was mir niemand, der mich kannte, abgenommen hätte. Glücklicherweise kannte Penny mich nicht gut genug.

»Mach dir keine Gedanken«, sagte sie freundlich. »Solche Tage haben wir alle mal.«

Ich legte schnell auf, bevor sie meine Zähne klappern hörte.

Der Regen fiel gegen die Fensterscheibe, sanft und penetrant. Benommen ging ich ins Schlafzimmer und zog mir einen Pullover an. »Wo bist du nur, Will?«

Schnell nahm ich mein Adressbuch und suchte eine Nummer, die ich noch nie zuvor gewählt hatte.

»Ned & Eddie's. Hier ist Ned, was kann ich für Sie tun?«

Meine Zunge klebte förmlich am Gaumen.

»Ist Will da?« Bitte sag Nein, bitte sag Nein.

»Wer?«

Ich runzelte die Stirn. »Ach so. Zen, meinte ich.« Der Name tropfte zäh von meiner Zunge.

»Ach so. Ja, ist er.« Neds Stimme wurde schärfer. »Mit wem spreche ich denn?«

Im ersten Moment wollte ich einfach auflegen, aber dann würde er vielleicht meine Nummer nachverfolgen lassen. »Hier ist Josie, seine Freundin«, sagte ich. Mein Atem fühlte sich kratzig an.

»Du bist Josie?« Das klang fast vorwurfsvoll, als wäre er schon vor Längerem zu einem wenig schmeichelhaften Urteil über mich gelangt. »Wir sind sehr froh, dass er bei uns ist, Josie, besonders wo Eddie doch nun studiert. Sein Engagement ist bewundernswert.«

»Das finde ich auch«, plapperte ich daher, und das stimmte sogar. Es war sympathisch, dass Will die Esel leidtaten, nur dass ich ihren Reiz nicht nachvollziehen konnte. Wenn ich mich dazu aufraffen könnte, einem bedürftigen Säuger zu helfen, dann doch lieber einer aussterbenden Art. Oder einer, die weit weg lebte, wie etwa … dem Papageienschnabel.

»Der Papageienschnabel ist ein Vogel, kein Säugetier«, sagte Ned in einem schwer geprüften Tonfall.

»Hatte ich das etwa laut gesagt?«

»Ich hol Zen.«

Der Hörer wurde hingelegt, und ich stieß einen leisen Seufzer aus. Obwohl es mein Fehler war, dass Will nun ganz im Eselsheim arbeitete, war die Enttäuschung doch übermächtig.

Ich fragte mich, ob es Sinn machte, Will umstimmen zu wollen. Wovon sollten wir denn leben, wenn er nicht einsichtig war?

»Es muss einen Weg geben, diese verfehlten Zaubersprüche aufzuheben«, flüsterte ich und rieb mir die Augen. Ich fühlte mich wie ein Spielzeug, dessen Batterie bald den Geist aufgab.

»Jo, hallo! Was für eine schöne Überraschung.«

Seine warme, tröstliche Stimme träufelte wie heiße Schokolade in mein Ohr. »Will ... ich meine, Zen. Sag, was soll das?«, platzte ich heraus.

»Ich bin jetzt ganztags hier«, sagte er und wirkte so unendlich glücklich darüber, dass ich am liebsten losgeschluchzt hätte.

»Aber sie zahlen dir nur ein paar Pennys. Nicht einmal das. Was ist mit Ad Men?«

»Oh, mit der Werbung habe ich abgeschlossen.« Der Tonfall blieb leicht und unbeschwert, als wäre das alles nicht von Belang. »Hör mal«, fuhr er fort, bevor ich auch nur reagieren konnte. »Könntest du am Freitagabend für mich zur Versammlung im Schrebergarten gehen? Maud hat einen Plan, wie wir den Gemüsedieb stellen können, aber ich werde es zeitlich nicht schaffen.«

Mein Nacken verkrampfte sich. In den letzten vierundzwanzig Stunden war das ein Dauerzustand, und ich hatte schon Sorge, dass ich meinen Kopf nie wieder würde bewegen können. »Und warum wirst du es nicht schaffen?«

»Weil ich hier sein werde, mein kleiner Griesgram.« Das hatte er so liebevoll gesagt, als hätte er es mit einer minderbemittelten Achtjährigen zu tun.

»Was meinst du damit, du wirst dort sein?« Plötzlich sehnte ich mich danach, dass er nach Hause kam. Nicht die Version, die Bäume umarmte, sondern der gut gekleidete Will, der göttlich roch und so zärtlich war wie sonst niemand auf der Welt. »Bitte, Will, es ist schon spät. Es gibt da etwas, das ich dir erklären muss. Ein paar Dinge sogar.«

»Ich kann nicht kommen, du Dummchen.« Er kicherte, und ich bekam eine Gänsehaut.

»Was soll das heißen?«

»Ich wohne doch jetzt hier.«

»Hier?«

»Nein hier.«

»Das meine ich doch.« Das Ganze war total lächerlich. »Will … Zen, du musst nicht dort wohnen.«

»Das ist doch mein Zuhause«, beharrte er, und ich sank auf den Couchtisch.

»Alles wegen meiner Zauberei.«

»Was redest du denn da?«

Ich knetete meine Stirn. »Aber wo willst du denn schlafen?« Etwas anderes fiel mir nicht ein.

»Ich muss jetzt, Jo«, sagte er gut gelaunt. »Fenella macht einen Veggie-Eintopf.«

»Fenella?« Ich stellte mir eine Eselin mit geblümter Schürze vor, die Möhren schrappte und in eine Pfanne warf.

»Neds Frau. Sie ist eine fantastische Köchin.«

»Aber, Will …«

»Bis bald, Liebes.« Ich hörte nur noch den Summton. Er hatte aufgelegt.

»Zen?«

Mir war selbst nicht bewusst, wie lange ich da saß und in die Luft starrte. Die Wohnung kühlte allmählich aus, und das Stückchen Himmel jenseits des Fensters wurde dunkel, aber ich blieb sitzen und begriff einfach nicht, was los war.

»Schatz?«

Ich schrie auf.

»Himmel, bist du nervös, meine Süße.«

Es war Shaun, der seinen Schlüssel – *meinen* Schlüssel – in die Tonschale auf dem Fensterbrett legte. Shaun, der mir einen feuchten Kuss auf die Wange drückte, die Vorhänge zuzog und das Licht anschaltete. Shaun, der mich mit blanker Lust und einem lasziven Lächeln auf den Lippen anschaute. Shaun, mein gottverdammter Verlobter.

»Irgendetwas stimmt mit meinen Augen nicht«, sagte er und kam auf mich zu.

»Inwiefern?«

»Ich kann sie nicht von dir losreißen.«

Ich stöhnte. »Bist du sicher, dass deine Sprüche ziehen, Shaun?«

»Sag du's mir.« Seine Augen wurden groß.

»Wo sind wir uns begegnet?«

»Was?«

»Erzähl mir bitte noch einmal, wie wir uns begegnet sind.«

»Im Filmstudio, vor ein paar Jahren«, sagte er und zog die Schuhe aus. »Ich habe zu dir gesagt: ›Glaubst du an Liebe auf den ersten Blick, oder soll ich noch einmal an dir vorbeilaufen?‹«

Ich schloss die Augen.

»Du hast gelacht, wir sind zusammen essen gegangen, und dann habe ich gesagt: ›Hübsches Kleid, kann ich dich dazu überreden, es auszuziehen‹, und du ...«

»Ich bin weggelaufen? Habe dir eine geknallt?«

Er grinste. »Du warst hin und weg. Logisch.«

Vielleicht hatte er so etwas tatsächlich gesagt, aber er hatte nicht mich gemeint.

»Komm her, mein Zuckerstückchen.« Er streckte die Hand aus, und ich warf mich schnell auf den Boden und machte ein paar Liegestütze.

»Was tust du da, um Himmels willen?«

»Mich fit halten.« Ich trat mit einem Bein aus und spürte, wie es in meinem Hirn pochte.

»Dir platzt gleich noch ein Äderchen im Kopf, Schatz. Hör auf damit.« Mit gekonnter Leichtigkeit hob er mich hoch und schloss mich in seine Arme.

»Shaun, ich kann dich nicht heiraten«, platzte es aus mir heraus, und ich schob ihn von mir weg. »Ich liebe einen anderen.«

Er kicherte. »Das tust du ganz bestimmt nicht.« Das Verlangen drang ihm aus jeder Pore, als er nun versuchte, sich an mir zu reiben. »Oh, Josie, mein Määädchen«, gurrte er.

Oh Gott.

Es klingelte, und wir fuhren auseinander. »Ich werde uns schnell eine Pizza machen«, rief er, als ich hinunterrannte. Mein Magen knurrte verräterisch. Ich hatte den ganzen Tag noch nichts gegessen.

»Lara! Was ist los? Was ist denn passiert? Warum bist du hier?«, fragte ich und versuchte, mir einen Reim auf den Anblick zu machen, wie sie da mit einem tropfenden Schirm unter dem einen Arm und Olly auf dem anderen auf der Türschwelle stand.

»Er ist den ganzen Tag schon wahnsinnig brav, Jo«, strahlte sie, hüpfte in den Hausflur und hielt ihn mir hin, damit ich es selbst sehen konnte. »Heute Morgen ist er erst um neun aufgewacht, und seither hat er kein einziges Mal geweint. Ich habe die ganze Zeit versucht, dich anzurufen.«

»Lara, das ist ja wunderbar!« Ich lächelte ebenfalls und war überglücklich. Dann betrachtete ich Olly genauer und hielt die Luft an. »Warum ist er denn so komisch angezogen?«

»Was meinst du?« Sie schaute auf ihn hinab. »Das trägt er doch immer, nicht wahr, mein kleiner Engel?«

Mein Herz raste auf einmal im Galopp. »Er trägt einen Samtanzug mit Spitzenkragen«, krächzte ich. »Und einen Federhut.«

»Ja und?« Sie warf mir einen verwirrten Blick zu.

»Und er hat einen Pagenschnitt. Wie ein Mädchen.« Ich konnte den Blick nicht von ihm wenden. »Geht er zu einer Party?«

»Natürlich nicht. Und rede nicht so über ihn, sonst bekommt er noch Komplexe.« Lara rieb ihre Nase an der seinen. »Er ist so was von *niedlich*!«

Olly lachte, und man sah seine Zähnchen. In der marineblauen Kniehose sah er wirklich bezaubernd aus, aber es war schon gewöhnungsbedürftig, dass Lara ihm so etwas Altbackenes anzog. An ihr eigenes Äußeres verschwendete sie nicht viel Sorgfalt zurzeit, aber bei BabyGap shoppte sie natürlich regelmäßig.

»Er sieht aus wie …« Ich schlug die Hand vor den Mund und flüsterte: »… der kleine Lord.« Natürlich! Ich hatte daran gedacht, wie Dad mir und Pippa die Geschichte vorgelesen hatte und … Oh Gott, das war zu viel. »Lara, es tut mir leid, das ist alles meine Schuld«, sagte ich betroffen.

Sie blickte mich an und legte die Stirn in Falten. »Was ist deine Schuld?«

Offenbar war sie wirklich verwirrt. »Mein Zauber …«, begann ich zögerlich, aber sie schaute mich nur dankbar an.

»Sicher, das war großartig! Du hast ihn so lieb und ruhig gemacht, und ich weiß das wirklich zu schätzen«, sagte sie, zog ihn an sich und rieb seinen Rücken, bis er ein Bäuerchen machte. »Es ist so schön, ihn zu knuddeln, wenn man sich nicht wie ein verdammter Kinderschreck fühlen muss.« Ihr Mega-Watt-Lächeln trübte sich ein wenig ein. »Ich wünschte, Rob könnte ihn so sehen. Er ist immer noch nicht zurück.«

»Ach?«

»Er ist irgendwo in den Alpen in einer Berghütte und fährt Ski, kannst du dir das vorstellen?«

Am Rande meiner Erinnerungen regte sich etwas. »Das klingt gar nicht nach Rob. Wann kommt er denn nach Hause?«

»Davon hat er nichts gesagt.«

»Hat er eine Midlife-Crisis?«

»Na ja, in den letzten Monaten war ich eine launische Kuh. Ich kann es ihm nicht verübeln, wenn er davonläuft.«

»Das ist doch Quatsch«, sagte ich und streichelte geistesabwesend Ollys Federhut. »Du bist eine großartige Mutter, und das weiß er doch auch.«

Olly schaute mich an, als würde er in seinem Kopf komplizierte mathematische Berechnungen anstellen. »Tee«, lispelte er dann leise.

Ich starrte ihn an, und Lara kicherte. »Das sagt er jetzt ständig«, erklärte sie und drückte ihre Wange an die seine. »Er sagt auch ›Mama‹ zu mir. Das ist unglaublich.«

»Kann ich mir vorstellen«, sagte ich matt. Das war schon ein Mordssprung gegenüber seinem bisherigen Repertoire.

Nun erzählte ich ihr die Neuigkeiten von Mum und Del, während man oben Shaun herumtrampeln und die Titelmelodie von *Crimewatch* pfeifen hörte.

»Das ist ja toll«, sagte sie, zog den Hosenbund von Ollys Kniehose beiseite und schaute hinein. »Kein Kacka. Braver Junge.«

»Aber du weißt doch, dass ich Del nicht leiden kann.«

»Tatsächlich?« Sie schaute mich an, als würde mein Kopf in die falsche Richtung zeigen. »Ach ja, das hatte ich ganz vergessen.« Sie zuckte mit den Achseln. »Aber solange sie glücklich sind, ist das ja die Hauptsache.«

»Ich fürchte, er ist nur hinter ihrem Geld her«, klagte ich.

»War mir gar nicht klar, dass sie so viel hat.« Lara nahm Olly hoch und drückte ihn an sich wie ein iPad, das man einfach nicht weglegen kann. »Jetzt geh ich aber besser«, sagte sie, küsste mich aufs Ohr und drückte meine Schulter. »Wir haben noch massenhaft DVDs von dieser Kleinkinderserie *Balamory*. Die müssen wir uns schnell anschauen, solange er so lieb ist.«

»Okay. Ich ruf dich morgen an«, sagte ich, aber sie war schon wieder am Auto und winkte wie verrückt.

20. Kapitel

Als Shaun uns am nächsten Morgen nach Cotsworth fuhr, drängelte sich ein silberner Golf hinter uns in den Verkehr.

Ich entdeckte Alice' Gesicht hinter dem Lenkrad und erschauderte.

»Was ist denn, meine Schöne?«

Ich beschloss, ihm nichts davon zu erzählen. Er war immer noch ein bisschen beleidigt, weil er auf dem Sofa hatte schlafen müssen, und ich wollte nicht noch Öl ins Feuer gießen.

»Ich war immer so nett zu dir«, zischte Alice, als wir angekommen waren und sie mich eingeholt hatte. Sie schob die Sonnenbrille hoch, damit ich ihre roten Augen sehen konnte. »Felix hätte dich längst gefeuert, weil du ständig zu spät zur Arbeit kamst.«

»Ich hatte dich nicht darum gebeten, dich für mich einzusetzen«, sagte ich verletzt. Shaun war schon vorgegangen, um die Speiseliste am Wagen des Catering Service zu studieren, und klopfte sich auf die Wampe.

»Ich fasse es nicht, dass ihr keine Blutwurst habt«, hörte ich ihn sagen.

»Du hast mir leidgetan«, murmelte Alice und ließ ihre Brille wie einen Fensterladen herunterklappen. »Ich hatte den Eindruck, dass du eine Freundin brauchst, als dein Vater starb.«

Mir verschlug es die Sprache.

»Nun … das weiß ich zu schätzen«, sagte ich und schlang die Arme um meine Taille. Ich fühlte mich unwohl in dem getupften Kleidchen, das ich tief hinten in meinem Schrank gefunden hatte. Es war ein verzweifelter Versuch gewesen, meine Kleidung der orangefarbenen Krause anzupassen, aber vergeblich. Ich sah wie eine Vogelscheuche aus.

»Ich wusste gar nicht, dass du auf Shaun stehst.«

»Und ich hatte keine Ahnung, Alice, dass DU auf ihn stehst«, sagte ich. Sie wirkte kleiner als sonst. Ihre nackten Arme waren knochig und blass. »Ich dachte, du liebst Felix.«

»Hab ich auch mal.« Sie nahm die Sonnenbrille wieder ab. »Das ist aber passé.«

»Nun …« Ich schaute mich hektisch um, weil ich hoffte, dass irgendjemand zu meiner Rettung herbeieilen würde, doch Shaun war hineingegangen, und sonst war niemand in Sicht.

»Und jetzt kümmerst du dich am besten um diesen Kram hier«, sagte sie grimmig und drückte mir den Drehplan in die Hand.

»Aber … das ist doch deine Aufgabe.«

»Ich habe etwas anderes zu tun«, sagte sie und verschränkte die Arme.

»Was denn?«

»Dich im Auge behalten.«

»Oh Gott, nicht schon wieder.« Ich angelte in meiner Tasche nach dem Saphir und schloss die Hand darum. »Uralte Kraft, ich rufe dich an, wie ich es wünsche, so sei es getan«, rezitierte ich, schloss die Augen und dachte mit jeder Faser meines Seins an Alice' gewohnt zielstrebige Miene. Das würde ich nicht ertragen, wenn sie sich den ganzen Tag an meine Fersen heftete.

Ich öffnete ein Auge und sah, wie sie ungestüm ihr Tuch über die Schulter warf und verschwand. Das Tuch war schlammfarben, was vermutlich ihre Stimmung widerspiegelte.

Als ich ihr mit dem Stapel Papiere in der Hand hinterherlief, entdeckte ich plötzlich Giles' Land Rover in der Zufahrt und erstarrte.

Er würde stinksauer sein.

Ich schlich mich vorbei und hoffte, einen abermaligen Zusammenstoß zu vermeiden, doch nun schienen im Garten die Dreharbeiten zu beginnen. Giles stand in der Nähe, hatte die

Hände in den Hosentaschen vergraben und die Stirn in tiefe Falten gelegt.

»Da bist du ja!« Felix sah aus, als stünde er kurz vor dem Herzinfarkt. »Könnten wir jetzt bitte loslegen, Josie?«, erkundigte er sich und tippte auf seine Uhr.

Giles schaute mich von der Seite her an.

»Sekündchen noch«, rief ich und lief rot an. Ich blätterte hektisch im Drehplan und kontrollierte, ob jeder war, wo er zu sein hatte. »Okay, los geht's.«

»Seit wann bist *du* denn dafür zuständig?«, erkundigte sich Giles.

»Frag nicht.«

Lady Montague wandelte unter einer Buche und war in ein Gespräch mit dem Butler vertieft, während das Hausmädchen mit einem Tablett voller Getränke hinter einem Busch stand.

»Ich verbitte es mir, dass du so mit mir sprichst«, polterte der rotgesichtige Lord Montague, der mit Hugo im Hof stand. Hugo sah durch und durch wie ein Dandy aus (oder wie ein »Geck«, wie Del gesagt hätte). Er trug eine cremefarbene Reithose und knallte seine Peitsche auf den Boden. Erde spritzte auf, und Giles' Miene verfinsterte sich.

»Könntest du das bitte sein lassen?«, bat ich Hugo eindringlich, der nachdenklich die Lippen schürzte.

»Mit wem habe ich die Ehre?«, erkundigte er sich spöttisch.

»Keine Sorge, Fenchurch trägt Sorge für den Garten«, versicherte mir Lord Montague und nickte zu dem barbrüstigen Hünen hinüber, der seine Machete durchs Unterholz sausen ließ. Mir fiel wieder ein, dass Poppy eine verbotene Liebschaft mit dem Gärtner haben würde.

»Meine ganze Arbeit war umsonst«, sagte Giles gereizt. »Wie soll ich das Anwesen für die Öffentlichkeit zugänglich machen, wenn es so aussieht?«

Shaun kam angeschossen und wollte seine Lippen auf meinen Mund drücken, aber ich drehte schnell den Kopf weg. »Du bist die reine Versuchung«, flüsterte er und krallte seine Hände um meine Pobacken.

»Hast du Will schon von deinem Neuen erzählt?«, fragte Giles und warf mir einen warnenden Blick zu. Mein Gesicht wurde ganz heiß.

»Jetzt ist er plötzlich wieder Will, was?«, brauste ich auf und entfernte mich von den Kameras. »Was ist mit Zen?«

Zu meiner Überraschung wirkte Giles plötzlich verlegen und schaute auf seine Füße hinab. »Es ist nicht leicht, immer an seinen neuen Namen zu denken.«

»Ha!«, rief ich und verspürte eine kindische Freude darüber, dass ich ihn ertappt hatte.

Shaun gab mir einen Klaps auf den Hintern und spurtete dann zum Kostümbildner hinüber, der gerade versuchte, einen Matschfleck am Saum von Lady Montagues Kleid zu entfernen.

»Versuch nicht abzulenken«, sagte Giles. Sein Haar war zerzaust, als hätte er sich die ganze Nacht hin und her gewälzt.

»Wie war's auf dem Boot?«, fragte ich verzweifelt und strich mein Kleid glatt.

»Unbequem. Ich habe versucht, in Shebas Bett zu schlafen, aber das war nicht groß genug.«

»Sheba?« Ich stellte mir eine Freundin aus Amazonien vor, mit Piercings und dickem, schwarzem Haar.

»Mein Schäferhund. Er ist gerne dort. Das große Haus mag er nicht.«

Fast hätte ich gelacht. Ich stellte mir vor, wie Giles seinen langen, schlaksigen Körper in einen Hundekorb faltete.

»Wie lange läuft das schon?«, fragte er, und mein Lächeln erstarb.

Ich sah zu Shaun hinüber, der ziemlich erfolglos versuchte, Poppy Montague ein paar Regieanweisungen zu erteilen. Sie tanzte mit ausgestreckten Armen herum, als würde sie auf Musik in ihrem Kopf lauschen.

»Halt einfach drauf mit der Kamera«, sagte er gerade. Als er meinen Blick auffing, grinste er und warf mir eine Kusshand zu. »Fang!«, rief er, doch ich drehte mich nur schnell weg.

»Was?« Ich mied Giles' Blick.

»Du sollst meinen Kuss fangen«, sagte er. Sein Gesicht glühte vor Liebe.

»Den hat's ja schlimm erwischt«, sagte Giles entsetzt. »Tu lieber, was er sagt.«

Shaun warf mir noch einen Kuss zu, und ich tat so, als würde ich ihn auffangen.

»Steck ihn in die Tasche und pass gut drauf auf«, murmelte Giles. »Vielleicht wirst du ihn noch gebrauchen können.«

»Halt doch die Klappe.«

»Schick mir auch einen«, rief Shaun verzückt.

»Muss ich wirklich?«, stöhnte ich. Meine Stirn war plötzlich schweißnass.

»Musst du, würde ich sagen.« Giles' Wut war plötzlich verraucht, und er schien sich köstlich zu amüsieren. »Kümmere dich gar nicht um mich.«

Felix schaute herüber, und auch Alice starrte von einem der oberen Fenster auf uns herab, und so fühlte ich mich unendlich lächerlich, als ich schnell die Fingerspitzen an die Lippen drückte und einen Kuss in Shauns Richtung schickte.

Er tat so, als würde er zurückprallen, und krallte die Hände an die Brust. Dann wandte er seine Aufmerksamkeit wieder dem Hausmädchen zu, das soeben das Tablett mit den Gläsern fallen gelassen hatte und schockiert auf den Butler starrte, der mit heruntergelassener Hose dastand.

»Was für eine Schmonzette«, sagte Giles und kratzte sich im Nacken. »Sehr professionell wirkt das ja nicht.«

»Felix improvisiert«, klärte ich ihn auf und fragte mich insgeheim, ob Felix bei den Änderungen im Drehbuch nicht zu weit gegangen war. »Das ist experimentell.«

»Wohl eher plemplem.« Nicht zum ersten Mal ließ Giles seinen Blick über meine Haare wandern und schien nach Worten zu suchen.

»Sag's nur«, forderte ich ihn heraus und verschränkte die Arme. »Sprich es dir von der Seele.«

»Was?« Er schaute mich unschuldig an.

»Halloween-Monster.«

Er biss sich auf die Lippe. »Sagen wir mal, als Brünette hast du mir besser gefallen.«

»War mir gar nicht klar, dass ich dir gefallen habe.«

»Doch natürlich. Es ist ziemlich ... Egal, du bist die Freundin meines Freundes. Dachte ich zumindest.« Schlagartig war sein Blick wieder aggressiv. »Habt ihr euch getrennt?«

»Giles ...« Ich leckte mir über die Lippe. »Ich weiß, wie es aussieht, aber es ist nicht so, wie du denkst, ehrlich.«

»Will ist ausgezogen. Er hat mir erzählt, dass er im Eselsheim wohnt.«

»Du hast mit ihm gesprochen?« Als er plötzlich hinunterschaute, merkte ich, dass ich seinen Arm gepackt hatte.

»Heute Morgen«, sagte er. »Ich wollte mich erkundigen, ob es ihm gut geht. Als Freund will man das doch wissen, wenn man sich Sorgen macht, oder?«

»Und was für einen Eindruck hattest du?«

Giles zupfte sich am Ohr. »Eigentlich wirkte er ziemlich munter«, bekannte er. »Angeblich ist alles in Ordnung, nur dass er halt jetzt im Eselsheim wohnt.«

Die Absurdität der ganzen Situation erschütterte mich von Neuem.

»Das ist alles nur wegen meiner Zaubersprüche«, platzte es aus mir heraus, und ich presste die Finger an die Schläfen. »Alles ist schiefgelaufen.«

»Zaubersprüche?« Er schaute mich ungläubig an, und ich fragte mich wieder einmal, warum er nicht verhext war wie alle anderen auch.

»Ich …« Als ich eine vertraute Gestalt in der Zufahrt bemerkte, unterbrach ich mich. »Pippa!«

Ich winkte, und sie kam herbeigeeilt und stolperte fast über ihren langen Rock. Ihre Haare waren zu einem unordentlichen Knoten hochgesteckt. Selbst ungeschminkt sah sie umwerfend aus.

Ihre Wirkung auf Giles war unübersehbar. Er reagierte wie alle anderen Männer – schnell ein zweiter Blick, dann eine sanfte Entspannung um die Augen herum und eine heftige Anspannung in der Hosenregion –, und ich stellte überrascht fest, dass ich so etwas wie Eifersucht verspürte. Im nächsten Moment ertappte ich mich dabei, wie ich auf seinen Hintern starrte und bewunderte, wie gut er die Jeans ausfüllte. Innerlich schüttelte ich mich.

»Entschuldige, Jo. Ich weiß, dass du arbeiten musst, aber ich musste dich einfach sehen, das konnte keine Sekunde länger warten. Sag mal, was zum Teufel hast du denn mit deinen Haaren gemacht?« Jetzt bemerkte sie Giles. »Oh, hallo«, sagte sie höflich. »Wir kennen uns von Josies Party.«

»Hallo.« Seine Augen glitten fast unmerklich über ihren Bauch, aber mir war klar, dass er registriert hatte, dass sie schwanger war.

»Hast du mit Mum gesprochen?«, fragte ich schnell, und sie nickte.

»Sie sind auf dem Heimweg.« Im nächsten Moment schaute sie schon wieder Giles an. Wenn Männer in der Nähe waren, schaltete sie automatisch in den Flirt-Modus, das lag in ihren Genen.

»Josie wäre es lieber, wenn unsere Mutter alleine leben und unglücklich sein würde«, klärte sie ihn auf und zupfte einen

Strohhalm von seinem Ärmel. »Sie findet Mums neuen Ehemann grässlich.«

»Nenn ihn nicht so, Pip«, protestierte ich und wurde puterrot. »Natürlich möchte ich, dass sie glücklich ist.«

Giles schien fasziniert. Sein Mund war leicht geöffnet, und ich musste ständig auf seine Lippen starren. *Was war denn bloß los mit mir?*

»Del ist wunderbar, obwohl er lauter Tätowierungen hat und eine davon auch noch einen Rechtschreibfehler enthält«, sprudelte sie munter drauf los.

»Danke, Pippa, dass du einen Fremden über Dinge aufklärst, die eigentlich nur unsere Familie etwas angehen«, sagte ich und schob sie fort. Mein Herz klopfte unbehaglich.

»Aber jetzt mal im Ernst, Jo, was hast du mit deinen Haaren gemacht? Du siehst aus wie eine dieser Puppen, die Gran früher gestrickt hat.« Sie wirkte, als würde sie gleich platzen.

»Was ist los?«

»Tyler ist da«, quiekte sie, als könnte sie es nicht länger zurückhalten. Als Lord Montague vorbeikam und den Hut zog, machte sie einen Knicks.

»Du wirst drinnen für die nächste Aufnahme gebraucht«, rief ich ihm hinterher, nachdem ich schnell einen Blick in den Drehplan geworfen hatte. Dass Felix herumfuchtelte, um meine Aufmerksamkeit auf sich zu ziehen, war mir mehr als bewusst. *Wo war bloß Alice, verdammt noch mal?* »Pippa, das ist ja großartig!«, sagte ich und versuchte, mich zu konzentrieren. »Was hat er denn gesagt?«

Ihre Augen glänzten. »Er möchte, dass wir zusammen in New York wohnen.«

»Das ist ja ... wunderbar.« *Mist.* Ich hatte nicht bedacht, dass sie mit ihm zurückgehen würde. Aber dennoch, wenigstens einer meiner Zaubersprüche hatte funktioniert. »Ich werde dich allerdings ziemlich vermissen, Pips.«

»Honeybelle wird so etwas wie eine Tante oder eine große Schwester für das Baby sein«, sagte sie, als hätte sie gar nicht zugehört. »Das haben wir noch nicht genau geklärt.«

»Wie bitte?« Ich schüttelte den Kopf. »Sagtest du Honeybelle?«

»Sie sind da hinten!« Ihr Lächeln wurde noch strahlender, als sie jetzt hinter mir jemandem zuwinkte. »Ist das nicht der helle Wahnsinn? Wir werden eine total verrückte Familie abgeben.« Entzückt beugte sie sich vor. »Honeybelle will auch ein Baby.«

»Sie sind beide hier?« Mein Kopf schoss herum.

»Ich habe gesagt, sie können in Mums und Dels Bett schlafen, bis die beiden zurückkommen.« Sie zuckte mit den Achseln. »Es ist groß genug für uns alle.«

»Pippa!« Ich spürte, wie meine Augäpfel aus den Höhlen traten. Das konnte nicht wahr sein. Das konnte einfach nicht wahr sein.

Jetzt hatte ich Tyler entdeckt. Er lehnte an einem hellblauen Chevrolet und knutschte mit einer Blondine, die so groß und dünn war wie ein Pfeifenputzer.

»Gütiger Gott.« Ich hatte meine eigene Schwester zu einer Dreiecksbeziehung verdonnert und sie damit auch noch glücklich gemacht.

»Pippa, warte. Hör mir zu«, sagte ich eindringlich, aber bevor ich meinen Gefühlen freien Lauf lassen konnte, kam Giles auf uns zugerannt und brüllte eine Warnung.

»Was?« Irritiert schaute ich in die Richtung, in die er zeigte, und sah zu meinem Entsetzen eine Steinurne von einem Balkon herabfallen, direkt auf uns zu. »Oh Gott!«

Er nahm uns beide unter je einen Arm und schubste uns auf den Rasen.

Den Bruchteil einer Sekunde später landete die Urne genau an der Stelle, an der wir gestanden hatten, und zersprang in tausend Teile.

21. Kapitel

»Alles in Ordnung?« Giles half Pippa auf und hielt ihre Hand länger, als unbedingt nötig gewesen wäre.

»Ich … Mir geht es gut«, sagte sie erschüttert. »Du hast mir wohl soeben das Leben gerettet.«

Ich klammerte mich an Giles' Hosenbein und zog mich selbst hoch, ziemlich benommen.

»Könntest du wohl die Sauerei beseitigen und dich dann verziehen, Liebling?« Shaun war um die Ecke gekommen und kehrte den Regisseur heraus. »Wir wollen gleich hier drehen, und alles, was ich sehe, ist dein Arsch. Ein Prachtexemplar allerdings, das muss ich schon zugeben.«

»Das war Alice«, presste ich hervor, als Giles einen Besen holte und mir half, die Bruchstücke zusammenzukehren. »Ich habe sie am Fenster gesehen.«

»Nein, es war mein Fehler«, sagte Giles. »Ich wollte das Ding schon vor Jahren entfernen.« Sein Blick klebte an Pippa wie ein Magnet an einer Kühlschranktür. »Tut mir furchtbar leid. Geht es dem Baby gut?«

»Oh Gott, Pippa, das Baby«, rief ich und warf den Besen weg. Sie schaute auf ihren Bauch und tätschelte ihn.

»Keine Sorge, dem geht es gut.« Sie starrte Giles fast ehrfürchtig an. »Hast du vielleicht etwas heißes Wasser?«, fragte sie schließlich und holte einen Becher Instant-Nudelsuppe aus ihrer Tasche. »Ich sterbe vor Hunger.«

Giles lachte, als wäre es das Lustigste, was er je in seinem Leben gehört hatte, und mir fiel auf, dass ich dieses Geräusch zum ersten Mal aus seinem Mund vernahm. Ich fühlte mich sonderbar. Mir war schwindelig und ein wenig schlecht, und ich fragte mich, ob ich einen Schock erlitten hatte.

»Ich bin mir sicher, dass wir welches auftreiben können«,

sagte er, aber bevor eine von uns reagieren konnte, rief Tyler nach ihr.

»Oh, ich muss!« Aus ihrem Lächeln wich die Wärme, und ich wäre am liebsten hingegangen und hätte Tyler die Luft aus den Reifen gelassen.

»Pippa, du kannst bei mir wohnen, wenn du möchtest.«

»Sei nicht albern«, antwortete sie und streifte mit den Lippen meine Wange, bevor sie ging. »Wir wollen Babysachen einkaufen gehen, und Tyler möchte Honeybelle einen schönen neuen Vibrator spendieren. Ich melde mich demnächst.«

Giles stand neben mir und verfolgte mit unergründlicher Miene, wie die drei mit röhrendem Motor davonbrausten. »Der Typ scheint ein Alptraum zu sein.«

»Ist er«, bestätigte ich traurig und wünschte, ich hätte auf meinen Instinkt gehört. Tyler war ein Fluch für Pippa, immer schon.

»Josie, kehr den Haufen weg, was auch immer das ist, und hol Chubby Walker. Wir haben ein Problem mit den Mikros«, rief Felix, eine Hand an der Stirn, die andere in den Rücken gestützt. »Und dann bring mir bitte einen Cappuccino und ein Abführmittel. Ich habe die totale Verstopfung.«

»Wie reizend.« Giles rümpfte die Nase, als Felix davoneilte und einem anderen Mitarbeiter Befehle zubrüllte. »Ich dachte, *du* hast hier das Sagen.«

»Ich habe ihn nur auf Touren gebracht, das ist alles.«

Giles runzelte die Stirn. »Wie einen Rennwagen?«

Ich nickte und stellte mir vor, wie ich Giles das Haar aus der Stirn strich und seine Augenlider küsste. Unwillkürlich schlug ich die Hand vor den Mund. *Was war nur mit mir los?*

»Hier passieren ziemlich merkwürdige Dinge«, sagte er und warf mir einen sonderbaren Blick zu. »Ich fahr dann mal lieber zum Boot zurück. Da komme ich mir wenigstens nicht so deplatziert vor.«

»Nimm mich mit«, sagte ich.

Sein Kopf schoss herum. »Was?«

»Nichts.« Das hatte ich gar nicht sagen wollen.

»JOSIE!«, brüllte Felix, und ich machte vor Schreck einen Satz.

»Tut mir leid, ich werde gebraucht«, erklärte ich und wollte mich schnell entfernen, bevor ich noch mehr Unsinn erzählen konnte. »Ich liebe dich, Giles.«

»Josie, wie schön, dich zu sehen.«

Es war schon später Abend, als ich am Eselsheim ankam. Draußen wurde es allmählich dunkel. Will trat aus dem Bauernhaus. Er trug immer noch das T-Shirt und die Jeans, die er angehabt hatte, als wir uns zum letzten Mal gesehen hatten. »Ich hatte gar nicht mit dir gerechnet.«

»Du Vollidiot.« Zu meiner eigenen Überraschung rannte ich auf ihn zu und knallte ihm wütend meine Tasche entgegen.

»Au!« Er sprang zurück und rieb sich den Arm. »Was soll das?«

»Du solltest doch bei Ad Men auf Vollzeit gehen und nicht hier.« Mit einer ausladenden Armbewegung verwies ich auf den Hof, die Ställe und die weitläufigen Felder, die hinter dem Haus begannen. »Du gehörst einfach nicht hierher.«

»Natürlich gehöre ich hierher.« Er beugte sich vor und streifte mit dem Mund meine Wange. »Ich liebe diesen Ort, Josie. Komm mit, ich stell dir die Esel vor, dann wirst du sehen, was ich meine.«

»Wir sind doch nicht in einem Lesezirkel.« Die Ereignisse des Tages hingen mir immer noch nach. Felix hatte mich derart in der Gegend herumgescheucht, dass mir gar keine Zeit geblieben war, darüber nachzudenken, ob Giles meine Liebeserklärung wohl gehört hatte. Mittlerweile war mir allerdings klar, dass irgendein verdrehter Teil meines Zaubers mich zu verrückten Dingen trieb. Selbst wenn er der letzte Mann auf Erden wäre, würde ich Giles Cornish nicht hinterherlaufen.

»Komm schon«, beharrte Will und streckte seine Hand aus. Ich griff zu, als wäre sie ein Rettungsring.

»Okay, ich komme mit und schau mir die Esel an. Sag aber bitte nicht, dass sie da drinnen leben.« Ich nickte zum Haus hinüber, aus dem sanftes Licht in den Hof fiel. »Vermutlich sitzen sie am Tisch und lassen sich ihren Eintopf schmecken.«

»Quatschkopf.« Er musste grinsen und führte mich zu einer Scheune. »Darf ich vorstellen, Butch und seine Freundin Sundance«, verkündete er, als er die Tür öffnete und Licht anschaltete.

»Hallo, Esel«, sagte ich höflich und stapfte hinter ihm durch knöcheltiefes Heu, das streng und süßlich roch. »Ich nehme an, dass du sie so getauft hast.« *Zwei Banditen* war sein Lieblingsfilm. »Sollten es nicht zwei Männchen sein?«

»Künstlerische Freiheit.« Er lächelte immer noch, und seine hellbraunen Augen suchten in meinem Gesicht nach einer Reaktion. Zu meinen Haaren hatte er nichts gesagt. »Sie sind umwerfend, oder?«, sagte er stolz, als hätte er sie selbst zur Welt gebracht.

»Sie sind wirklich niedlich«, gab ich zu, als sich meine Augen an das Licht gewöhnt hatten. Wie zwei Rentner, die auf den Bus warteten, standen sie nebeneinander. »Wie alt sind sie denn?«

»Ziemlich alt«, sagte er. »Das hier ist eine Art Altenheim für sie.«

Aus irgendeinem Grund traten mir Tränen in die Augen.

»Du kannst sie ruhig streicheln.«

Ich strich über ihre Schnauzen und blinzelte. »Sie sind so schön weich«, sagte ich und spürte, dass sich ein wenig von meiner Anspannung löste. Vielleicht könnte ich mir ja einen als Haustier anschaffen.

»Sie mögen es, wenn man sie hinterm Ohr kratzt.«

»Was war das denn?« Ich schoss herum, als hinten in der dämmrigen Scheune etwas wieherte.

»Das ist Clint«, sagte er liebevoll. »Pferde haben einen beruhigenden Einfluss auf Esel, deshalb sieht man sie auf der Weide auch immer zusammen.«

»War mir gar nicht klar, dass du so viel über diese Dinge weißt.« Mein Handy piepste.

»Was Interessantes?« Will reckte den Hals, aber ich ließ mir nicht anmerken, dass ich soeben ein Foto von Mum und Del bekommen hatte. Sie prosteten einander mit Champagner zu und waren offenbar nackt unter der British-Airways-Decke.

»Nicht wirklich«, sagte ich und löschte es schnell.

»Du kannst auch mal auf ihr reiten, wenn du magst«, sagte er und klopfte auf Sundance' Rücken. »Esel halten eine Menge aus.«

Ich warf ihm einen Blick zu. »Was willst du damit sagen?«

Er lachte. »Nichts weiter.« Dann schwand sein Lächeln, und er wuschelte sich durch die Haare. »Ich hab das Gefühl, dass wir nicht mehr dieselbe Sprache sprechen, Jo.«

Sofort befiel mich Panik. »Sag das nicht.«

»Wo ist dein Armband?«

»Oh.« Ich schaute auf mein Handgelenk. »Ich bin ständig an irgendetwas hängen geblieben, daher habe ich es abgenommen. Noch am selben Morgen, als du es mir geschenkt hast, habe ich praktisch einen Feinstrickpulli aufgeribbelt.«

»Mir war sofort klar, dass es dir nicht gefällt«, sagte er, bevor ich hinzufügen konnte, dass ich den Pulli flicken lassen würde. »Es macht also vermutlich keinen Sinn, wenn ich an der passenden Halskette weiterarbeite.«

Ohne Vorwarnung knipste er das Licht aus und schritt verärgert aus dem Stall.

»Will, warte.«

Er hielt an und drehte sich um. »Du stehst nicht mehr hinter mir, schon seit Ewigkeiten nicht.« Seine Stimme war fahl. »Manchmal weiß ich gar nicht mehr, warum wir überhaupt noch zusammen sind.«

»Sag doch nicht so etwas«, flüsterte ich. »Es ist nur … Das ist einfach nicht so, wie ich mir unsere Zukunft vorgestellt hatte. Du weißt schon, das mit den Eseln und so.«

»Nein, du willst mich eigentlich gar nicht. Ich soll immer perfekt gekleidet sein und ein Vermögen verdienen, damit du den Kopf in den Sand stecken und dir einbilden kannst, du seist …« Er musterte mich von oben bis unten und suchte nach Worten. »Was auch immer du dir einbilden magst.«

»Ich bilde mir nichts ein«, sagte ich und lief ihm nach. »Du bist doch derjenige, der seinen Namen und sein Leben geändert hat, nicht ich. Wovor versteckst du dich, Will?«

Wir standen nur ein paar Zentimeter voneinander entfernt, und doch hatte ich mich noch nie in meinem Leben so einsam gefühlt. »Du bist nicht mehr der Mann, in den ich mich verliebt hatte.« Allmählich driftete ich auf das Terrain der romantischen Komödie ab. Ohne Komödie allerdings.

Sein Mund zuckte, und ich wappnete mich für den Gegenangriff. Fast freute ich mich schon darauf.

»Gute Nacht, Josie«, sagte er dann, als hätte er beschlossen, nicht noch mehr Atemluft zu verschwenden. Ich kramte nach meinem Saphir, doch was würde der schon nützen? Jeder denkbare Effekt würde sich am nächsten Morgen in Luft aufgelöst haben.

Eine Autohupe erklang, und er schaute auf. »Wer ist das denn?«

»Oh, äh, ich hatte einem Freund versprochen, ihn mitzunehmen«, sagte ich in der Hoffnung, Shaun würde bleiben, wo er war. Ich hatte versucht, ihn dazu zu überreden, mit dem Rest der Crew etwas trinken zu gehen, aber er hatte darauf beharrt, dass er sich ohne mich stumpf fühle – wie ein abgebrochener Bleistift –, und hatte sich einfach geweigert, wieder auszusteigen.

»Will ...«

»Fahr nach Hause«, sagte er so unvermittelt, als würde eine Tür zuknallen. Ich wollte mich an ihn klammern und etwas sagen – egal was –, aber mein Gehirn war regelrecht eingefroren.

22. Kapitel

Lara starrte mich an. »Er hat einfach gesagt, du sollst nach Hause fahren?«

»Es war, als würde er mich hassen.«

»Hat er etwas zu deinen Haaren gesagt?«

»Er hat sie nicht einmal erwähnt.«

»Merkwürdig.«

»Nicht merkwürdiger als alles andere auch«, sagte ich und sackte förmlich in mich zusammen, als ich die Haustür öffnete, so müde war ich. Lara hatte vor dem Haus gestanden, als wir zurückgekommen waren. Sie sah blass und ein wenig angespannt aus.

»Kannst du dir vorstellen, dass Olly mich heute gebeten hat, ihm Porridge zum Abendessen zu machen?«, sagte sie und hob sein Ärmchen, damit er mir zuwinkte.

»Er hat tatsächlich gesagt: ›Machst du mir bitte Porridge zum Abendessen?‹«

»*Mama.* ›Machst du mir bitte Porridge zum Abendessen, *Mama*?‹, hat er gesagt.«

»Wahnsinn.«

Shaun eilte an uns vorbei und warf Lara einen giftigen Blick zu. »Halt dich nicht zu lange auf, Schätzchen«, flüsterte er mir zu. »Ich möchte dich von oben bis unten ablecken.«

»Das ist ja krank«, sagte Lara, als er nach oben verschwunden war.

»Nun erzähl schon, was los ist.«

Ihr Lächeln verschwand. »Ich mache mir Sorgen um Rob, Jo.«

»Hast du mit ihm gesprochen?« Ich kickte meine Schuhe fort. Am liebsten wäre ich hochgegangen und hätte mich auf dem Teppich eingerollt und geschlafen. Wills Abschiedsworte sirrten in meinem Kopf herum wie wütende Bienen.

»Er ist immer noch in dieser Almhütte«, sagte Lara, und urplötzlich kam eine Erinnerung in mir hoch.

»Oh nein«, flüsterte ich und riss die Augen auf. Ein Ferienhaus. Eine schneebedeckte Hütte in den Bergen. Hatte ich nicht bei dem Zauber daran denken müssen, dass Lara und Rob mal im Skiurlaub waren? Verdammte Hacke.

Misstrauisch beobachtete sie mein Gesicht. »Was ist denn?«

Ich erzählte es ihr.

»Himmel, Jo«, sagte sie, als ich fertig war und sie mich mit hunderten von Fragen bombardiert hatte. »Du meinst, Rob könnte sich ... *für immer* dort einquartiert haben?«

»Ich bin mir ziemlich sicher, dass es nicht für immer ist«, sagte ich kleinlaut, da ich mich an nichts dergleichen erinnerte. »Wo ... wo gehst du hin?«

»Ich muss zu ihm«, sagte sie, als stünde er auf der anderen Straßenseite.

»Aber, Lara, warte mal«, schrie ich ihr hinterher. »Du kannst doch nicht einfach hinfahren. Was ist mit Olly? Er braucht einen Pass.«

Sofort drehte sie sich wieder um. Plötzlich wirkte sie vollkommen entschieden. Ihre Haare schwangen wie Seidenvorhänge um ihren Kopf herum. »Kannst *du* nicht auf ihn aufpassen, Jo? Bitte!«

Der Boden unter meinen Füßen begann zu schwanken. »Lara, das geht nicht. Ich habe keine Ahnung von Babys.«

»Er ist kein Baby mehr. Er kann sogar schon laufen, falls es dir nicht aufgefallen sein sollte.«

»Aber noch nicht lange«, sagte ich und unterdrückte den Impuls, sofort ins Haus zu stürzen und die Tür hinter mir zu verrammeln.

»Außerdem liegen mir alle in den Ohren, dass ich endlich abstillen soll.« Sie reckte mir flehend die Hand entgegen. »Das wäre *die* Chance.«

»Was ist denn mit Robs Eltern?«

»Die haben sich schon so viel um ihn gekümmert, als ich …« Sie schaute mich an und schaute dann schnell wieder weg.

»Als du was?«

»Als ich so müde war«, sagte sie dann, doch ich wusste, dass es nicht das war, was sie sagen wollte. Die Angst schnürte mir den Magen zu.

»Was ist mit deinen Eltern?«

»Die sind immer noch auf ihrer Kreuzfahrt.«

»Aber du weißt doch, wie viel ich zu tun habe.«

Sie zögerte. »Stimmt, das hatte ich vergessen. Gut, ich ruf Robs Mum an, okay?«

»Tu es jetzt sofort.«

»Sie wird ihn um halb zehn hier abholen«, erklärte Lara, als sie ihr Handy wieder zuklappte. »Bis dahin kommst du doch zurecht, oder?«

Ich nickte zweifelnd. »Du willst also wirklich zu ihm?«

»Gleich mit dem nächsten Flug, wenn's geht«, sagte sie trotzig. »Ich muss noch nach Hause und ein paar Sachen zusammenpacken.«

Sie nahm Ollys Kindersitz aus dem Wagen und stellte ihn mit einer Tasche voller Baby-Zeug auf den Bürgersteig.

Ich fühlte mich unbehaglich.

»Tschüss, Mama.«

»Tschüss, mein süßer Spatz«, gurrte sie und prustete ihm

auf die Wange. »Du wirst ein ganz lieber Junge sein bei deiner Tante Josie, nicht wahr?«

Oh Gott. »Wie lange wirst du denn wegbleiben?«

»Keine Ahnung.« Ihre Augen waren feucht, als sie ihn mir reichte, als wäre er aus Porzellan. »Wir waren noch nie voneinander getrennt.«

»Grund genug, nicht zu fahren.«

Olly landete in meinen Armen und warf mir einen wissenden Blick zu. Möglicherweise ahnte er bereits, dass ich ein hoffnungsloser Fall war. Dann zeigte er aber auf meine Haare und anschließend auf ein Buch in Laras Hand mit einem Comic-Goldfisch auf dem Cover.

»Danke, Olly.«

»Pass besser gut auf ihn auf«, lauteten Laras Abschiedsworte, als sie sich energisch die Tränen abwischte. »Sonst erschieße ich dich, wenn wir zurückkommen.«

23. Kapitel

»Was ist denn das?« Felix zeigte durchs Wagenfenster auf Olly.

»Eine Pampelmuse. Was dachtest du denn?« Nach der Fahrt war ich zu angespannt, um noch auf meine Worte zu achten. Ich hatte schon genug Ängste ausgestanden, weil ich immer dachte, Shaun schmeißt das Kind aus dem Fenster.

Zehn Minuten, nachdem Lara gefahren war, hatte sie angerufen, um mir mitzuteilen, dass Robs Mutter ihn doch nicht nehmen konnte, weil sie eine Dinner Party gab und Übernachtungsgäste hatte. Ich war die halbe Nacht wach gewesen, um zuzuschauen, wie er in seinem Kindersitz schlief, und hatte ständig Angst gehabt, dass er zu atmen aufhörte.

»Ich meine, was tut er hier?« Felix' Haare schienen vor Wut zu schwelen.

»Das ist eine lange Geschichte«, nuschelte ich. Eigentlich wollte ich ihn Pippa bringen, zum Üben, aber dazu war keine Zeit gewesen. Außerdem wollte ich ihn nicht den Klauen von Tyler und dieser Schlampe überlassen.

»Iss okay, Tante Josie«, lispelte Olly, als ich ihn aus seinem Sitz heraushob. »Ich bin ganz lieb.«

»Das weiß ich doch, mein Schatz.« Vorsichtig stellte ich ihn auf seine Füße und hielt meine Hände bereit, falls er hinfallen sollte. Er strahlte zu mir hoch und glich Lara in einer Weise, dass ich die Augen zusammenkneifen musste. Die Ähnlichkeit war mir noch nie aufgefallen. Ich hatte immer nur Robert in ihm gesehen, mit diesen langen Wimpern, unter denen für gewöhnlich Tränen hervorsprudelten.

Oben zeigte sich schon ansatzweise ein Zahn. Lara hatte das auch erwähnt, jetzt, wo ich darüber nachdachte. »Fahn«, half er mir auf die Sprünge und fummelte mit dem Finger daran herum.

Selbst Felix wurde nun weich. »Was für ein süßer kleiner Kerl. Warum ist er denn wie ein Dandy gekleidet?«

»Seine Mutter ist ziemlich ...« War »avantgardistisch« das richtige Wort? Ich sprach es lieber nicht laut aus.

»Durchgeknallt?«, schlug Felix vor und musterte stirnrunzelnd Ollys Spitzenkragen.

»Progressiv«, sagte ich und runzelte ebenfalls die Stirn.

»Soll ich dich huckepack nehmen?« Ohne Vorwarnung hob er Olly hoch und schwang ihn wie einen Rucksack auf die Schulter.

»Vorsicht«, sagte ich, da ich diese Seite an Felix gar nicht kannte, aber Olly hielt sich fest und lachte zufrieden.

»Fehr fön«, sagte er artig. Wir machten uns auf den Weg zum Haus, und ich klopfte ihm auf den gepolsterten Po, um sicherzustellen, dass er trocken war.

Shaun schien sich nicht im Mindesten für ihn zu interessieren – am Abend zuvor hatte er uns demonstrativ ignoriert und war kurz nach zehn ins Bett gegangen.

»Fühl dich nicht sicher, nur weil du ein Kind dabei hast.« Wie ein Bond-Fiesling trat Alice hinter einer Tür hervor, sobald wir die Eingangshalle betreten hatten. Heute trug sie ein strenges graues Kostüm. Ohne ihr übliches Halstuch wirkte ihr Hals lang und verletzlich.

»Lass mich in Ruhe«, sagte ich und versuchte, mir nicht anmerken zu lassen, wie viel Angst ich hatte. Ihr Blick durchbohrte mich wie ein Dolch. »Ich weiß, was du gestern getan hast.«

»Aber das habe ich doch schon gesagt, ich habe die Urne nicht runtergestoßen«, sagte sie und schaute sich nach Shaun um.

»See you later, alligator«, sagte der zu mir und warf mir Kusshände zu, als er sich in die Küche zurückzog. Alice stellte sich ihm in den Weg und schlang ein Bein um seine Taille. Ein Strumpfband aus Spitze kam zum Vorschein.

»Um Gottes willen, Frau, nicht so stürmisch«, schimpfte er und stieß sie beiseite, sodass auch noch der Zwickel aufblitzte.

»Kein Grund, so grob zu sein.« Ich wich seinen ausgestreckten Armen aus und wollte Alice hochhelfen, aber die stieß mich von sich.

»Rühr mich nicht an, du … du …«

Unvermittelt hob Shaun zu einem Ständchen an, eine haarige Hand an der Brust, die andere so fest um meine Schulter gelegt, dass ich mich nicht entwinden konnte.

»DIE KLEINE JOSIE, OH, GIB SIE MIR«, sang er zur Melodie von *O Sole mio*, und ich bekam sofort Flecken am Hals.

»MEIN SCHÄTZCHEN JOSIE,
DU MACHST MICH WIRR.
OH, MACH'S MIR … OH, MÄÄÄDCHEN MEIN,

ICH KANN NICHT WARTEN,
BIS ICH BIN DEIN.«

Er sank auf die Knie und ließ seine seelenvollen Augen über mich gleiten. »Lass uns das Datum festsetzen«, sagte er und klammerte sich wie ein Ertrinkender an mich. »Wehr dich nicht länger dagegen.«

»Shaun, um Himmels willen, du machst dich zum Narren«, zischte ich und versuchte, mich loszureißen. Lord und Lady Montague schauten entsetzt übers Geländer.

»Nehmen Sie sofort die Finger von der Lady, Sie Flegel.« Lord Montague kam heruntergestürmt und stieß einen Kameramann beiseite. Er packte Shaun bei der Schulter und schaffte es irgendwie, ihn hochzuziehen. »Das ist ungeheuerlich«, dröhnte er.

»Ist schon in Ordnung, Sir, ehrlich. Wir haben nur ... gespielt«, sagte ich in der Hoffnung, überzeugend zu wirken, und er ließ Shaun widerstrebend los.

»Kleine Liebeshändel, was?« Er zwinkerte. »Ich bin mir sicher, dass ihr später eine Menge Spaß haben werdet, wenn ihr euch wieder versöhnt. Na? Was?« Er wieherte vor Lachen und hieb Shaun mit aller Kraft auf den Rücken, während ich plötzlich von der Horrorvorstellung gepackt wurde, dass die Schauspieler für immer in ihren Rollen gefangen sein könnten.

»Tante Jofie.« Ich brauchte einen Moment, um zu merken, dass jemand am Saum meiner Bluse zog.

»Heiliger Strohsack, was ist denn das?« Lord Montague klemmte sich ein Monokel ins Auge.

»Das ist ein Kind«, sagte ich und fragte mich, warum die Leute so große Schwierigkeiten mit dieser simplen Tatsache hatten. Trotz der sonderbaren Aufmachung war doch offensichtlich, dass Olly ein Mensch war.

»Aber zu wem gehört es?«

»Zu mir«, sagte ich, nahm Olly hoch und genoss es, wie er sich in meinen Arm schmiegte.

»Du hast ein Kind?« Lord Montagues Kiefer klappte herunter. »Einen außerehelichen Bastard?«

Ich war mir nicht sicher, wie viel ich noch ertragen würde.

»Felix«, rief ich inständig und hielt eine Hand auf Ollys Ohr, falls er fluchen würde. »Solltest du nicht drehen?«

»Natürlich«, sagte er und war sofort ganz Ohr. Mir wurde bewusst, dass er nur auf meine Anweisungen gewartet hatte.

Poppy Montague kam vorbei, ein Stück Schinken in der Hand, und ich zuckte zusammen, als ich sah, dass Alice mich durch einen Spalt in der Wohnzimmertür beobachtete.

»Wärst du mir böse, wenn ich allen von deinem wunderschönen Körper erzählen würde?«, flüsterte Shaun in mein Ohr, und ich rammte ihm den Ellbogen in den Bauch. »Hey, ist das eine Laufmasche in deiner Strumpfhose oder eine plumpe Masche, mit der ich direkt ins Paradies gelange?«

»Oh Gott, Shaun, gib's auf«, fuhr ich ihn an, während ich eine Damastdecke so verknotete, dass ich Olly auf dem Rücken tragen konnte. »Ich habe gar keine Strumpfhose an.«

Ich zog den Drehplan aus Wills alter Aktentasche, die ich am Vorabend gefunden hatte, und ging mit Felix das Programm für heute durch. Olly schlief derweil ein und hielt sich mit seinen pummeligen Händchen sanft an meinem Nacken fest.

»Vielleicht sollten die Schauspieler etwas weniger grapschen und seltener die Hose herunterlassen«, sagte ich und riskierte Felix' Zorn, da mir nur zu bewusst war, was in der letzten Woche schon alles schiefgelaufen war. »Das artet sonst in eine Klamotte aus.«

»Ich wollte mich ein wenig aufs Humoristische verlegen, nachdem man mir meine Soap gestrichen hat«, gab er zu und tippte sich mit dem Bleistift an die Zähne. »Der Sender hat behauptet, sie sei zu finster.« Das war das erste Mal, dass er auf Augenhöhe mit mir sprach.

»Das Problem besteht vermutlich darin, das rechte Maß zu finden«, sagte ich zögernd und musste fast lachen. Was für eine Ironie! Wenn es etwas gab, das ich in meinem Leben vergeblich suchte, dann war es das rechte Maß.

»Vielleicht«, stimmte er mir zu und starrte für einen Moment in die Ferne.

Shaun kniete immer noch vor mir und himmelte mich an wie ein Zuckersüchtiger einen Donut.

»Ach so, könntest du Bog Busters anrufen?«, sagte Felix dann. »Das Klo oben ist verstopft.«

24. Kapitel

Ich war so erledigt, dass meine Nerven am Nachmittag durchgeschmort waren. Es war eine Erleichterung, dass Felix mich zu Giles schicken wollte, um abzuklären, ob wir den Gartenpavillon nutzen durften, den er hinten in der Parkanlage entdeckt hatte und der perfekt für die entscheidende Liebesszene wäre. »Nebengebäude sind nicht durch den Vertrag abgedeckt«, sagte er. »Und da wir ja wissen, wie kleinkariert dieser Typ ist ...«

»Kann sie ihn nicht einfach anrufen?«, protestierte Shaun, der seine Finger wie Wäscheklammern an meine Hüften geklemmt hatte. Seine Avancen wurden immer ungestümer. Als ich Olly wickeln wollte, hatte er mir im Bad aufgelauert und erklärt, »seine Eier würden jeden Moment platzen«. Ich betete, dass sie es taten, und zwar schnell.

»Er geht nicht an sein Handy, das habe ich schon versucht«, sagte ich. Olly hatte die Tasten für mich drücken dürfen.

»Kann nicht Alice hinfahren? Bislang war sie hier so nützlich wie ein Schwein unter Vegetariern«, sagte Shaun und schaute sich nervös um. Mittlerweile war sie dazu übergegangen, unvermittelt hinter irgendwelchen Ecken hervorzuspringen und so zu tun, als würde sie mir Kopfnüsse verpassen.

»Ist schon okay«, sagte ich, da ich nur noch wegwollte. »Mir macht das nichts aus.«

»Ich komm mit, mein Kirschtörtchen«, sagte Shaun, und Felix erbleichte.

»Bist du verrückt geworden?« Sein Kopf nickte wild in Richtung der Montagues, die sich in der Veranda durch einen Berg Scones hindurchfraßen. »Diese Bande braucht einen Regisseur, siehst du das nicht?«

»Okay, schon gut, nun bleib mal ganz locker.« Shauns Hände wanderten hoch und kneteten meine Schultern wie Teigrohlinge. »Sag, dass du mich heute Abend lieben wirst«, flüsterte er, aber ich tat so, als hätte ich etwas im Ohr.

Es war friedlich am Kanal. Das Wasser schwappte an die Reihe fröhlich bunter Boote, die dort vertäut waren.

Ich hatte meinen Stolz heruntergeschluckt und Will angerufen, um in Erfahrung zu bringen, wo das Boot lag.

»Am Grand Union Canal, auf der Höhe von Marmsworth«, sagte er in dem Versuch, Eselgeschrei zu übertönen. »Das ist Sundance, sie möchte eine Möhre.« Sundance war klarerweise »die andere« in unserer nicht existierenden Beziehung.

»Was ist eigentlich mit deinem Handy?«, fragte ich, während ich Olly schon einmal in den Kindersitz schnallte und ihm aus der riesigen Tasche, die Lara dagelassen hatte, einen Zwieback anbot.

»Ich hab das Ladegerät nicht mit, aber das macht nichts. Hier brauche ich es ja nicht«, sagte er munter, als hätte er unsere letzte Begegnung schon vergessen. »Denk an die Versammlung im Schrebergarten«, fügte er hinzu, und ich legte mit dem Gefühl auf, dass mir mein Leben zunehmend aus den Fingern glitt.

Als ich zum Ufer ging – den schlafenden Olly auf dem Arm, weil ich dummerweise den Kinderwagen vergessen hatte –, war ich von der Stille schier überwältigt.

Ein Kanalboot glitt vorbei. Im hinteren Teil standen Blumenkübel mit Geranien, und im Bug lag in einem Liegestuhl eine dunkelhaarige Frau. Zuerst dachte ich, es sei Alice – auch wegen der Form der Sonnenbrille –, aber sie hätte nie und nimmer vor mir hier sein können.

Die Luft war warm, das Wasser schimmerte, und meine Anspannung ließ ein wenig nach.

Es war nicht schwer, Giles' Boot zu finden. Es war maroder als die anderen, und von der Aufschrift an der Seite fehlten ein paar Buchstaben, sodass der Name ARSE zu sein schien. *Arsch.* Ein Schäferhund döste auf einem Flecken Gras, der Schwanz wedelte sanft hin und her.

»Hallo, Sheba«, sagte ich. Der Hund wachte auf, fing an zu bellen und verteilte seinen Speichel in sämtliche Himmelsrichtungen. »Platz! *Klappe!*«, befahl ich, wurde aber schmählich ignoriert.

»Lärm«, sagte Olly, der nun aufwachte und sich die Augen rieb.

»Großer Lärm«, bestätigte ich, als auch schon Giles an Deck erschien, einen Schraubenzieher in der Hand.

»Er ist alt und harmlos«, sagte er und beschirmte sich die Augen, um uns besser erkennen zu können. Sein Haar war feucht, und er hatte nichts an als Khaki-Shorts und seine Halskette. »Was willst du?«

»Felix schickt mich«, sagte ich und starrte auf seine nackte Brust.

Seine Augen blinzelten gegen die Sonne an. Er betrachtete mich einen Moment, ohne etwas zu sagen, und neigte dann den Kopf. »Dann kommst du besser an Bord.«

»Ist das auch nicht gefährlich?«

Giles schüttelte den Kopf und schaute dann Olly an. »Neue Requisite?«

»Ich spiele für eine Freundin den Babysitter.«

Er streckte seinen Arm aus und hielt mich am Ellbogen fest, als ich hinüberkletterte und dabei versuchte, nicht allzu viel Bein zu zeigen. »Schöner Name«, sagte ich mit Blick auf die abgeblätterte Schrift.

»Ursprünglich hieß es ›The Arsenal‹«, sagte er. »Die Vorbesitzer waren Fans, daher auch die rot-weiße Farbe. Ich habe versucht, sie abzukratzen.«

»Aha.« Ich hatte keinen blassen Schimmer, wovon er sprach.

Er bückte sich und verschwand im Innern. Ich folgte ihm, nachdem ich meine Schuhe abgestreift hatte. Meine Arme verkrampften sich langsam unter Ollys Gewicht.

»Zeit für Tee«, sagte der nun klar und deutlich, und Giles wandte sich um und starrte ihn an.

»Du hattest doch gesagt, dass es hier nicht gemütlich ist.« Ich betrachtete die wunderschönen hellen Holzwände und das marineblaue Sofa, das offenbar auch als Bett diente, der zerknitterten Decke nach zu urteilen. »Eigentlich ist es aber doch ziemlich hübsch.« Ich nahm ein paar weiche Kissen und bereitete Olly auf dem Fußboden ein Lager.

»Was den Platz angeht, kann man es wohl kaum mit Cotsworth House vergleichen«, sagte Giles trocken und zog ein blassrosa T-Shirt an, das seine Sonnenbräune noch einmal betonte. »Hat er übrigens gerade Tee gesagt?« Mit gerunzelter Stirn betrachtete er Olly, der sich mit einem treuherzigen Lächeln umschaute, die Beinchen über Kreuz und die Hände ordentlich im Schoß gefaltet.

»Äh, ja, das ist sein Lieblingsgetränk«, sagte ich und zupfte eine Fluse von seiner Kniehose. »Nicht zu heiß allerdings.«

»Klar.« Giles musterte Ollys Kleidung, verkniff sich aber einen Kommentar. »Braucht er einen besonderen Becher?«

Die Tasche hatte ich im Kofferraum vergessen. »Ich habe ihn nicht mit«, bekannte ich, und Giles fing an, in einem Schrank an der Spüle herumzukramen. Mit Kindergeschirr kannte er sich natürlich aus, dachte ich gehässig.

»Da ist er ja«, sagte er plötzlich und hielt wie einen Pokal einen Becher hoch. »Ich wusste doch, dass ich irgendwo einen gesehen hatte.«

Als er am Herd herumhantierte, bekamen die Dinge eine zähe, traumartige Konsistenz. Die Geräusche vom Fluss drangen herein und machten mich angenehm schläfrig.

»Warum restaurierst du eigentlich Boote?«, erkundigte ich mich, und er zuckte mit den Achseln.

»Das ist entspannend, ob du es glaubst oder nicht.« Er schaute mich an. »Und ich verkaufe sie weiter, um Geld für das Haus zusammenzubekommen. Jeder Betrag hilft.«

Ich gähnte und hörte gar nicht richtig zu. Schließlich streckte ich mich neben Olly auf dem Fußboden aus und warf mein Haar zurück. Er legte mir seine pummelige Hand aufs Knie.

»'kay?«

»Alles okay«, flüsterte ich, nahm seine Finger und drehte die Handfläche zu mir hin, damit ich sie kitzeln konnte. Er kicherte und versuchte, die Hand wegzuziehen. Als er so vor Glück zappelte, füllten sich meine Augen mit Tränen. Er sah so proper aus, wie er da mit roten Apfelbacken auf dem sonnigen Fleckchen hockte und einfach nur strahlte.

Ihn zum Lachen zu bringen war ein beglückendes Gefühl, und es war gar nicht allzu schwer.

Vielleicht sollte ich es auch bei Will versuchen.

»Was will der verrückte Produzent also?«

Ich blinzelte, als Giles sich hinhockte und Olly einen blauen Becher reichte.

»Er möchte dich um Erlaubnis bitten, den alten Gartenpavillon für eine Sexszene zu benutzen«, erklärte ich schläfrig.

Olly trank seinen Tee in schnellen Schlucken und ließ seine grauen Augen feierlich von mir zu Giles wandern.

»Spricht vermutlich nichts gegen«, sagte Giles resigniert. Er saß auf der Sofakante und schwenkte seinen Tee in der Tasse. »Den Rest des Anwesens habt ihr ja auch in Beschlag genommen. Was ist unter Freunden schon ein Gartenpavillon?«

Sein Blick brannte sich in meine Haut ein. Oder war es die Sonne, die hinter ihm durchs Fenster drang? »Das tut mir alles entsetzlich leid«, sagte ich. »Alles wird wieder normal werden, wenn wir erst einmal mit den Dreharbeiten fertig sind.« Ich kreuzte die Finger im Rücken, da ich keine Ahnung hatte, ob der Zauber nicht ewig andauern würde. Allein bei dem Gedanken verkrampfte sich mein Magen.

»Das muss alles instand gesetzt werden, bevor ich jemanden hineinlasse«, sagte er düster. Dann schüttelte er den Kopf und riss sich zusammen. »Das Haus verfällt im Übrigen schon eine ganze Weile.«

»Ach ja?«

»Es wurde in der Nähe eines alten Friedhofs gebaut. Anscheinend spukt es dort, jedenfalls wurde das in meiner Familie immer erzählt.«

»Das wusste ich gar nicht.« Ich setzte mich auf und war plötzlich hellwach. Mein Verstand stellte sonderbare Verbindungen her. Ich dachte an den Friedhof, den ich hinter der moosbewachsenen Mauer entdeckt hatte.

»Alles Unfug, da bin ich mir sicher, aber der Boden ist ein bisschen morastig. Früher floss mal ein Bach unter dem Haus entlang, und manchmal trat er auch über die Ufer.« Er stützte das Kinn in die Hand. »Als Kinder mussten wir sogar mal ausziehen, damit es instand gesetzt werden konnte.«

»Wir?«

»Meine Schwester Annie und ich.« Sein Gesicht verdüsterte sich. »Wir verstehen uns nicht«, sagte er knapp.

Ich wollte, dass er weiterredete, wurde aber von Olly abgelenkt, der knallrot angelaufen war und sichtlich kämpfte.

»Tschuldigung«, sagte er höflich, als er fertig war.

Ich schüttete viel zu viel Zucker in meinen Tee und stürzte ihn schnell hinunter.

»Puh«, sagte Olly, und ich musste wieder hinschauen. Hilfsbereit zeigte er auf seinen Po.

»Ich habe mich schon gewundert, was da so stinkt.« Giles verzog das Gesicht.

»Er muss gewickelt werden. Ich sollte besser gehen«, sagte ich und merkte plötzlich, dass meine Bluse ganz zerknittert war und Einblick in mein Dekolleté gewährte.

»Wo ist denn eigentlich dein neuer Freund?« Giles war schon aufgestanden, streckte sich und ließ ein Stück von seinem braungebrannten Bauch sehen.

»Er ist wirklich nicht mein Freund, er denkt das bloß«, sagte ich und zog meinen Jeansrock herunter. Mein Puls begann zu rasen, und mir schoss Blut ins Gesicht.

»Solltest du ihm das dann nicht klarmachen?« Giles schaute mich skeptisch an.

»So einfach ist das nicht.«

»Wieso?«

Ich starrte ihn an. Alles um mich herum schien zu schrumpfen, bis nur noch ein beunruhigender Gedanke in meinem Kopf verblieb.

Ich hatte mich in Giles verliebt.

Das war also der Grund, warum ich hier war. Alles, was passiert war – das Zauberbuch, die Entdeckung von Cotsworth House, Wills Trennung von mir, Laras Reise zu Rob, meine neue Aufgabe als Babysitter –, all das hatte zu diesem Moment geführt, in dem Giles und ich zusammen auf diesem Boot waren.

Alles ergab plötzlich einen Sinn.

25. Kapitel

»Giles.« Das klang gequält, und ich versuchte, den Laut in ein Husten zu verwandeln. Wie kam ich denn auf so einen Quatsch? Natürlich war ich nicht in Giles verliebt, das war nur der verdammte Zauber.

»Josie?« Er schaute mich fragend an, den Kopf geneigt.

»Komm her«, sagte ich heiser. *Oh Gott.*

»Was ist denn?« Er trat einen Schritt vor und streckte seinen Arm aus, als wollte er mich auffangen, und ich presste mich an ihn und rieb meine Wange an seinen Bartstoppeln.

»Josie, was ist denn in dich gefahren, zum Teufel?«, rief er und stieß mich von sich.

Ich taumelte zurück. Schweiß rann meinen Rücken hinab. »Ich … ich habe keine Ahnung, Giles. Das tut mir wirklich leid.« Schnell schaute ich auf Olly hinab, der mit einem Trockentuch, das er auf dem Boden gefunden hatte, seinen Becher auswischte. Er schien bewusst den Blick abzuwenden.

»Josie, du bist die Freundin eines Studienfreundes«, sagte Giles. Seine Lippen waren plötzlich blutleer. »Was treibst du eigentlich für Spielchen?«

»Keine.« Ich nahm die Arme hoch, als wollte man mich verhaften. »Gar keine. Ehrlich, Giles, das liegt an der Hitze.«

Ich tastete in meiner Tasche nach dem Saphir und schloss die Hand darum. Dann machte ich die Augen zu und rezitierte: »Uralte Kraft, ich rufe dich an, wie ich es wünsche, so sei es getan«, und stellte mir fest vor, dass wir uns einfach unterhielten, wie wir es kurz zuvor noch getan hatten.

Im nächsten Moment war mir klar, dass es nicht funktioniert hatte. Wie ein Pornostar fuhr ich mir mit der Hand durch die orangefarbene Krause und ließ aufreizend die Zunge über meine Lippen gleiten.

»Wehr dich nicht dagegen«, gurrte ich, glitt so sanft wie das Kanalwasser auf ihn zu und hob meinen Rock. »Ich weiß, es klingt verrückt, aber genau das hat früher oder später passieren müssen.«

Ich warf ihn aufs Sofa.

»Josie, um Himmels willen, du kannst mich doch nicht *verzaubern*, damit ich Sex mit dir habe«, keuchte er, nahm meinen Kopf in beide Hände und hob ihn hoch wie eine Kokosnuss. Bis zu diesem Moment hatte ich nicht geahnt, dass die Haut eines Mannes derart gut riechen kann – wie edle gesalzene Chips. »Du musst sofort aufhören zu glauben, dass du eine Hexe bist. Das macht dich krank.«

Ich verpasste mir selbst ein paar Ohrfeigen. »Aua! Warum funktionieren Mini-Zaubersprüche nicht, wenn ich in deiner Nähe bin?«, rief ich und schmiss den Saphir auf den Boden. Olly krabbelte sofort hin.

»Weil Magie vielleicht nicht existiert?«, sagte er und löste mich wie ein klebriges Pflaster von seinem Körper.

»Und wie erklärst du dir dann meine Haare?« Ich verkrallte mich mit den Fingern darin.

Er tat so, als würde er nachdenken. »Nun, ich denke, es gibt da diese Orte, die man Friseursalon nennt.«

»Der Ansatz ist genauso orangerot wie der Rest, schau.« Ich beugte mich hinab und wuschelte in meinen Haaren herum, um es ihm zu zeigen. »Kannst du dich erinnern, dass es mal braun war?« Im nächsten Moment stürzte ich mich wie ein Vampir auf seinen Hals. »Oh Gott, tut mir leid«, sagte ich, riss mich los und schlug die Hand vor den Mund. »Es liegt nur an den Zaubersprüchen, dass ich das tue, Giles. Ich schwöre.«

»Du bist doch vollkommen durchgeknallt.« Er wirkte wie betäubt, als hätte er einen schrecklichen Unfall gesehen.

»Ich bin nicht verrückt, Giles, wirklich nicht.« Vielleicht sollte ich erwähnen, dass immerhin einer meiner Zaubersprüche funktioniert hatte, dass wir nämlich in Cotsworth House drehen dürfen. Dann fiel mir wieder ein, was Will gesagt hatte – dass das Betrug sei –, und so schwieg ich lieber.

»Ich denke, du solltest mit Will reden«, sagte er in einer Anwandlung von Telepathie. Sein Ärger war offenbar Sorge gewichen. »Vielleicht kann er dich dazu überreden, ärztlichen Beistand zu suchen.«

»Deine Freundin wird nie von uns erfahren«, keuchte ich und ließ meine Hände an meinen Oberschenkeln hinabgleiten wie eine billige, orangehaarige Marilyn-Monroe-Kopie. *Verdammt noch mal, ich musste von diesem Boot runter.*

Giles schloss für einen Moment die Augen. »Ich habe keine Freundin«, sagte er, streckte abwehrend die Hände aus und zog sich zurück. »Es gab da jemanden, als ich in Griechenland war, aber das war nach meiner Rückkehr vorbei. Nicht dass es einen großen Unterschied gemacht hätte.«

»Ach so, du bist *schwul.*« Ich lächelte einfältig, um schon im nächsten Moment zu stöhnen: »Giles, ich verspreche dir, dass ich gleich damit aufhöre, so etwas zu sagen.«

»Ich bin ganz bestimmt nicht schwul.« Das sagte er so bedauernd, als wäre ihm diese Ausrede sehr gelegen gekommen.

»Ich will dich, jetzt sofort«, platzte es aus mir heraus, dann ließ ich das Gesicht in die Hände sinken. »Das meinte ich nicht so, ehrlich. Ich will doch gar nichts von dir.«

»Vielleicht liegt es doch an deinen Haaren.« Als ich ihn wieder anzuschauen wagte, grinste er so breit, als wollte er mich aufmuntern. »Vielleicht ist dir die Farbe ins Hirn gesickert.«

»Das sind nicht meine Haare«, jammerte ich. »*Der* Zauberspruch ist auch in die Hose gegangen. Sie sollten rotbraun werden.«

»Du bist keine Hexe«, sagte er langsam, als würde er eine Verrückte davon überzeugen wollen, von der Klippe wegzutreten. »Lass mich Will anrufen.«

»Das bringt nichts. Will liebt seine Esel«, sagte ich, während die Lüsternheit nunmehr wie Kopfschmerzen abklang. Nur dass ich jetzt leider Kopfschmerzen hatte. »Er macht sich nichts mehr aus mir.«

»Die Esel sind eine Ablenkung, nichts weiter.« Giles ging vorsichtig an mir vorbei, als würde er jeden Moment mit dem nächsten Übergriff rechnen. »Er musste sich in letzter Zeit mit ziemlich vielen Dingen herumschlagen.«

»Was meinst du damit?« Eine Bewegung drang von der Seite her in mein Sichtfeld ein. Draußen auf der Bank saß Alice und streichelte den Hund, der sich auf dem Rücken wälzte, offenkundig begeistert von so viel Zuwendung.

Als Alice sah, dass ich sie entdeckt hatte, zeigte sie langsam mit den Fingern auf ihre Augen. *Ich hab dich im Blick.*

»Ich fasse es nicht, verdammt.«

»Verdammt«, sagte Olly und schüttelte sein Haar.

»Was stimmt denn jetzt schon wieder nicht?« Giles schaute zu der Stelle, wo ich hinzeigte.

»Ich werde verfolgt.« Als ich wieder hinschaute, war Alice allerdings verschwunden, und an der Art und Weise, wie Giles den Kopf schüttelte, konnte ich erkennen, dass er mir nicht glaubte.

»Hör mal, Josie, es gibt da etwas, das ich dir noch sagen …«

»Huhu! Jemand an Bord?« Eine bekannte Stimme schnitt ihm das Wort ab, und ich schoss herum und knallte mit dem Kopf an ein Regal.

»Mum!« Sie war knallrot vor Anstrengung, und ihr Mund stand auf wie ein Fischmaul. »Was machst du denn hier?«, fragte ich sie und rieb mir den Kopf.

»Was ist denn mit deinen Haaren passiert?« Sie presste eine Hand an die Wange. »Das ist … das passt gar nicht zu dir.«

»Danke vielmals, Mum. Wie war's in Las Vegas?«, schoss ich zurück.

Die Röte erreichte nun auch ihren Hals. »Wunderbar, danke, Josie. Nur der Jetlag setzt uns noch ein wenig zu.« Sie schaute sich nach Del um.

»Wir suchen einen Mann wegen eines Boots«, tönte er, als er hinter ihr auftauchte, und ich fragte mich, ob ich halluzinierte.

»Hallo, Jo, hallo, Giles«, sagte Pippa, drängte sich an ihnen vorbei und küsste Giles auf die Wange. Mir fiel auf, dass er leicht rot wurde.

»Was ...«

»Unglaublich, Jo, dass dieser Mann uns das Leben gerettet hat, nicht wahr? Den einen Moment stehen wir noch da und reden, den nächsten kugeln wir uns schon im Gras. Wir hätten von dieser Steinurne zerquetscht werden oder wenigstens einen Hirnschaden davontragen können. Nicht dass das bei mir einen großen Unterschied machen würde, hahaha!«

Sie keuchte leicht. Ihre Brust bebte unter dem Shirt, das ihre Schlüsselbeine freiließ. Ihre dunklen Augen wanderten liebevoll über Giles' Gesicht.

»Wo sind denn Tyler und ... Dingsbums?«, fragte ich leise, als Mum und Del sich in die Kabine drängten und neben mich stellten. Del trug ein aufdringliches Aftershave, das sich direkt auf meine Schleimhäute legte.

»Da draußen.« Pippa zeigte hinaus, aber ich konnte nur ein verknäultes Paar auf der Motorhaube des blauen Chevrolets erkennen. Ein silberner Stiletto blitzte in der Sonne.

»Sie treiben es ...«

»Süß, was?« Sie grinste, und auch Mum schaute zärtlich in die Richtung. »Sie wollen unbedingt ein Baby machen!«

Oh, mein Gott.

Pippa schaute wieder zu Giles zurück und schlug die Augen mit den langen Wimpern nieder. Die beiden sahen wirklich schön aus, wie sie da so standen. *In der Tat ...*

Plötzlich war alles sonnenklar. Wenn ich nicht versucht

hätte, Pippa und Tyler wie Puzzleteile wieder zusammenzufügen, würden sie und Giles das perfekte Paar abgeben. »Verdammt und … *zugenäht*«, stammelte ich und rang die Hände. »Ich bin eine verdammte Idiotin.«

»Verdammt«, wiederholte Olly, und Pippa schaute hinab.

»Oh, ist das der niedliche Junge von der Party?« Sie strömte über vor Begeisterung und bückte sich sofort zu ihm hinab. »Wie unglaublich putzig er aussieht in diesen Sachen.« Plötzlich fuhr sie wieder hoch und verzog das Gesicht. »Himmel, er *stinkt*.«

»Er muss gewickelt werden«, nahm ich ihn in Schutz und hob ihn hoch. Plötzlich schien er doppelt so viel zu wiegen wie vorher.

»Was macht er denn hier?«

»Das könnte ich dich auch fragen.«

»Als Mum und Del zurückkamen, habe ich ihnen erzählt, dass Giles uns das Leben gerettet hat, und da wollten sie sich bei ihm bedanken. Als wir in Cotsworth ankamen, hat man uns allerdings gesagt, dass ihr hier seid.«

Giles schien allmählich die Fassung zu verlieren. Geflissentlich mied er meinen Blick. Meine Haut brannte vor Scham, wenn ich an mein anzügliches Benehmen dachte.

»Wir denken darüber nach, uns genau so ein Boot zuzulegen«, sagte Del unvermittelt. Aus dem Halsausschnitt seines T-Shirts schaute eine tätowierte Meerjungfrau heraus.

»Nur für die Ferien«, ergänzte Mum, und ich schaute sie an. Wo ich sie so außerhalb ihrer gewohnten Umgebung sah und sie nicht mit dem Abwasch beschäftigt war oder eine Backmischung in ihre angeschlagene vergilbte Schüssel kippte, fiel mir plötzlich auf, dass sie nicht mehr so verhuscht wirkte wie früher, als sie ständig nach Anzeichen für Dads Stimmung gesucht hatte.

Dennoch wirkte sie nervös und fuhr sich ständig mit den

Fingern an den Hals, um an dem Medaillon herumzufummeln, das ihr Del zum Geburtstag geschenkt hatte. Entsetzt stellte ich fest, dass ihre Anspannung mit mir zu tun hatte.

Dad hatte sie getriezt, und ich war wie er. Erinnerungen kamen hoch: Er schrie, ihr Gesicht war tränenüberströmt, Pippa und ich versteckten uns unter dem Bett und pressten die Ohren an den Teppich. Mum brachte uns zu Gran, weil sie wusste, dass wir dort in Sicherheit waren. Nicht dass er uns etwas getan hätte, zumindest nicht physisch.

»Mum, ich ...« Ich wollte etwas sagen, um die Kluft zu überwinden und irgendetwas wiedergutzumachen, aber die Worte blieben mir im Halse stecken.

»Ist schon okay, Josie«, sagte sie sanft, als hätte sie im Chaos meiner Gedanken gelesen, und ich fühlte eine so tiefe Scham, dass ich, wenn ich nicht Olly auf dem Arm gehabt hätte, auf der Stelle umgefallen wäre.

»Als Pippa sagte, Zen würde das Boot für dich herrichten lassen, konnten wir nicht widerstehen, das Ganze mal in Augenschein zu nehmen«, sagte Del. Seine Stimme klang fast schon übertrieben herzlich. »Ist allerdings ziemlich eng hier. In meinem Truck habe ich mehr Platz.« Er schob seine Tonne von einem Bauch an mir vorbei. »Das Klo ist vermutlich winzig.«

Giles nickte. »Das stimmt.«

»Was hat er damit gemeint?«, fragte ich langsam, und die anderen wechselten einen Blick. »Was soll das heißen, für mich herrichten?«

»Tut mir leid, Jo.« Pippa stieß einen Stoßseufzer aus. »Das sollte eigentlich eine Überraschung sein.«

»Das ist es, was ich noch sagen wollte«, fügte Giles hinzu. »Es sollte an deinem Geburtstag fertig sein, aber es war doch etwas mehr Arbeit, als ich gedacht hatte.« Er steckte die Daumen in die Tasche. »Ein paar Tage noch, und die *Yellow Submarine* wird dir gehören.«

»Die *Yellow* … mir?« Ich starrte ihn an, und Olly starrte mich an.

»Nass«, sagte er und fasste mir ins Gesicht. Erst jetzt fiel mir auf, dass ich weinte.

»Was soll ich denn mit einem Kanalboot?«, schniefte ich, während meine Gedanken wie Spatzen auseinanderstoben.

»Will dachte, es sei ein schöner Ort, um sich zu entspannen«, sagte er mit einem stählernen Unterton.

Oh, Will.

Mum und Del starrten Giles an, als wäre er das Ungeheuer von Loch Ness, während ich versuchte, meine Gedanken zu sortieren. Will hatte also doch nicht nur an die Esel gedacht – nicht ausschließlich zumindest. Er hatte versucht, mich glücklich zu machen.

»Ach so, dieser Regisseur in Cotsworth hat mich gebeten, dir eine Nachricht zu übermitteln«, sagte Pippa, als würde sie aus einer Trance erwachen. »Ich soll dir sagen, er giert nach dir wie ein fettes Kind nach Schokoladenkuchen.« Sie grinste. »Offenbar kommen sie ohne dich nicht zurecht, Schwesterherz.«

Del kehrte zurück und tätschelte Mums Rücken. »Kannst du dir vorstellen, wie wir uns in eine dieser Kojen kuscheln«, sagte er, und sofort verfärbten sich die Spitzen ihrer Ohren.

»Pscht!«, sagte sie und schaute zu mir herüber, aber mir wurde ausnahmsweise einmal nicht übel. Stattdessen dachte ich, wie schön sie doch aussah mit ihrer himmelblauen Bluse, die so gut zu ihren Augen passte, und den zurückgesteckten Haaren.

Übel wurde mir erst, als ich sah, dass sich Tyler und Honeybelle nun wie zwei rollige Katzen auf dem Rasen kabbelten. Hatten sie denn nicht ein Fünkchen Anstand?

»Dann kehre ich wohl mal besser an die Arbeit zurück«, sagte ich, küsste Mum auf die Wange und verzog mich schnell. Ich hatte gesehen, dass ihre Lippen zuckten und sie offenbar noch einen Kommentar zu meinen Haaren abgeben wollte.

»Tschüss«, sagte Olly. Ich war bereits am Auto, als ich merkte, dass ich meine Schuhe und den Saphir vergessen hatte.

26. Kapitel

Ich setzte Olly in das improvisierte Tragetuch. Sobald wir die Dreharbeiten für eine Pause unterbrachen, rief ich Gran an.

»Es *muss* eine Möglichkeit geben, den Zauber rückgängig zu machen«, sagte ich, nachdem ich ihr die ganze Geschichte erzählt hatte.

»Nicht zu fassen, dass du dich in einen solchen Schlamassel reingeritten hast.« Gran schnalzte. »Ich hatte dich für vernünftiger gehalten, Josie.«

»Ich auch«, sagte ich düster und stellte mir vor, wie sich Pippa mit Tyler und der Schlampe aufs Sofa kuschelte, um Talkshows mit bizarren Gästen anzuschauen – oder Schlimmeres. Dass sie mit den beiden glücklich zu sein schien, war egal. Es war einfach *falsch*. »Gibt es also eine Möglichkeit?«

»Soviel ich weiß, hat das noch nie jemand getan«, sagte Gran milder. »Wenn, dann hätte ich …« Sie brach ab.

»Was hättest du, Gran?« Plötzlich war ich hellwach, als ich am Rande des Parks hin und her lief, und aus irgendeinem Grund musste ich an Elsie Brumford denken.

»Dann hätte ich davon gehört«, sagte sie.

»Es kann nicht so weitergehen«, sagte ich, und meine Stimme wurde schriller. »Ich bin vollkommen verzweifelt, Gran.«

Olly schaute mich an und runzelte die Stirn.

»Lass mich nachdenken.« Ich hörte ein Geräusch, als würde ein Pfefferminzbonbon an ihre Zähne schlagen. »Du könntest einen Gegenzauber zu sprechen versuchen«, sagte sie schließlich, nachdem es eine Minute lang wild geklappert hatte. »Die sind allerdings noch viel schwerer.«

»Erzähl.«

»Zunächst einmal brauchst du einen anderen Ort, einen größeren.«

»Nämlich?«

»Geweihte Erde«, sagte Gran. »Einen Friedhof.«

Das klang gar nicht gut in meinen Ohren.

»Und du brauchst Hilfe«, fuhr sie fort, während ich stehen blieb und über ihre Worte nachdachte.

»Lara ist im Moment nicht da.«

»Hilfe von einer anderen Hexe. Du brauchst jemanden mit Erfahrung, um deine Kräfte zu verdreifachen.« Wieder klapperte es.

Ich runzelte die Stirn. »Googelst du das alles, Gran?«

»Ich bin auf einer anderen Suchmaschine.« Sie schnaufte. »Wie ich schon sagte, Josie, mir ist auch nicht klar, was man da tun könnte. In unserer gesamten Geschichte hat noch nie jemand auch nur einen einzigen Zauber zurücknehmen müssen, geschweige denn gleich neun.«

»Okay, Gran, du musst nicht darauf herumreiten«, brummte ich. »Wo soll ich denn eine Hexe auftreiben?«

»Du könntest eine Anzeige aufgeben«, sagte sie sachlich. »Oder im Internet nachschauen. Es gibt ein paar fantastische Websites. Du könntest in einem der Foren ein Gesuch posten.«

»Ich wusste gar nicht, dass du ein Computer-Nerd bist, Gran.«

»Hat mir alles dein Onkel Chris beigebracht«, sagte sie. »Vielleicht werde ich mich auch bei Twatter registrieren.« Ich unterdrückte ein Kichern, da ich annahm, dass hier eher ihr schottischer Akzent als ein Versprecher im Spiel war.

»Tut es jeder beliebige Friedhof?« Ich wartete, bis sie wieder das Internet befragt hatte.

»Je älter, desto besser«, sagte sie. Entfernt kam mir ein Gedanke, der aber noch keine konkrete Gestalt annahm. »Und stell um Himmels willen sicher, dass der Mond scheint und du Salz dabei hast.«

»Eher unwahrscheinlich, dass ich Appetit auf Pommes bekomme.«

»Sehr witzig. Du musst es um dich herum verstreuen, um dich zu schützen.«

»Und das hilft wirklich?« Durch meine Adern schoss jetzt Adrenalin.

»Eine Garantie gibt es nicht, aber es kann auch nicht schaden. Und beeil dich besser, bevor deine Kräfte schwinden.«

»Ich werde dich wissen lassen, wie es läuft«, versprach ich.

Nachdem ich aufgelegt hatte, fühlte ich mich merkwürdig lebendig, da ich nun einen Plan hatte.

»Effen, bitte«, sagte Olly und zeigte auf sein Bäuchlein.

»Ach du meine Güte!« Die Panik war sofort wieder da. »Ständig vergess ich, dass du aufgefüllt und ausgeleert werden musst.«

Meine Suche in der Tasche, die im Auto stand, brachte ein Gläschen HiPP Bio Gnocchi mit Lauch-Sahne-Soße zum Vorschein, und ich überredete den Mann vom Catering Service, es für mich warmzumachen.

»Gott sei Dank gibt es Gläschen«, sagte ich leise, als ich Olly mit einem Plastiklöffel fütterte. Ich wünschte, Lara könnte ihn so sehen, und tupfte ihm mit dem Lätzchen den Mund ab. Schnell machte ich mit dem Handy ein Foto und schickte es ihr. Dann kramte ich in der Tasche nach den Feuchttüchern.

»Was haben wir denn da?« Ich war auf ein Buch gestoßen, zog es heraus und schaute auf das Cover, das mit gelben Sonnenstrahlen überzogen war: *Zu Hause hört dich keiner schreien – Wie man eine postnatale Depression übersteht.*

Ich starrte so lange drauf, bis die Buchstaben verschwammen. »Oh, Lara«, flüsterte ich und presste die Finger an die Lippen. Mein Verstand rotierte. Ich musste daran denken, wie

Will uns alle ins Krankenhaus gefahren hatte, weil bei einem Grillfest letztes Frühjahr plötzlich Laras Wehen eingesetzt hatten.

Sie hatte die ganze Fahrt über geschrien und sich gegen die Lehne geschmissen, aber mir war klar gewesen, dass es ihr eigentlich gut ging, weil sie es kaum erwarten konnte, ihr Baby zu bekommen.

»Das ist das Beste, was ich in meinem Leben je geleistet habe«, erklärte sie fünf Stunden später pathetisch und hatte längst vergessen, dass sie die Hebamme verklagen wollte und Rob hart in die Leiste getreten hatte. Sie schaute Olly mit einer Begeisterung an, die sie bislang nur für neue Schuhe hatte aufbringen können, und flüsterte: »Nichts wird je wieder so wichtig sein.«

Wann hatte sich das geändert? Die Anzeichen waren überdeutlich gewesen, aber ich hatte sie nicht gesehen, weil ich sie nicht hatte sehen wollen. Ich wollte die Lara zurück, die ich kannte und liebte, nicht diese verwässerte, weinerliche Version, die nicht mit ihrem Baby zurechtkam.

Die Schuldgefühle überwältigten mich schier.

»Tante Jofie.«

Ich wischte Olly mit den Feuchttüchern ab und kämmte ihm mit einer kleinen Bürste, die ich in der Tasche gefunden hatte, die Haare. Jetzt war ich wild entschlossen.

Ich mochte Laras Ehemann unabsichtlich in die Berge verbannt und sie selbst in diese aussichtslose Verfolgungsjagd getrieben haben, doch das Mindeste, was ich tun konnte, war, in ihrer Abwesenheit auf ihren wunderbaren Sohn aufzupassen.

27. Kapitel

Zu Felix' großem Ärger war Shaun ohne jede Vorwarnung verschwunden. Niemand konnte ihn finden, und so beendeten wir die Dreharbeiten zwangsläufig früher.

Gegen sechs betrat ich die Wohnung und ließ Olly in seinem Kindersitz im Flur stehen. Er schlief tief und fest, von all dem Getue um seine Person vollkommen erschöpft. Lady Montague hatte darauf beharrt, dass er ihr lang vermisster Sohn sei, den sie vor zwanzig Jahren zur Adoption freigegeben hatte, und es hatte eine Weile gedauert, ihr klarzumachen, dass er dann kein Baby mehr wäre. Irgendwann hatte Felix sie gezwungen, einen Brandy zu trinken, bis sie sich schließlich beruhigt hatte.

»Mein Schatz, da bist du ja.« Shaun kam aus der Küche gesprungen und rieb sich die Hände an einem Trockentuch ab. Es stammte aus einer der Kisten, die ich aus dem Zauberraum herausgeräumt hatte.

»Hast du in meinen Sachen gewühlt?«, fragte ich und riss ihm das Tuch aus der Hand. Es trug immer noch Spuren von Ginnys Parfüm, und für einen Moment sah ich sie im Eingang ihres Hauses in Hertfordshire stehen. Ihre roten Wangen hatten geglüht, als sie mir und Will zum Abschied zugewinkt hatte, bevor wir nach Portugal aufgebrochen waren. Nichts hatte darauf hingedeutet, dass der Krebs zurückgekehrt war.

»Ich konnte kein sauberes finden«, sagte er irritiert, als ich es weglegte und mich stellvertretend für Will schrecklich fühlte. *Hatte ich ihm eigentlich je gesagt, wie gern ich seine Mutter mochte?*

Entsetzt bemerkte ich, dass im Flur Rosenblätter ausgestreut waren und wie ein Teppich ins Schlafzimmer führten.

»Was ist denn hier los?«

»Verführung, mein allerliebstes Herz.« Sein Tonfall war bedeutungsschwanger, als er, die Hände auf Höhe meiner Brüste, auf mich zuglitt. »Ich werde dir ein Essen kredenzen und dich dann um den Verstand vögeln. Darauf freue ich mich schon den ganzen Tag.«

Ich schob mich an ihm vorbei und schnüffelte. In der Luft hing der Geruch von Gewürzen. »Ich habe einen Riesenkohldampf«, bekannte ich, und tatsächlich war mir ganz schwummrig nach diesem Tag. Trotz der fantastischen Versorgung in Cotsworth hatte die Zeit nur für eine Ziegenkäse-Tarte gereicht. »Vielleicht esse ich einen Happen, aber dann muss ich weg.« Ich war wild entschlossen, Wills Termin im Schrebergarten wahrzunehmen.

»Langsam habe ich den Eindruck, du gehst mir aus dem Weg, mein Schatz.« Shaun verschränkte die Arme und lehnte sich an die Wand. Er hatte eines der Shirts angezogen, die ich anstelle von Wills Sachen im Schrank gesehen hatte, ein dunkelblaues Teil, das er in eine teure Maßhose gesteckt hatte. Eine Haarsträhne war ihm lässig ins Auge gefallen.

»Ich bin nur müde, das ist alles.«

»Und warum trägst du den Ring nicht?«, fragte er mit gerunzelten Brauen.

Da ich keine Lust hatte, mich den ganzen Abend mit Fragen löchern zu lassen, tastete ich in meiner Tasche nach dem Saphir. Dann fiel mir wieder ein, dass ich ihn auf Giles' – *meinem* – Boot vergessen hatte.

»Ich hatte Angst, ihn zu verlieren«, sagte ich und wusste, dass das nach einer Ausrede klang. »Ich bewahre ihn an einem sicheren Ort auf.« *Unten in meiner Handtasche nämlich.*

»Was ist das für ein Geräusch?«

Olly war in seinem Kindersitz aufgewacht und gähnte wie ein Löwe – wie mein Großvater nach dem Sonntagsessen. Als ich ihn hereintrug, piepste mein Handy. Irritiert las ich Laras SMS:

Rob und ich gehen morgen Skilaufen – können nicht anders. Ist wie die zweiten Flitterwochen!! Hatte ganz vergessen, wie schön er ist, fühle mich unendlich besser. Gib Olly 1000 Küsse und sag ihm, ich hab ihn lieb xxx

Mein Magen kribbelte entsetzlich. Das klang grauenhaft, als würde Lara nie wieder zurückkommen. Ich *musste* den Zauber so schnell wie möglich rückgängig machen.

Ich nahm Olly hoch, zupfte an seiner Satinschärpe und rückte die Samtkappe zurecht, die ich unten in der Tasche gefunden hatte.

»Sehr erfreut, Sie kennenzulernen«, sagte Olly zu Shaun.

Shaun wich einen Schritt zurück. »Wir hatten bereits das Vergnügen.«

»Hast du Kinder?«, fragte ich zerstreut.

»Fünf. Aber das weißt du doch, Liebling.«

Mein Mund klappte zu. »Fünf?«

»Soweit ich weiß. Sechs bestimmt nicht.« Er wirkte nachdenklich. »Es gab da dieses Model«, sinnierte er und rührte in einem Topf herum. »Sie behauptet, ich sei der Vater ihrer Drillinge, aber der DNA-Test hat ergeben, dass nur eins von mir ist.«

»Shaun, das ist unmöglich.«

»Ich weiß, mein Schatz.« Er warf mir einen liebenden Blick zu. »Vermutlich hat sie den Test manipuliert.«

»Nein, ich meine … Ach egal.« Ihm Olly dazulassen war undenkbar. Er würde sich vielleicht auf das Kind setzen oder es betrunken machen, also würde ich den Kleinen wohl zu der Versammlung mitnehmen müssen.

»Er ist noch nicht ganz wach«, sagte ich, als ich sah, dass sich Olly mit der Faust das Auge rieb. »Vielleicht sollte ich ihn noch mal richtig schlafen legen.«

»Au ja, geh ihn einschläfern. Andererseits … er ist ja kein

Hund.« Shaun warf den Kopf zurück und lachte über seinen schlechten Witz.

»Doof«, sagte Olly, und ich stimmte ihm innerlich zu. Auf dem Weg ins Gästezimmer gab ich Acht, nicht auf den Blütenblättern auszurutschen. Ich baute im Gästebett eine gemütliche Kuhle für Olly und legte Kissen auf den Boden, falls er herausfallen sollte.

»Schlaf gut«, flüsterte ich und küsste ihn auf die Wange, als ihm auch schon die Lider zufielen.

»Gott segne dich«, murmelte er.

Ich betrachtete ihn einen Moment und stellte mir vor, Will würde neben mir stehen.

Als Lara schwanger war, hatten wir darüber gesprochen, ob wir auch Kinder wollten, doch ich hatte darauf bestanden, dass wir warten, bis er bei Ad Men eine Führungsposition bekommt.

»Sonst können wir uns das nicht leisten«, hatte ich gesagt. Meine eigentliche Sorge war aber, ob ich überhaupt eine gute Mutter sein würde. Was, wenn ich das Kind im Bus vergaß oder nicht daran dachte, es zu füttern?

»Das große Fressen kann beginnen«, rief Shaun, und ich verließ den Raum, lehnte die Tür aber nur an.

Dann stand ich auf dem Treppenabsatz, kaute am Daumennagel und versuchte, mir irgendetwas Geniales auszudenken.

»JOSEPHINE!«

»Shaun, *bitte*. Schrei nicht so, du weckst Olly«, bat ich, als ich ins Wohnzimmer eilte. Er hatte das Licht herabgedimmt, und auf dem Tisch lag die Weihnachtsdecke, die ich letztes Jahr gekauft hatte.

»Etwas anderes konnte ich nicht finden.« Shaun verzog das Gesicht, als er die passenden Servietten gekonnt zu Schwänen faltete. »Zu Hause habe ich echtes irisches Leinen, das kann ich morgen holen.«

»Du hast eine Wohnung?« Vor meiner Zauberei hatte ich ihn immer nur in der Klatschpresse oder bei der Arbeit gesehen – woanders konnte ich ihn mir gar nicht vorstellen.

»In Mayfair, das weißt du doch, mein Schatz.« Er schenkte uns Rotwein ein. »Sie ist Teil meiner letzten Scheidungsvereinbarung. Trink«, forderte er mich auf. »Der ist aus Argentinien.«

Ich nahm einen großen Schluck und merkte, wie die Wärme in meinen Körper strömte. »Warum bist du eigentlich schon so oft geschieden?«

»Ich vögele gern in der Gegend herum«, bekannte er offen. »Hab ich zumindest.« Er warf mir einen bedeutungsvollen Blick zu. »Dem Geruch eines weiblichen …«

»Shaun!« Ich hob die Hand.

»… Parfüms«, sagte er und wirkte verletzt. »So viele Frauen, so wenig Zeit. Da kann man nur schwer widerstehen.«

»Selbst wenn sie Nein sagen?« Er zuckte zusammen, als ich auf den Prozess anspielte.

»Die Frau hat mehrdeutige Signale ausgesandt«, sagte er und zog wie ein Zauberer eine Tüte hinter seinem Stuhl hervor. »Mit ihrer Karriere ging es rapide bergab, und sie musste sich wieder ins Gespräch bringen.« Er zuckte mit der Schulter. »Ich wurde von allen Vorwürfen freigesprochen, aber natürlich bleibt immer Dreck an einem hängen.«

Meine Einstellung zu ihm änderte sich ein wenig. »Was ist das?«

»Zieh es mal an«, sagte er, als ich mein Glas hinstellte und hineinschaute. Die Tüte war von Browns, und ich hielt die Luft an, als ich die Marke sah. »Das ist von Lanvin«, sagte ich und zog ein smaragdgrünes Wickelkleid aus mattem Satin heraus. Lara würde es sicher wunderschön finden. »Das kann ich nicht annehmen.«

»Für meine wahre Liebe ist nichts gut genug«, sagte er und bohrte seine Augen in mich hinein. Bevor ich wusste, wie mir geschah, hatte er mir behände den Pullover ausgezogen und das Kleid übergeworfen.

»Shaun!« Meine Stimme wurde vom Stoff gedämpft.

»Deine Mutter muss eine große Künstlerin gewesen sein«, sagte er langsam, und als mein Kopf aus dem Halsloch trat, sah ich, dass er mich gerührt betrachtete.

»Wovon redest du eigentlich?«, fuhr ich ihn an und zog das Kleid schnell herunter.

»Mit dir hat sie ein wahres Meisterwerk geschaffen.«

»Wo hast du nur deine abartigen Sprüche her?« Als ich in den Spiegel schaute, nahm ich schockiert zur Kenntnis, dass die Farbe wunderbar zu meinen schrecklichen Haaren passte und der Stoff sich meinem Körper anschmiegte, ohne die Formen allzu sehr zu betonen. Nie hatte ich mich für besonders hübsch gehalten. Dad hatte immer gesagt, dass Pippa die Schöne in unserer Familie sei, während ich immer als die Intelligente galt. Wobei es um meine Intelligenz auch nicht gerade zum Besten bestellt war.

»Du siehst wie ein Hollywoodstar aus«, murmelte Shaun und legte seine Hände an meine Taille.

»Ich möchte aber gar nicht wie ein Hollywoodstar aussehen«, sagte ich und stieß ihn weg.

Mit hängenden Schultern stiefelte ich wie ein Mann zum Tisch, um so wenig attraktiv wie möglich zu erscheinen. »Du kannst es gleich morgen wieder umtauschen.«

»Ich will es nicht zurück, Liebling. Das ist ein Geschenk.«

Als er den Deckel öffnete, wurde mir ganz flau von den köstlichen Gerüchen, die aus dem Topf aufstiegen.

»Du hast deinen Beruf verfehlt«, murmelte ich überrascht, nahm einen Löffel und probierte etwas von dem Lamm mit Aprikose.

»Nun warte doch.« Er lachte und füllte zwei großzügige Portionen auf die Teller. Dann drehte er sich um und stellte den

Fernseher auf einen Musikkanal ein. »Ich hatte auf etwas Romantisches gehofft«, bekannte er, als Lady GaGa mit *Poker Face* losdröhnte.

»Ich habe einen Mordshunger«, sagte ich, trank einen großen Schluck Wein und stürzte mich auf mein Essen.

»Nun mal langsam, mein Schatz.« Entsetzt sah er zu, wie ich mir eine zweite Riesenportion Lamm nahm. »Du möchtest doch später nicht zu voll sein.«

»Wofür?«, fragte ich, tunkte ein Stück Pitabrot in Olivenöl und stopfte es mir seitlich in den Mund.

»Für die Liebe.« Er beobachtete mich unbehaglich, und mein Herz begann zu rasen.

In einer plötzlichen Eingebung klopfte ich mir mit der Faust an die Brust, zog das Kinn ein und stieß einen langen, nicht sehr damenhaften Rülpser aus. »Aah«, sagte ich und wedelte die Dünste in seine Richtung. »Besser raus als rein.« Ich machte keine Anstalten, mir das Öl vom Kinn zu wischen.

Nun legte ich meine Gabel hin, griff einfach mit der Hand in mein Essen und stopfte es mir in den Mund. »Verdammt gut«, sagte ich und schaufelte weiter. Der Couscous verteilte sich auf dem gesamten Tisch.

»Äh, freut mich, dass es dir schmeckt.« Schweißperlen standen auf seiner Stirn.

»Was gibt's zum Nachtisch?«, fragte ich mit vollem Mund und wischte ihn mir mit dem Handrücken ab. Fast war ich versucht, auch noch das Kleid zu bekleckern, aber das brachte ich dann doch nicht übers Herz.

»So ein Käse ...«, sagte er und schob seinen fast vollen Teller beiseite.

»Kein Nachtisch? Daran solltest du beim nächsten Mal aber denken.« Ich langte mit dem Messer über den Tisch, spießte eine seiner Aprikosen auf, steckte sie in den Mund, spuckte sie aber sofort wieder aus.

»So ein Käse-Sahne-Dessert«, sagte er und schob schnell seinen Stuhl zurück. »Dann schau ich mal nach dem Jungen, was?«

»Gute Idee.« Ich nickte vehement und schmierte mir Soße ins Gesicht. »Ich verputz derweil den Rest.«

28. Kapitel

Sobald er fort war und die Tür hinter ihm zufiel, stieß ich einen Stoßseufzer aus. Gott sei Dank.

Ich begann mit dem Abwasch und zuckte zusammen, als *Firestarter* von The Prodigy lief. Der Song erinnerte mich an meinen Zauberspruch und daran, dass ich mich fast dabei angezündet hatte.

Das schien jetzt Lichtjahre her zu sein.

Ich dachte an das, was Gran am Telefon gesagt hatte, und beschloss, zunächst ein paar Websites zu konsultieren und eine Hexe zu suchen.

»Josie!«

Panisch ließ ich den Teller fallen, den ich in der Hand hielt, und rannte in den Flur.

»Was ist passiert? Ist was mit Oll ...« Im nächsten Moment blieb ich wie angewurzelt stehen. Shaun stand im Türrahmen zum Schlafzimmer. Bis auf eine Rose, die zwischen seinen Zähnen steckte, war er nackt. In Sekundenschnelle registrierte mein Hirn die stämmigen Waden und den gewaltigen Hodensack.

»Gütiger Gott, was tust du denn da?«, kreischte ich und sah schnell nach, ob Olly schlief. »Zieh dich an, Shaun«, bat ich ihn und drückte mich an die Wand, als würde ich das lose Brett zum Geheimgang ertasten wollen.

Sein erigierter Penis zuckte einmal und erschlaffte.

»Dieses verdammte Ding hat Dornen«, sagte er und nahm die Rose aus dem Mund. Dann wackelte er mit den Augenbrauen und Hüften. »Schenk mir deine heiße Liebe, Baby.«

Ich hielt mir die Augen zu. »Was ist mit dem Käse-Sahne-Dessert?«

»Wir können uns damit einschmieren und uns dann gegenseitig ablecken«, schlug er begeistert vor. »Irgendwo habe ich auch noch eine Flasche Karamellsoße.«

»Eigentlich bin ich schon satt«, sagte ich und wünschte mir aus tiefstem Herzen, ich hätte meinen Saphir oder wenigstens einen Ersatz.

Er nahm meine Hand und wirbelte mich gekonnt im Kreis herum. »Du riechst so gut«, flüsterte er und ließ seinen Finger meinen Rücken hinabgleiten, während ich mich ihm zu entwinden suchte. Es war aber, als hätte er mich in eine Zwangsjacke gesteckt. *»Quiero estar contigo para siempre«*, murmelte er und wollte mir die Zunge ins Ohr stecken. »Ich möchte dein sein, für immer und ewig.«

»Das willst du ganz bestimmt nicht«, keuchte ich und versuchte zu ignorieren, dass er sich mit seinem ganzen Körper an mich drückte.

»Sprichst du Spanisch?« Offenbar hatte er mich gar nicht gehört, drehte mich wieder zu sich und versenkte hungrig seine Augen in den meinen.

»In Sprachen bin ich nicht gut«, sagte ich wahrheitsgemäß.

»Irgendwann werde ich dich meinem Vater vorstellen.« Zielstrebig ließ er seine Hand über meinen Oberschenkel gleiten. »Es wird Zeit, dass er von den Bergen herunterkommt und diese verdammten Ziegen Ziegen sein lässt.«

Dazu sagte ich lieber nichts.

»Lass uns ins Bett gehen.« Seine Stimme sickerte direkt in mein Ohr.

»Shaun, warte einen Moment.« Ich zermarterte mir das Gehirn bei der Suche nach einer Ausrede. Ein hochansteckendes, aber unsichtbares Virus, das meine Lungen befallen hatte? Meine Periode? Die hatte ich aber schon an seinem ersten Abend in meiner Wohnung ins Feld geführt.

»Komm, Schatz, ich platze gleich.« Shaun zog mich ins Schlafzimmer, das in schimmerndes Licht getaucht war. Er hatte Teelichter in Glasschüsseln gestellt, ein Effekt, der höchste Anerkennung verdiente. Will hatte nur mal eine Schüssel ins Schlafzimmer geschleppt, als ich eine Magen-Darm-Grippe hatte und unentwegt kotzen musste.

»Bleib mal kurz hier stehen.« Shaun ließ mich los und schob seine Hand unters Kopfkissen. »Erdbeer, Schokolade oder Pfefferminz?«

»Was?« In meiner Verwirrung dachte ich, er wolle einen Milchshake machen.

Er hielt fünf eckige Päckchen hoch und fächerte sie wie Spielkarten auf. »Kondome.«

Oh Gott. »Shaun …«

»Ich will keine Kinder mehr, das ist das Einzige, worüber ich nicht mit mir reden lasse.« Er wackelte mit dem Finger. »Ich habe mein Pensum erfüllt. Kinder kosten nur ein verdammtes Vermögen.«

Er warf sich aufs Bett und spreizte die Beine, und ich gab mir alle Mühe, nicht so genau hinzuschauen. »Nur wir beide, mein Liebling, das wäre mein größter Wunsch. Du und ich gemeinsam gegen den Rest der Welt.« Er verschränkte die Hände im Nacken und warf mir ein verträumtes Lächeln zu. »Klingt das nicht idyllisch?«

»Nicht wirklich.« Einen Moment lang erwog ich, sein Spielchen mitzuspielen und ihm zu erklären, dass ich unsere Verlobung lösen wolle. Andererseits hatte ich aber die schreckliche Ahnung, dass das nicht den geringsten Unterschied machen würde. »Ich habe dir doch schon einmal erklärt, dass ich mich bis zur Hochzeit aufspare«, sagte ich, obwohl ich mir nicht sicher war, ob ich das tatsächlich getan hatte. Als ich mich unauffällig zurückziehen wollte, riss ihm der Geduldsfaden, und er zog mich neben sich aufs Bett.

»Ich verspreche dir auch, dass ich nicht bis zum Ende gehe.«

»Shaun, *verschwinde*.«

»Ich begreife nicht, dass du dich so zur Wehr setzt, Schatz. Wir lieben uns doch.«

Als ich den Kopf wegdrehte, um seinen gespitzten Lippen zu entgehen, fiel mein Blick auf etwas, das sich hinter der Tür des Kleiderschranks verbarg, und ich erstarrte. Da war es schon wieder und blinkte im flackernden Licht wie …

»AAAARRRRRRGGGGHHHHH!!!!«

»Jesus und Maria, was ist denn los?«, rief Shaun, als ich ihn wegstieß, aus dem Bett stürzte und die Arme um die Brust schlang, damit mein Herz nicht heraussprang.

»Da … da drin«, krächzte ich und zeigte mit zittriger Hand in die Richtung. »Da … da ist was im Kleiderschrank.«

»Du schaust zu viele Horrorfilme, mein Schatz«, meinte Shaun in einem jovialen Tonfall, der mich offenbar beruhigen sollte. Er verließ das Bett und zog meinen Bademantel an. »Vermutlich ist es die Katze.«

»Ich habe keine Katze.«

»Wir hatten aber mal eine«, sagte er mit einem Stirnrunzeln. Für einen Moment stellte ich mir eine einsame Katze vor, die hungrig durch seine Wohnung in Mayfair strich.

»Sei vorsichtig«, warnte ich ihn. Ich stand auf dem Bett und hielt ein dickes Buch hoch. »Er könnte bewaffnet sein.«

»Liebling, ich habe dir doch gesagt, dass da … AAAARRRRRRGGGGHHHHH!!!!«

Als Shaun die Türen öffnete, sprang eine wilde Kreatur mit wirren Haaren heraus und stieß einen schrillen Schrei aus. Sie rammte Shaun den Kopf in den Bauch und ließ ihn zu Boden gehen. Die beiden Gestalten verknäulten sich auf dem Teppich ineinander.

Fast hätte ich noch einmal geschrien, aber dann kamen mir die flachen Pumps plötzlich bekannt vor. »Alice!« Ich ließ das Buch sinken.

»Alice?«, sagte Shaun und verzog das Gesicht, als sie ihre Zähne in seinen Arm schlug. »Aua! Was zum Teufel tust du da?«

Sie quälte sich hoch, rüttelte an der Türklinke, machte dann kehrt und sank zu Boden. »Das ist ja nicht zum Aushalten«, sagte sie und schlug die Hände vors Gesicht. »Ich hocke schon eine Ewigkeit da drin, sterbe vor Hunger und habe mich seit Tagen nicht mehr richtig gewaschen.«

»Aber warum nur?«, fragte Shaun und erhob sich auf die Knie. Er griff nach meinem Morgenmantel. »Warum führst du dich bloß so auf?«

»Weil ich dich liebe, du idiotischer Bastard«, knurrte sie und fletschte die Zähne. Er raffte den Saum des Bademantels wie eine Großmutter in einer Sitcom. »Hast du das immer noch nicht begriffen?«

»Aber ich ... ich liebe doch Josie«, sagte er hilflos und zeigte auf mich im Bett. »Ich dachte, du liebst Felix ...«

»Ich liebe Felix nicht mehr. Und die da fickt einen anderen.« Alice zeigte auf mich wie eine Zeugin, die einen Verdächtigen identifiziert, und ich schnappte mir ein Kissen und suchte dahinter Schutz.

»Das stimmt doch gar nicht.«

Shaun schaute mich mit offenem Mund an. »Natürlich stimmt das nicht«, bestätigte er, als wäre es das Lächerlichste, was er je gehört hatte. Im selben Moment wurde mir klar, dass ich ihn, egal was passieren mochte, nie loswerden würde – es sei denn, ich könnte den Zauber lösen, oder einer von uns starb.

»Komm schon, Alice, ich bring dich zum Auto«, sagte ich

und stieg aus dem Bett. »Behalt Olly einen Moment im Auge«, bat ich Shaun, und irgendetwas an meiner Stimme veranlasste ihn zu einem Zwinkern.

»Natürlich, meine Zuckerschnecke.« Plötzlich wirkte er nicht mehr so selbstsicher. Er starrte Alice an, als hätte er sie noch nie richtig wahrgenommen. »Ich halte das Bett warm.«

»Du solltest jetzt nach Hause fahren und dich ausruhen«, riet ich Alice, packte ein wenig von den Essensresten in Folie und stellte überrascht fest, dass sie sich tatsächlich zur Haustür bringen ließ. »Nimm das mit. Du musst etwas essen«, sagte ich schuldbewusst, da mir klar war, dass ich für ihr schlechtes Benehmen verantwortlich war.

»Ich will nicht nach Hause. Da ist meine Mutter, und das ist furchtbar.« Sie stampfte mit dem Fuß auf und wäre fast ausgerutscht. Es nieselte, und die Luft roch nach Erde. »Das ganze Haus stinkt nach Hund, außerdem wird sie langsam senil.« Mir fiel auf, dass Alice nach Alkohol roch. »Sie lässt sich aber nicht helfen, und ich kann mich nicht dazu überwinden, sie in ein Heim zu stecken.«

»Oh, Alice.« Ich hatte immer gedacht, dass sie mit zwei Perserkatzen in einem eleganten Loft wohnte und jedes Wochenende Männer wie Felix zu Gast hatte. Obwohl ich immer nachgebohrt hatte, hatte sie nie irgendetwas über ihr Privatleben preisgegeben.

»Hast du keine Familie, die dir helfen könnte?«

»Mein Bruder ist im Gefängnis«, bekannte sie und ließ die Schultern hängen. »Er wollte ein Postamt überfallen, mit einer Banane unterm Mantel.«

Mein Zauber schien sie komplett verwandelt zu haben. Sie ging sogar anders, als säßen ihre Gelenke locker. »Für eines muss ich dir allerdings danken«, sagte sie überraschend, als wir zu ihrem Auto kamen, das sie ein paar Türen weiter ziemlich tollkühn abgestellt hatte. Sie musste sich an mir vorbeigeschlichen haben, als ich mich mit Ollys Kindersitz abgemüht hatte.

»Wofür denn?«, fragte ich und fühlte mich unbehaglich, weil ich mich so weit von der Wohnung entfernt hatte. Die Straße war ruhig, und ich musste die ganze Zeit daran denken, wie Alice wie eine aufgescheuchte Fledermaus aus dem Schrank hervorgeschossen war.

»Mir war selbst nicht klar, was ich für Shaun empfinde, bevor ich gesehen habe, wie er dich anhimmelt.« Sie schaute mich von der Seite her an. Ihre Augen glänzten im Dämmerlicht. »Über Felix bin ich jetzt endlich hinweg. Weißt du, dass er mir ständig versprochen hat, seine Frau zu verlassen? Im selben Moment, als sie ihn verließ, wollte er nichts mehr mit mir zu tun haben.« Eine Träne rann ihr die Wange hinab.

»Das wusste ich nicht«, sagte ich gerührt. Ich nahm sie in die Arme, und sie ließ es sich gefallen.

»Shaun habe ich noch nie so erlebt wie jetzt, wenn er mit dir zusammen ist«, sagte sie und erschauderte. »Ich dachte, er mag mich, aber das war offenbar ein Irrtum.« Sie tupfte sich das Gesicht mit einem Stück Klopapier ab. »Warum hast du ihn eigentlich vorhin abgewiesen? Es sah fast aus, als könntest du ihn nicht leiden.«

»Na ja, Alice«, sagte ich und musste immerzu daran denken, wie unendlich lang und einsam ihre Wochenenden sein mussten. Nur sie und ihre Mutter und vermutlich nicht einmal eine Katze. »Shaun denkt, er mag mich, aber das ist nur ein … ein Strohfeuer, nichts weiter. Ich tue alles, um ihn mir vom Leib zu halten.«

Die Zweifel standen ihr ins Gesicht geschrieben.

»Es wird nicht mehr lange anhalten, das verspreche ich dir.« Ich hielt ein Taxi an, da sie besser nicht selbst fahren sollte.

»Du magst diesen anderen Typen, oder?« Sie lächelte, doch ihr Blick war ernst. »Den auf dem Boot.«

»Nein, nein, das hast du missverstanden«, sagte ich schnell. »Ich liebe Will, aber der … der musste für eine Weile verreisen.« Meine Stimme zitterte. »Ich vermisse ihn sehr.«

»Danach sah es aber nicht aus.« Sie stieß mich fort, als ich versuchte, sie ins Taxi zu schieben. »Ich bezweifle, dass du je einen Menschen wirklich geliebt hast.«

Ich seufzte, als sie davonfuhr und mich durchs Fenster anstarrte.

Sah aus, als wären wir zurück auf Start.

29. Kapitel

Schockiert stellte ich fest, dass es erst kurz nach acht war, obwohl ich mir um zwanzig Jahre gealtert vorkam. Mit ein bisschen Glück könnte ich es sogar noch zur Versammlung im Schrebergarten schaffen.

Als ich in die Wohnung schlich, hörte ich aus dem Schlafzimmer lautes Schnarchen und atmete erleichtert auf. Shaun trug immer noch meinen Bademantel und lag lang ausgestreckt auf dem Rücken, eine Hand auf seinem Gemächt. Ich nahm Olly hoch, wickelte ihn in eine Decke, nahm den Kindersitz und meinen Schlüssel, schlich mich wieder hinaus und schloss leise die Tür.

Da ich Will mal zum Schrebergarten in Grove Park gefahren hatte, fand ich den Weg praktisch automatisch.

Ich parkte oben auf dem Hügel, stieg aus und suchte das Garten-Patchwork hinter der Hecke nach Lebenszeichen ab. Die Sonne war untergegangen, und im Fenster einer besseren Hütte, vor der eine Schubkarre stand, brannte Licht.

»Na komm schon«, sagte ich, als Olly die Arme ausstreckte.

»Trinken, bitte, Tante Jofie.« Er fummelte an meinem Pullover herum.

»Oh nein, das mit Sicherheit nicht«, sagte ich und küsste ihn auf den Kopf. Leider hatte ich keinen Saft dabei. »Das muss es auch tun«, sagte ich und reichte ihm eine Flasche Evian. Er schien zufrieden damit, winzige Schlucke zu trinken und den Rest in meinen Halsausschnitt zu schütten.

Ich fummelte an der Tür herum, öffnete sie und steckte meinen Kopf hinein. »Hallo!«

Maud war gerade mit einem Efeu auf dem Fensterbrett beschäftigt und ließ fast die Gießkanne fallen. »Wie schön, dich zu sehen, meine Liebe«, sagte sie dann. Ihr Gesicht hellte sich auf. »Ich hätte dich fast nicht wiedererkannt, so vollständig angekleidet.«

Ich lachte verlegen. »Tut mir leid wegen damals.«

»Nudist zu sein ist doch keine Schande«, sagte sie, und meine Wangen glühten. »Sieht so aus, als hätte da jemand herumexperimentiert.« Den Blick auf meine Haare gerichtet zog sie den Reißverschluss ihrer Fleecejacke zu. »Das musst du doch nicht. Er liebt dich so, wie du bist.«

»Nein, nein, so war das nicht«, sagte ich und blinzelte hektisch. Es kam mir vor, als würde ich auf einem fernen Planeten mit einem Alien sprechen. »Es ist einfach …« Ich hatte keine Ahnung, wie ich das mit meinen Haaren erklären sollte, und klappte den Mund schnell wieder zu. »Ich bin wegen der Versammlung hier«, sagte ich in das verlegene Schweigen hinein. »Will, äh, konnte leider nicht.«

Ich schaute mich um. Außer einem älteren Herrn mit Schiebermütze, dem weiße Haare aus den Ohren wuchsen, war niemand da. Er blätterte in einem Samenkatalog.

»Tut mir leid, aber da kommst du zu spät, meine Liebe. Wir sind längst fertig«, sagte sie ehrlich entrüstet, und meine Augen füllten sich mit Tränen.

»Das gibt's doch nicht.« *Ich hatte schon wieder versagt.*

»Wir haben gewartet, aber als William nicht aufkreuzte,

haben wir dann irgendwann losgelegt.« *William?* »Die meisten wollen nämlich Freitagabend in den Pub.« Sie senkte die Stimme und schaute schnell zu dem alten Mann hinüber. »Reg hängt hier nur noch rum, um seine Chancen bei mir zu testen«, erklärte sie augenzwinkernd.

Ich blinzelte gegen die Tränen an und schaute hinüber. Tatsächlich behielt er sie genauestens im Blick.

»Und wer ist dieser kleine Mann hier?« Maud kniff Olly in den Finger, und er lächelte.

»M'lady«, sagte er dann und neigte den Kopf, und ihr wäre fast das Gebiss aus dem Mund gefallen.

»Du und William werdet sicher auch bald das Trappeln kleiner Füßchen hören«, sagte sie, nachdem sie ihre Zähne diskret an Ort und Stelle zurückbefördert hatte.

»Das Trappeln kleiner Hufe wohl eher.« Der Anblick von Butch und Sundance stand mir plötzlich vor Augen.

»Was?« Sie hielt die Hand hinters Ohr.

»Nennt ihr ihn nicht Zen?«, erkundigte ich mich und hievte Olly ein Stück höher, als ich zu einer Pinnwand neben der Tür ging. Etliche Fotos hingen da, und auf einem war auch Will zu sehen – eine Pflanzkelle in der Hand, in der anderen eine Möhre. Er hielt sie wie einen Oscar hoch und blinzelte in die Sonne. So glücklich hatte ich ihn schon lange nicht mehr gesehen.

»Wir haben es versucht, meine Liebe, aber irgendwie konnten wir uns nicht an den Namen gewöhnen«, bekannte Maud, nahm eine große, quadratische Handtasche und hängte sie sich an den Arm.

»Er sagte, du hättest dir etwas wegen des Gemüsediebs überlegt.« Ich musste die Worte an einem kastaniengroßen Klumpen in meiner Kehle vorbeidrücken. Es kam mir nicht richtig vor, ohne Will hier zu sein. Er hatte so viel Arbeit in sein Gemüse gesteckt, wenn man den Bildern Glauben schenken durfte, und ich musste zugeben, dass er mit dem Spaten in der Hand ziemlich gut aussah.

»Oh ja. Ich habe eine Vogelscheuche gebastelt«, sagte sie und wurde plötzlich munter. »Auf die Idee hat mich William gebracht, obwohl das eigentlich nur ein Witz sein sollte. Komm, ich zeig sie dir.«

Reg machte Anstalten, uns zu folgen, aber sie warf ihm einen warnenden Blick zu, und so zog er seine Schiebermütze in die Stirn und verschränkte mit einem Grunzen die Arme.

»Nie im Leben wird er meinen Claude ersetzen«, sagte sie, als ich ihr hinausfolgte und vorsichtig zwischen die unzähligen Reihen von etwas Blattartigem trat. Rankgitter ragten daraus empor, gelegentlich auch etwas Buntes. »Ein schlechter Gesellschafter ist er aber nicht, das muss man ihm lassen. Er hat ein Glasauge, das er gerne herausploppen lässt. Zum Schreien!«

»Ach ja?«

»Plopp«, sagte Olly, der immer noch die Wasserflasche an die Brust drückte.

In der Luft lag der Geruch von Tomatenpflanzen, und ich atmete tief durch. Es war, als würde ich zum ersten Mal seit Tagen überhaupt wieder atmen.

»Da wären wir«, sagte Maud stolz und blieb bei einer grausigen Gestalt stehen, die von Weitem vermutlich aussah, als würde ein alter Mann mit den Armen fuchteln.

»Wahnsinn.« Von Nahem würde sie auch in die Serie *Nightmare – Mörderische Träume* passen.

»Gesicht und Hände habe ich selbst gestrickt. Jacke und Schutzbrille sind von meinem Claude. Er war im Krieg Kampfpilot.«

»Der Hosenstall steht offen.«

Sie grinste und zog den Reißverschluss hoch. »Er hat einen Sensor, der aktiviert werden kann. Sobald jemand kommt, sagt er: ›Verschwinden Sie, oder ich rufe die Polizei‹.« Die *Termina-*

tor-Imitation hatte sie gut einstudiert. »Darum hat sich Reg gekümmert. Er kennt sich mit solchen Dingen aus.«

»Das ist ja … großartig.« Beeindruckt hielt ich Olly hoch. Hoffentlich würde er keine Alpträume bekommen.

»Papa«, sagte er, und Mauds Gesicht kräuselte sich in tausend Lachfalten.

»Sein Vater hat nicht die geringste Ähnlichkeit mit ihm«, versicherte ich ihr.

Sie kraulte Olly unter dem Kinn. »Irgendwo müsste ich noch ein Bonbon haben«, sagte sie und klopfte sich auf die Tasche, doch ich schüttelte den Kopf.

»Danke, Maud, aber wir sollten besser fahren. Ich werde Will Bericht erstatten über …«

»Arnie«, sagte sie und tätschelte die strohige Hand, als wäre die Vogelscheuche ein Freund der Familie. »Nach Arnold Schwarzenegger.«

»Super Idee.« Als ich mich umdrehte und die Augen zusammenkniff, weil es langsam dunkel wurde, zog eine der Parzellen, die mit leuchtend pinkfarbenen Blumen bepflanzt war, meine Aufmerksamkeit auf sich. »Das ist ja merkwürdig«, sagte ich und reckte den Hals. »Das sieht ja aus wie Wörter.«

»Oje, meine Liebe, das solltest du gar nicht sehen.« Maud klang verstört, packte mich am Ellbogen und wollte mich wegziehen.

»Warte.« Ich riss mich los, ging in die Richtung und fühlte mich plötzlich ganz schwindelig. »Steht da … Steht da wirklich das, von dem ich denke, dass es da steht?«

Ich drehte mich zu Maud um, die stocksteif mitten auf dem Weg stand und in ihrer Fleecejacke und dem Rock wie ein Stoffbündel aussah. Sie hängte ihre Handtasche an den anderen Arm, räusperte sich und nickte. »Du hättest mit William herkommen sollen, dann hättest du es schon früher gesehen.« Ein anklagender Tonfall schwang in ihren Worten mit, wie neulich abends in der Wohnung. An jenem Tag hatte Will mich gebeten, mit in den Schrebergarten zu fahren, aber ich war lieber zu Hause geblieben, um meine dämlichen Zaubersprüche loszulassen.

»Ich … ich hatte ja keine Ahnung.«

Sie senkte den Blick. »Ewigkeiten hat ihn das gekostet. Er hält wirklich große Stücke auf dich, das kann man wohl sagen.« Ein »Weiß der Henker, wieso« hing in der Luft, doch ihre Stimme war sanft.

»Was sind das für Blumen?« In meinen Augen sammelten sich Tränen.

»Dahlien.«

Ich lachte und schniefte. Die unerwartete Entdeckung raubte mir schier den Atem. »Kaum zu glauben, dass er das wirklich getan haben soll.«

»Fön!«, rief Olly und hielt einen Finger hoch. Ich nickte.

»Sehr schön«, flüsterte ich in sein Haar und drückte ihn fester an mich. Das war in der Tat das Schönste, was ich in meinem ganzen Leben gesehen hatte.

In runden, sternförmigen Blüten stand dort geschrieben: *Heirate mich, Josie.*

30. Kapitel

Felix tigerte in der Zufahrt auf und ab, als wir am nächsten Morgen in Cotsworth ankamen. Seine Haare glänzten wie das Federkleid einer Krähe.

»Wir können mit der Arbeit beginnen«, sagte ich matt, schob Shauns Hand von meinem Knie und unterdrückte ein gewaltiges Gähnen. Ich hatte ständig an Wills blumigen Antrag denken müssen und kaum ein Auge zugetan.

Shaun hatte glücklicherweise wie ein Toter geschlafen, als

ich nach Hause gekommen war, und so hatte ich mich, nachdem ich Olly gefüttert hatte, aufs Sofa gesetzt, alte Fotos von Will und mir angeschaut und bergeweise Taschentücher vollgeheult.

Ich hätte so gerne mit ihm gesprochen, doch nachdem ich zum tausendsten Mal ins Zauberbuch geschaut hatte, war mir klar gewesen, dass das nichts bringen würde. Bevor ich die Zaubersprüche nicht rückgängig gemacht hätte, würde er bleiben, wo er war.

»Kannst du herausfinden, wann morgen das Pferd eintrifft?«, fragte Felix, als käme es mit dem Bus. »Wir drehen doch die Reitszene, falls du dich erinnerst.«

»Ich erinnere mich«, sagte ich und steckte die Füße in die Flip-Flops. Die Sonne schien, der Himmel war von einem lebhaften Blau, und selbst meine Haare wirkten nicht mehr so orange, aber alles, woran ich denken konnte, war Will.

»Wo ist denn der Junge?« Felix schaute in den Wagen und wirkte enttäuscht, als er Olly nicht sah.

»Ich habe ihn bei meiner Mutter gelassen«, sagte ich und war selbst überrascht, wie sehr ich ihn vermisste. »Ich denke mal, es ist nicht gut, ihn den ganzen Tag mit herumzuschleppen. Und professionell ist es auch nicht«, fügte ich hinzu.

Mum war aus dem Häuschen gewesen. Ihre Miene hatte sich sofort aufgehellt, als sie ihn gesehen hatte.

»Er ist zum Anbeißen«, gurrte sie, als handelte es sich um Eiscreme. Dann schloss sie schnell ihren Morgenmantel, um die Dessous zu verstecken, die darunter hervorschauten. »Ich freue mich so, dass du ihn mir anvertraust.«

Olly schaute sie mit glänzenden Augen an und sagte: »Potzblitz und Donnerschlag.«

»Und er ist so altmodisch.« Ihre Freude war unübersehbar, als sie ihn wie einen kleinen Prinzen zu Del ins Wohnzimmer trug. Unbehaglich fragte ich mich, inwiefern Dad mit seiner

Dominanz nicht auch einen erheblichen Teil ihrer Muttergefühle unterdrückt hatte.

»Josie!«, rief Felix, und ich riss den Kopf hoch. Ich war in Gedanken vollkommen abgeschweift. »Der kostet dich die letzten Energien, was?«

Er grinste Shaun an, der soeben zum Catering-Wagen gehen wollte, um sich ein Frühstück zu holen.

»Wenn es denn mal dazu käme«, erklärte Shaun schlecht gelaunt und schob die Unterlippe vor. »Sie will mich bis zur Hochzeit hinhalten, dieser Drachen.«

»Gut so«, sagte Felix und schaute mich plötzlich mit einem gewissen Respekt an. »Normalerweise sind die Höschen runter, bevor er auch nur Hallo sagt.«

»Nun ja, er ist halt nicht wirklich mein Typ«, sagte ich und holte den Drehplan heraus.

»Nicht dein Typ?« Felix legte die Stirn in Falten. »Ich dachte, ihr seid verlobt.«

»Können wir bitte anfangen?«, sagte ich aufgekratzt und wedelte mit den Zetteln, um ihn auf andere Gedanken zu bringen.

»Klar«, sagte er und zog kaum merklich eine Augenbraue hoch. Offenbar war er es nicht gewohnt, dass ich so hyperaktiv war. Auch für mich war das neu. Doch immerhin kamen wir so mit den Dreharbeiten gut voran.

»Ich wünschte, es würde immer so glatt laufen«, sagte er unvermittelt, zog einen Zahnstocher aus der Tasche und stocherte sich im Mund herum. Er trug ein sauberes T-Shirt, das ausnahmsweise einmal frisch gebügelt war. »Die Schauspieler sind wirklich großartig«, fuhr er fort, als wir zum Haus gingen. »Keine Widerreden, keine Wutanfälle. Eine derartige Hingabe habe ich noch nie erlebt.«

Ich musste lächeln, weil ich mich freute, dass meine Zaubersprüche wenigstens etwas Gutes bewirkt hatten.

»Die Änderungen im Drehbuch, die du angeregt hast, sind

ein Segen«, gab er widerwillig zu und drehte sich um, als wir die Terrasse erreichten. Lord Montague saß vornübergebeugt da, schnürte seine Schuhe zu und gewährte Einblick in eine rosige Stelle.

»Guten Morgen«, sagte er, bevor er sich verzog, die Hände im Nacken verschränkt.

Felix legte mir seine knochige Hand auf die Schulter. »Mein Gemecker war wohl ziemlich daneben. Seit Audrey mich verlassen hat …« Er schien sich zusammenzureißen. »Du machst deine Sache wirklich gut, Josie.«

Das war das erste Lob, das ich je von ihm erhalten hatte, und sofort fühlte ich mich intelligent und fähig. »Ich denke, das liegt an deinem neuen Look«, fügte er großzügig hinzu. »Seit du dir die Haare gefärbt hast, bist du viel stärker auf die Sache konzentriert.«

Meine Haare spiegelten sich im Fenster, hell entflammt. Den Versuch, sie zu bedecken oder den Effekt zu mildern, hatte ich aufgegeben, da ohnehin nichts half. Und seit ich es einfach ignorierte, wirkte es auch nur noch halb so schlimm.

»Kümmere dich aber bitte um das Pferd, Jo, sei so gut. Ich bereite derweil das Setting im Gartenpavillon vor«, sagte Felix und war wieder ganz er selbst, als er Hugo mit geblähten Nasenflügeln vorbeischreiten sah.

Sobald er weg war, schaute ich mich unauffällig nach Giles um. Von seinem Land Rover war nichts zu sehen, was ich mit einer gewissen Erleichterung registrierte. Nach unserer letzten Begegnung war ich nicht scharf auf ein Wiedersehen.

Dann fiel mir Felix' Anweisung ein, und ich rief bei *Horses 4 hire* an.

»Tut mir leid, Miss Goodwin, aber in meinem Kalender steht nichts von einem Pferd«, sagte eine nasale Stimme am anderen Ende. »Sind Sie sich denn sicher, dass Sie es bei uns gebucht haben?«

»Natürlich bin ich das«, sagte ich, aber im nächsten Moment wurde mir mulmig. Wenn ich es recht bedachte, war ich mir keineswegs sicher. Ich war mir lediglich sicher, dass ich Kerry, die Praktikantin, darum gebeten hatte.

»Kerry, hast du bei *Horses 4 hire* angerufen, wie ich dich gebeten hatte?«, erkundigte ich mich zehn Minuten später, nachdem ich endlich ihre Handynummer gefunden hatte.

»Oh, tut mir leid, muss ich vergessen haben«, sagte sie freundlich.

»Aber, Kerry, ich ...«

»Felix hatte doch *dich* darum gebeten.«

»Ja, aber ... Kerry, es tut mir wirklich leid, dass ich dir damals die Sache mit Felix' Frau nicht gesagt habe ...«

»Ich muss los, Jo. In einer halben Stunde habe ich ein Vorstellungsgespräch bei der BBC. Vielleicht bin ich sowieso nicht mehr lange dabei«, zwitscherte sie und legte auf.

»Scheiße.« Ich klopfte mir mit dem Handy gegens Kinn. Was nun? Felix würde toben – gerade jetzt, wo er allmählich Vertrauen zu mir fasste.

»Hast du den Wallach gesehen?«, fragte Hugo, der aus dem Nichts aufgetaucht war und sich vor mir aufpflanzte. »Die Ställe wirken verdammt leer.«

Es zeugte von seinen schauspielerischen Fähigkeiten, dass er wie ein echter Schwuler rüberkam. In seiner letzten Rolle hatte er einen drogensüchtigen, Frauen verprügelnden Cage Fighter verkörpert.

»Ich kümmere mich gerade darum«, sagte ich, da mir nichts Besseres einfiel. »Dauert nicht mehr lange.«

Mit klatschenden Flip-Flops lief ich zum Auto und presste das Handy ans Ohr. »Will«, platzte es aus mir heraus, als Ned ihn von einem von Fenellas vegetarischen Pfannengerichten weggeholt hatte. »Es geht um dieses Pferd in der Scheune, das den Eseln Gesellschaft leistet.«

»Clint?«, fragte er zugeknöpft. »Was ist mit dem?«

»Denkst du, ich könnte ihn mir morgen kurz ausleihen?«

»Warum?«

»Das ist eine lange Geschichte«, sagte ich und drückte mir die Daumen. Wenn ich doch nur meinen Saphir hätte! Ohne ihn war es schwer, Leute zu überzeugen. »Es wäre auch nur für einen Tag«, versprach ich. »Und es wird bezahlt. Du willst mir ja wohl nicht erzählen, dass das Geld dem Eselsheim nicht gelegen käme.«

Ich spürte, dass er schwach wurde. »Biiiiiite, Will. Zen, meine ich.«

»Plötzlich bin ich also Zen. Wenn du etwas von mir willst.« Seine Stimme klang jetzt stumpf und leblos.

»Ach, Will, nun sei doch nicht so«, bat ich und ließ mich gegen meinen Wagen fallen. Durch den Rock hindurch spürte ich die Hitze des Metalls. »Ich kann dich einfach nicht als Zen sehen, du bist nicht Zen. Du bist William Hammond der Dritte, der mit einem Superbody begnadet ist und fantastisch Tennis spielt und sich mit sechs ein Bein gebrochen hat, weil er Superman sein wollte. Du bist der Will, der sämtliche Beatles-Texte auswendig kennt und Pringles und *Sex and the City* mag und eine Begabung dafür hat, Leuten irgendwelche Sachen anzudrehen.«

Schweigen. Meine Schläfen pochten.

»Das mit William dem Dritten gefällt mir«, sagte er etwas freundlicher. »Erzähl aber niemandem von der Sache mit *Sex and the City*, ich würde es glatt bestreiten.« Eine lange Pause trat ein. »Was soll Clint denn genau tun? Er ist nicht mehr der Jüngste.«

»Er soll nur jemanden auf sich herumreiten lassen.« Am Horizont erschien ein Licht. »Ich verspreche dir, dass er es gut haben wird. Außerdem sind wir versichert«, fügte ich hinzu und betete, dass Hugos martialische Peitsche nur ein Requisit war.

»Du kannst auch bleiben und zuschauen, wenn du magst.« Mir ging auf, dass Will mich noch nie bei der Arbeit gesehen hatte – weil ich noch nie einen Job hatte, mit dem man sich hervortun konnte. »Giles kommt später vielleicht auch noch vorbei«, sagte ich und errötete. Was, wenn er Will von meinem Verhalten auf dem Boot erzählte?

»Ich weiß es übrigens, Will«, sagte ich fast ängstlich. »Das mit dem Boot. Wirklich eine nette Idee, Will, und ...«

»Ned wird ihn vorbeibringen«, erklärte er, als hätte ich gar nichts gesagt. »Irgendwo gibt es hier einen Pferdetransporter.«

»Kannst *du* das nicht machen?«

»Nein, tut mir leid«, sagte er, klang aber nicht so, als würde es ihm sonderlich leidtun. »Gestern Abend sind zwei neue Esel eingetroffen, die ziemlich durch den Wind sind.« Sofort hatte ich ein Comicbild vor Augen, wie sie betrunken umherirrten, Koffer an den Hufen. »Ich kann sie nicht alleine lassen.«

Die Enttäuschung war übermächtig. »Bitte, Will ...«, fing ich an, musste dann aber daran denken, dass er wegen mir dort war. Meine Worte erstarben.

»Wie war die Versammlung im Schrebergarten?«

»Sehr gut«, antwortete ich und musste seufzen. »Maud hat eine umwerfende Vogelscheuche namens Arnold Schwarzenegger gebastelt.« Ich kaute am Daumennagel und sah zu, wie eine Schnecke eine glänzende Schleimspur auf dem Pflaster hinterließ. »Übrigens habe ich dein wunderschönes Blumen-Arrangement gesehen.« Das Wort »Antrag« brachte ich nicht über die Lippen.

»Was?« Es zischte in der Leitung, als würde am anderen Ende jemand eine Flasche Limonade öffnen.

»BLUMEN.«

»Klar wären ein paar KRUMEN für das Pferd nicht schlecht. Clint wird morgen früh bei euch sein.«

»Was?« Noch mehr Rauschen und Knacken.

»Wie bitte?«

»Egal«, sagte ich, und die Geräusche verschwanden. »Danke, dass wir Clint haben können«, fügte ich hinzu und legte schnell auf, bevor ich noch losheulen würde.

Das Anwesen belebte sich nun, da während meines Telefonats der Bus mit den Statisten für die Partyszene eingetroffen war. Gott sei Dank hatte ich sie nicht in meinen Zauberspruch einbezogen.

»Voll krass, wie die alle ganz in ihrer Rolle aufgehen«, sagte ein Mädchen, das mit einer Kollegin an mir vorbeimarschierte. Sie kicherten.

»Ich werde jedenfalls mit Robbie Evans knutschen«, sagte ihre Freundin, und ich musste mir erst klarmachen, dass sie Hugo meinte.

»Aber was für ein schreckliches Haus. Voll feucht.«

»Wie ich!«

Das kreischende Gelächter, mit dem sie sich entfernten, passte irgendwie nicht zu diesem Ort. Allmählich konnte man den Eindruck gewinnen, dass Cotsworth House den Montagues gehörte.

Ich musste dafür sorgen, dass Normalität einkehrte, und zwar schnell. Dies hier war Giles' Zuhause.

Nachdem ich meinen Laptop aus dem Auto geholt hatte, ging ich in den Park, der langsam Gestalt annahm, obwohl es Fenton mit der Axt fast ein wenig übertrieb. Er hackte und schlug immer noch wild um sich und warf Poppy, die mit einem Buch unter einem Baum saß, anzügliche Blicke zu. Gut, dass ihr Ehemann im Gefängnis saß, da er krankhaft eifersüchtig war. Beim letzten Film hatte der Kerl die Visagistin verprügelt, weil sie es gewagt hatte, Poppys Gesicht zu berühren.

Ich setzte mich auf einen der Stühle im Hof und googelte: **hexen buckinghamshire london**. Vielleicht gab es ja sogar eine Hotline für Hexen, die irgendetwas vermasselt hatten. Ich rückte aus der Sonne, um besser sehen zu können, und starrte auf den Bildschirm.

Es gab einen Ort namens Witchcraft Bottom, wo die letzte Hexe verbrannt worden war, außerdem ein heidnisches Treffen in The Hell Fire Caves und einen Wikipedia-Artikel über die Geschichte der Hexenprozesse in England. Lebende Hexen gab es nicht.

Nun beschränkte ich meine Suche auf London und stieß auf ein paar Bühnenshows und Pubs, die das Wort »Hexe« im Titel bzw. Namen trugen, außerdem einen Sexshop, der unanständige Hexenkostüme vertrieb. Nichts kam dem nahe, was ich suchte. Was hatte ich aber auch erwartet? Ein A–Z der Hexen im Örtlichen?

Plötzlich fiel mein Blick auf einen Eintrag unten auf der Seite: Hexentreffen in der Nähe von London. Das klang schon besser. Mit klopfendem Herzen klickte ich den Link an.

Bist du heidnisch? Kannst du singen? Wenn beides zutrifft (und du zu regelmäßigen Proben kommen kannst), bist du hier richtig! Wir sind ein Chor, der das Liedgut unseres britannischen Erbes pflegt.

Ich seufzte. Das war wohl nichts. Wenn es im wahren Leben Hexen gab, dann liefen sie offenbar nicht herum und verkündeten es lautstark. Ich musste Grans Vorschlag aufgreifen und selber inserieren.

Als ich die Seite gerade schließen wollte, sprang mir ein Name ins Auge:

Wenn du mitmachen möchtest, melde dich bei Anouschka, unter moonstonesandnectar@aol.com.

Natürlich. Ich musste laut lachen und konnte es kaum glauben, dass ich nicht gleich an sie gedacht hatte.

Plötzlich übermütig kam mir ein anderer Gedanke, und so tippte ich: **elsie brumford olympiamedaillengewinnerin.** Als ich die Suchergebnisse überflog, sprangen mir einzelne Sätze ins Auge und verschwammen ineinander: … **Goldmedaille 1968 bei den Olympischen Spielen … älteste Teilnehmerin … verheiratet, eine Tochter, Rebecca … zweiter Ehemann, ein Amerikaner namens Stanley Fisher … lebt in Arizona … doppelte Staatsbürgerschaft von UK und USA …**

Elsie Brumford war also gesund und munter und machte, wenn man den Fotos Glauben schenken durfte, immer noch eine gute Figur im Badeanzug.

Als Felix nach mir rief, klappte ich schnell meinen Laptop zu und eilte ins Haus. Ich tat so, als hätte ich nicht gesehen, dass Alice mit einem Fernglas vor den Augen in einer Buche hockte.

31. Kapitel

»Ich brauche deine Hilfe, und zwar dringend.« Mit diesen Worten platzte ich in den Laden von *Moonstones & Nectar*, als wären mir die Höllenhunde auf den Fersen.

In Anouschkas Wangen bildeten sich Grübchen. »Gerade heute habe ich an dich gedacht«, sagte sie und legte ihre Tarot-Karten weg.

»Ach ja?«

Sie nickte und stützte ihre Arme auf den Tresen. Mir fiel auf, dass sie eine Kette trug, und zwar dieselbe, die sie mir als Schutz mitgegeben hatte. Das machte mir Hoffnung, denn es war ja wohl der beste Beweis dafür, dass sie die Hexerei wesentlich ernster nahm, als ich es getan hatte.

»Ich habe mich gefragt, wie du mit der Zauberei zurechtkommst«, sagte sie.

»Genau deshalb bin ich hier.« Ich zögerte, stellte meine Tasche ab und vergewisserte mich, dass nicht andere Kunden zuhörten oder Alice irgendwo herumlungerte. Die war hoffentlich mit Felix und Shaun im Studio, wo sie das Filmmaterial der letzten Tage schneiden wollten.

»Tatsächlich wollte ich dich bitten, mir dabei zu helfen, einen Gegenzauber zu sprechen.«

»Was meinst du damit?« Anouschka runzelte die Augenbrauen, als ahnte sie schon, was kommt.

»Ich habe ein heilloses Durcheinander angerichtet«, platzte es aus mir heraus, und ich tat auch nicht mehr so, als würde ich für eine Freundin sprechen. »Ein einziger Zauberspruch hat funktioniert, zumindest am Anfang, aber jetzt läuft die Sache auch nicht richtig. Ich habe den Spruch zur falschen Zeit gesprochen und ...« Ich schnappte nach Luft.

»Erzähl weiter.« Anouschkas Blick ruhte auf mir.

»Ich hätte warten sollen, aber ich wollte sie unbedingt loswerden, weil ich doch nur neun Tage Zeit hatte. Und da habe ich versucht, sie alle in einem Abwasch zu erledigen, aber leider war ich müde und habe mich nicht richtig konzentriert, was ich sowieso nie tue, und dann war plötzlich alles ... falsch.«

»Vielleicht solltest du dich erst einmal hinsetzen.«

Sanfte Hände führten mich zu einem Holzstuhl an der Kasse. »Trink das.«

»Was ist das denn?« Misstrauisch starrte ich auf die ziegelfarbene Flüssigkeit in der Tasse, die sie mir hinhielt.

»Beuteltee«, sagte sie trocken.

»Oh.« Ich kam mir dämlich vor und pustete den Dampf fort. »Danke.«

»Bitte.«

»Jedenfalls gibt es eine Möglichkeit, den Zauber aufzuheben, aber dafür brauche ich Hilfe. Von einer Hexe. Und da hatte ich an dich gedacht. Na ja, eigentlich habe ich dich im Internet gefunden. Kannst du wirklich singen?«

Sie richtete sich auf, öffnete den Mund, breitete die Arme aus und stieß einen Ton von solcher Reinheit aus, dass sich mir die Nackenhaare sträubten.

»Wow«, sagte ich, als er wie ein Echo verhallte. »Das ist ja fantastisch.«

Fast schüchtern neigte sie den Kopf. »Danke.«

»Wenn ich singe, bringen sich die Katzen in Sicherheit.«

Sie kicherte.

»Wirst du mir also helfen?«

»Ich weiß nicht, Josie.« Sie trommelte mit ihren auffälligen blauen Fingernägeln auf dem Tresen herum. »Darf ich dich etwas fragen?« Sie klang jetzt vollkommen ernst, und ich schaute auf und nickte.

»Hast du die Kette getragen, die ich dir gegeben habe?«

Meine Wangen verfärbten sich. Ich musste nicht einmal etwas sagen.

»Sie hätte dich geschützt.«

»Tja, so bin ich eben.« Ich schwenkte meine halbleere Tasse. »Nichts Halbes und nichts Ganzes.«

»Ich zaubere nicht in großem Stil«, sagte Anouschka sanft. »Etwas Weltbewegendes habe ich mir nie vorgenommen.«

»Du musst auch nicht viel tun, außer meine Hand zu halten«, versicherte ich ihr. »Eigentlich sollst du vor allem meine Zauberkraft verstärken, die vermutlich schon fast erschöpft ist.« Von Kummer überwältigt wünschte ich mir, ich hätte sie bewahrt und sinnvoller genutzt.

»Nun, wenn das so ist, kann ich wohl nicht viel falsch machen.«

Ich setzte meine Tasse ab, stand auf und umarmte sie stürmisch. »Danke schön, danke. Das bedeutet mir eine Menge«, sagte ich und überließ mich ihrer mütterlichen Umarmung. Anouschka roch nach den Ölen, die sie verkaufte, vermischt mit dem Geruch von gebratenem Bacon. Ein halb aufgegessenes Baguette lag neben der Kasse.

»Deine Haarfarbe ist anders«, sagte sie, als sie zurücktrat, und musterte mich. »Sieht gut aus.«

»Vor Kurzem war es noch knallorange. Was denkst du, hat das zu bedeuten?«

Sie lachte und schüttelte den Kopf. »Keine Ahnung.«

»Ich hol dich morgen Abend um neun ab, dann ist Vollmond. Außerdem ist es mein letzter Tag als Hexe«, erklärte ich ihr.

»Muss ich irgendetwas mitbringen?«

»Nur dich selbst«, sagte ich und notierte mir ihre Adresse. »Oh, und ich sollte besser Salz besorgen«, fügte ich hinzu, als mir wieder einfiel, was Gran gesagt hatte.

»Keine Sorge.« Anouschka lächelte. »Ich bring welches mit.«

Nachdem ich mich verabschiedet hatte, ging ich ins Studio und studierte das Luftbild von Cotsworth, das wir ausgedruckt hatten. Ich fragte mich, welche Bereiche für die Schauspieler nicht zugänglich waren. Begeistert entdeckte ich, dass der Friedhof eine Zufahrt hatte, die nicht über das Anwesen führte, sondern über eine schmale Straße ein paar hundert Meter vom Haus entfernt. Es stand zu bezweifeln, dass irgendjemand von ihrer Existenz wusste.

»Perfekt«, murmelte ich, hörte dann Stimmen im Schneideraum und ging hin. Shaun und Felix waren noch dort.

»Das Material ist wirklich gut«, sagte Shaun, drehte sich dann zu mir um und lächelte dämonisch. »Da müssen wir kaum etwas herausschneiden.« Träge streckte er eine Hand aus und malte mit den Fingern ein Herz auf meinen Hintern.

»Lass das«, sagte ich und schob seine Finger beiseite.

»Was magst du lieber: Ylang-Ylang, Schokolade oder Ahornsirup?« Seine Augen ruhten sehnsüchtig auf mir.

»Ich habe keinen Hunger«, zischte ich und entzog mich ihm. Felix tat, als wäre er beschäftigt, und schaute uns gelegentlich von der Seite her an.

Shaun lachte. »Ich meinte doch Massageöl, meine Süße.«

»Oh. Nun … für so etwas werde ich zu müde sein.«

»Wie kannst du das jetzt schon wissen?«

»Wegen Olly. Ich wollte ihn gerade abholen.«

Shaun warf sich die Jacke über. »Ich komme mit, Hasenkeulchen.«

»NEIN.«

Er erstarrte.

»Ich wollte sagen, vermutlich werde ich ihn wickeln müssen, und das wird ziemlich stinken. Er hat nämlich …« Ich zermarterte mir das Hirn. »Er leidet unter dem Reizdarmsyndrom.«

»Himmel.« Shaun kratzte sich am Ohr und legte die Stirn in tiefe Falten. »Ist er nicht ein bisschen zu jung dafür?«

»Es handelt sich um eine … Variante, an der Babys leiden. Wenn er zwei wird, wird es sich wieder geben.«

Er verzog das Gesicht, ob aus Sorge oder weil er mir misstraute, konnte ich nicht sagen. »Dann werde ich wohl mit dem Taxi heimfahren, was?«

»Okay!«, rief ich und stürzte hinaus, bevor noch irgendjemand nachhaken konnte. Wieder tat ich so, als hätte ich nicht gesehen, dass Alice am Wasserspender hockte und jede unserer Gesten verfolgte.

»Musst du ihn denn wieder mitnehmen?« Mum klammerte sich an Olly wie an eine Kuscheldecke und übersäte seine Wange mit Küssen. Er gluckste artig und streckte mir dann die Arme entgegen.

»Tante Jofie«, sagte er, und ich musste einfach zurückstrahlen.

Mum reichte ihn mir, was ihr offenkundig schwerfiel, und

machte sich dann umständlich an seinem Kragen zu schaffen. »Wie schön, dass diese Kleidung wieder in Mode kommt. Er sieht aus wie der kleine Lord.«

»Wenn wir jünger wären, würden wir eine Fruchtbarkeitsbehandlung machen«, sagte Del, der aus dem Wohnzimmer trat, ein einäugiges Kaninchen in der Hand. Es war meines, wie ich erkannte. Bis ich fünfzehn war, hatte ich es jeden Abend mit ins Bett genommen. »Wär toll, einen kleinen Knirps im Haus zu haben.«

»Gott sei Dank für so viel Einsicht«, murmelte Pippa, die hinter mir aufgetaucht war. Sie schlang die Arme um meine Hüfte und kitzelte Olly am Fuß, und er zappelte vor Freude. »Zwei Babys in der Familie wären mir definitiv zu viel.«

Ich drehte mich um und umarmte sie ungelenk. Mir fiel auf, dass ihr Oberteil schon spannte. »Stopfst du dich immer noch den ganzen Tag voll?«, fragte ich, und sie nickte.

»Soeben habe ich einen riesigen Chicken-Pie verputzt, mit einer ganzen Büchse Kokosnussmilch.«

»Wahnsinn.«

»Bleib doch noch auf eine Tasse Tee«, sagte Mum, der es vermutlich eher darum ging, den Abschied von Olly hinauszuzögern.

»Oh ja, bitte«, sagte Pippa mit glänzenden Augen. »Wir könnten etwas von Mums Blaubeer-Käsekuchen dazu essen.«

»Ich setz schon mal Wasser auf«, schloss Del sich an und sprang erstaunlich behände um uns herum. Ich konnte mich nicht erinnern, dass Dad je Tee gekocht hätte, obwohl er uns natürlich einmal zu Wimpy eingeladen hatte, als Mum mit einer Erkältung im Bett lag.

»Wo sind denn Tyler und die Schlampe?«, fragte ich. Pippa wich zurück und runzelte die Stirn.

»Wer?«

»Äh … Honeybee, meine ich. Belle. Honeybelle.«

»Die sind zum Knutschen in den Garten gegangen«, sagte sie mit betont amerikanischem Akzent. Als ich durchs Fenster schaute, sah ich, wie die Schlampe am Vogelhäuschen stand und Tyler mit ihren krallenartigen Fingern über die Wange strich, vor den Augen der Nachbarn. Tyler ließ es sich mit blasierter Miene gefallen.

»So ein hübsches Paar«, sagte Mum, und alle nickten.

»Würg«, sagte Olly und hatte meine volle Zustimmung.

»Morgen fliegen wir heim«, sagte Pippa, und ich schoss herum. In ihrem Gesicht zeichnete sich fast unmerklich ein leiser Schmerz ab, als würde sie tief im Innern nicht wirklich abreisen wollen.

»Schade«, sagte Olly, und ich fragte mich, ob ich nicht schnell zum Friedhof gehen und den Zauber sofort lösen sollte. Dann fiel mir wieder ein, dass kein Vollmond war. Ich wollte die Sache nicht noch einmal vermasseln.

Mum klopfte ihr auf die Schulter, während Del mit feuchten Augen weiter in den Garten starrte.

»Wenn ihr so glücklich seid wie deine Mum und ich, kann überhaupt nichts schiefgehen«, sagte er.

»Ich sollte jetzt besser fahren«, sagte ich und lehnte ein Stück Käsekuchen ab, da ich wusste, dass mich Shaun sonst mit SMS bombardieren würde.

»Sag Lara, dass wir jederzeit als Babysitter zur Verfügung stehen«, verkündete Mum, und mich packte plötzlich die Angst bei dem Gedanken, dass Lara immer noch mit Rob in den Bergen war.

»Werde ich ausrichten.« Ich schaute Olly an, der unser Gespräch höflich verfolgt hatte. »Und was dich betrifft, junger Mann, hätte ich eine Bitte: Wenn wir nach Hause kommen, könntest du die gewaltigste Ladung Kacka abdrücken, die du je in deinem Leben produziert hast.«

32. Kapitel

Energiegeladen wachte ich kurz nach sieben auf und sang zwanghaft vor mich hin, während ich Olly badete und anzog und seine Ärmchen in Ärmel steckte, als hätte ich nie etwas anderes getan.

»Muss ich das auch essen?«, meckerte Shaun und kippte Ahornsirup in das Porridge, das ich zum Frühstück gemacht hatte. Er war sauer, weil ich am Vorabend sein Angebot, meine Verspannungen wegzumassieren, nicht angenommen hatte. Mir war allerdings klar gewesen, dass es nur ein billiger Vorwand gewesen war, damit ich mich auszog, und so hatte ich lieber bei Olly geschlafen.

»Ich habe bei den Besten ihres Fachs gelernt«, hatte er beharrt, seine Knöchel knacken lassen und mir eine Flasche Ylang-Ylang-Öl unter die Nase gehalten.

»Und was, wenn ich mit Olly ins Krankenhaus muss?«, hatte ich entgegnet. »Ich werde ganz glitschig sein, und die Krankenschwestern werden mich für eine Rabenmutter halten.«

»Je eher er nach Hause zurückkehrt, desto besser«, hatte er geschimpft und misstrauisch Ollys Windel beäugt.

Als ich Shaun dann in der Küche herumhantieren sah, wie er unsere Tassen abwusch und unsere Vorhänge hübsch drapierte, hatte ich plötzlich sogar ein wenig Mitleid mit ihm. Mit ein bisschen Glück würden wir nicht mehr lange unter einem Dach wohnen. »Du bist wirklich ein toller Regisseur«, sagte ich zu ihm und dachte krampfhaft darüber nach, ob mir nicht etwas Originelleres einfiel.

»Ich weiß«, sagte er, und ich verdrehte die Augen. »Schließlich habe ich eine Menge Erfahrung.« Sein Blick wurde wärmer. »Es gibt da allerdings etwas, das ich noch besser kann …«

»Erinnere mich daran, dass ich auf dem Weg zur Arbeit

schnell bei Lara vorbei muss«, schnitt ich ihm das Wort ab. »Ich muss für Olly Windeln holen.«

Shauns Miene verdüsterte sich. »Vielleicht kann Alice mich ja mitnehmen«, sagte er, als wollte er mich eifersüchtig machen.

Seit sechs Uhr hatte sie ständig geklingelt und war dann dazu übergegangen, gegen die Haustür zu wummern, sodass ich schon Angst um die Glasscheibe hatte. Irgendwann musste ich sie einfach hereinlassen, aber sie schien zufrieden damit, vor einem Toaststapel im Wohnzimmer zu sitzen und jede von Shauns Bewegungen zu verfolgen. »Gute Idee«, sagte ich.

Mein Kopf war wunderbar leer, als ich zu Lara fuhr und Olly hinten auf der Rückbank *What shall we do with the Drunken Sailor?* summte. Zufrieden beobachtete ich, wie die Sonne über die Dächer stieg und die Bäume sich sanft im Wind wiegten.

Zu meiner großen Überraschung stand Laras Wagen vor dem Haus, und mein Herz tat einen Satz.

»Mama.« Olly strahlte und hob die Arme. »Papa?«

»Bei Papa bin ich mir nicht sicher«, sagte ich und musterte ihn schnell, bevor ich mit ihm hineinging. Außer einer kleinen Schramme an seinen Lackschühchen sah er aber perfekt aus.

Lara kam sofort die Treppe heruntergelaufen, als ich die Haustür öffnete. Sie strahlte übers ganze Gesicht. »Ich wollte dich gerade anrufen«, sagte sie und streckte die Hände nach Olly aus. »Nicht zu fassen, dass Robs Mum dich so im Stich gelassen hat und du mir nicht Bescheid gegeben hast.«

In ihrem Vintage-Kleid sah sie einfach bezaubernd aus. Sie hatte einen Hauch Lippenstift aufgelegt und ihre Haare kunstvoll verstrubbelt und ähnelte wieder ganz ihrem alten Selbst. »Halloh, halloh, mein süßer Spatz, mein liebes kleines Knuddelhäschen, ooh, wie hab ich dich vermisst, wie sehr, wie sehr.«

Ohne Olly fühlte ich mich irgendwie substanzlos, als könnte ich jeden Moment wegfliegen.

Sie strahlte. »Wie hübsch er ist, ganz sein Daddy!«

»Papa«, sagte Olly und streichelte ihre Haare, die leicht nach Kiefer rochen.

»Papa ist im Moment nicht da, mein Schatz.« Sie sah mich über seinen Kopf hinweg an. »Was ist denn?«

»Warum hast du denn nichts gesagt von …« Ich zögerte, da ich es eigentlich nicht ansprechen wollte. Gleichzeitig war mir klar, dass ich es tun musste. »Von der … postnatalen Depression«, sagte ich und formte die entscheidenden Worte mit dem Mund, damit Olly nichts hörte.

»Ach, Josie.« Ihre Gesichtszüge wurden weich. »War das denn nicht offensichtlich? Du weißt doch, wie wichtig mir Äußerlichkeiten immer waren.«

»Kann sein«, sagte ich und fühlte mich glühend heiß. Ich hatte versehentlich einen Kapuzenpulli angezogen, als ich das Haus verlassen hatte. »Tut mir leid, dass ich dir keine große Hilfe war, Lara.« Ich zupfte an meinem Bündchen herum, bis ich ihr schließlich in die Augen schauen konnte. »Aber ich verspreche dir, dass ich es wieder gutmache.«

»Das hast du doch schon«, sagte sie leise und schaute auf Olly hinab. »Mach dir keine Sorgen deswegen.« Sie zögerte. »Du warst ja auch nicht du selbst, seit … nun, eigentlich schon, seit dein Vater gestorben ist und dann auch noch Wills Mutter. Und dann ist Pippa nach New York gegangen, und ich bin schwanger geworden, und deine Mum ist mit Del zusammengezogen, und zu allem Überfluss auch noch der Hexenkram. Ein Wunder, dass man dich nicht eingeliefert hat.«

»Wenn du es so siehst.« Ich war ihr unendlich dankbar, dass sie es mir so leicht machte. Typisch Lara.

Sie zeigte ins Wohnzimmer, und ich folgte ihr. Es störte mich nicht weiter, wie schmuddelig es war.

»In den letzten Tagen habe ich über vieles nachgedacht«, sagte ich und rang die Hände. »War dir bewusst, was für ein Idiot mein Vater war?«

»Idiot«, sagte Olly, und Lara schnappte nach Luft.

»Das sagt man nicht, Olly.«

»Böse«, sagte er. Lara warf mir einen Blick zu.

»Er war nicht durchweg …« Sie schaute Olly an. »… nicht durchweg das, was ich jetzt nicht laut sagen will.« Lara nahm meine Hand. »Er hat dich und Pippa geliebt, und deine Mum auch, aber er hatte …« Ihr Mund zuckte. »Er hatte ein paar Probleme. Vor allem war er ein Kontrollfreak.«

»Freak«, wiederholte Olly.

»Ich habe mich immer gefragt, warum sie nie miteinander lachen wie deine Eltern.«

»Das haben sie bestimmt auch manchmal getan.« Sie zog mich neben sich aufs Sofa und streichelte meinen Arm. »Versuch, an die guten Zeiten zu denken, Jo. Davon gab es doch auch viele. Kannst du dich noch an den Urlaub in Scarborough erinnern?«

»Ja, schon.« Ich lächelte unsicher, fühlte mich aber schon ein wenig besser. »Wie war's denn mit Rob?«

»Oh, Jo, es war himmlisch«, sagte sie, und ihr Blick wurde selig. »Das war wie die zweiten Flitterwochen. Ich bin Ski gelaufen, was ich schon seit Ewigkeiten nicht mehr getan habe. Außerdem haben wir die ganze Nacht geredet und den überwältigendsten Sex aller Zeiten gehabt.«

»Sex«, wiederholte Olly und neigte den Kopf.

»Wir müssen wohl künftig aufpassen, was wir vor dir sagen, junger Mann«, stellte sie lachend fest. Als ich ihr Gesicht sah, so glühend vor Energie und Begeisterung, war ich plötzlich froh, dass ich Rob in die Berge verbannt hatte.

»Wenigstens hast du dir diesmal keinen Knöchel gebrochen.«

»Nein, aber wir haben eine Entscheidung getroffen«, sagte sie ernst und strich sich eine Strähne hinters Ohr.

»Ja?« Ich drehte mich zu ihr und verspürte eine gewisse Anspannung. »Darf ich ihn halten?«, fragte ich, um die Sache hinauszuzögern, und sie setzte mir Olly auf den Schoß.

»Jetzt bist du eine richtige Tante«, sagte sie, als ich ihn ziemlich ungestüm auf meinem Schoß hopsen ließ. »Vorsicht, er könnte sich übergeben.«

»Entschuldigung.«

Sie holte Luft, und ich merkte, dass ich den Atem anhielt. »Wir werden in die Berge ziehen und eine Skischule eröffnen«, sagte sie schnell. »Rob hat seine Skilehrer-Ausbildung bereits begonnen.«

Mein Inneres schrumpfte komplett zusammen. »*Wie bitte?*«

»Ich weiß, dass das verrückt klingt, aber es fühlt sich so richtig an, dort zu sein. Rob kann es sich mittlerweile leisten, seinen Job an den Nagel zu hängen, und vermutlich ist dies genau der richtige Zeitpunkt, um über einen Neubeginn nachzudenken. Irgendwann wird es ja das Problem mit der Schule geben.«

»Aber das geht nicht, Lara.« Ich wurde von Panik gepackt. Abgesehen von einer einzigen Unterbrechung, als ich auf der Uni war und sie herumgereist ist, hatte sie selten mehr als eine Viertelstunde von mir weg gewohnt. »Das … das könnt ihr nicht machen. Was ist mit dem Haus?«

»Ich biete es zum Verkauf an, während Rob dort nach etwas Neuem sucht.« Sie sprang auf, als wüsste sie nicht, wie sie ihre Energien bändigen soll.

»Und dein Job?«, stotterte ich. »Du wolltest doch ein Designbüro eröffnen.«

Sie nahm einen Apfel aus der Obstschale und biss hinein. »Das kann ich auch dort machen, obwohl ich mir gar nicht sicher bin, ob ich das überhaupt noch will. Ich könnte mir auch vorstellen, ein Bed & Breakfast zu betreiben.« Sie machte eine Pause und registrierte meinen Gesichtsausdruck. »Josie, das ist doch nicht das Ende der Welt. Es sind nur ein paar Stunden bis dorthin. Du und Will, ihr könnt uns jederzeit besuchen kommen und so lange bleiben ...« Entsetzt unterbrach sie sich. »Oh Gott, Jo. Wie läuft es denn überhaupt? Bist du immer noch mit diesem unsäglichen Shaun Lightly zusammen?«

Ich nickte stumm.

»Und wo ist Will?«

»Immer noch im Eselsheim.«

»Oh nein.« Sie setzte sich wieder und drückte mein Knie. »Deine Haare sind schon nachgedunkelt. Bald wird alles wieder ganz normal sein«, sagte sie, und ich öffnete schon den Mund, um ihr von meinen Plänen für den Abend zu erzählen. Andererseits würde die Aktion meinen Zauber lösen und Rob hoffentlich zurückholen, und ich wollte ihr nicht die Laune verderben.

Bestimmt war es ihr sowieso nicht ernst mit dem Umzug. Das war einfach nur der Reiz einer Auszeit, in der das Leben für einen Moment in einem anderen Licht erschien. Bald würde sie in ihren Alltag zurückkehren, und ich würde mich mehr um Olly kümmern – und auch beim Putzen helfen, wenn's sein musste.

»Beim Makler war ich übrigens schon«, sagte sie und riss mich aus einem Tagtraum, in dem ich ein Putzmittel erfunden hatte, das ein Haus ein ganzes Jahr lang sauber hielt. »Mum kommt, um die Leute herumzuführen.« Sie lächelte zaghaft, als wäre ich ein Hund, den man mit Vorsicht genießen musste. »Ich werde nur noch ein paar Sachen für Olly zusammenpacken, dann bin ich weg.« Entschlossen schlug sie sich auf die Knie und stand auf.

»So schnell?« Ich presste Olly wie eine Geisel an mich. »Muss es denn sofort sein?«

»Worauf sollen wir warten?« Sie zuckte mit den Achseln, als wäre das doch ganz simpel.

»Was ist mit Ollys Pass?«

»Das ist der nächste Punkt auf meiner Liste.« Lächelnd drehte sie sich um. Ohne es wirklich zu merken, schloss ich die Augen und murmelte: »Uralte Kraft, ich rufe dich an, wie ich es wünsche, so sei es getan«, und stellte mir vor, wie sie in die Küche ging, um Kaffee zu kochen und später dann einkaufen zu gehen. Wenn ich sie nur heute noch von ihren Plänen abhalten könnte, würde sie schon ihre Meinung ändern.

Schuldbewusst schlug ich die Augen wieder auf. Nach allem, was sie durchgemacht hatte, verdiente es Lara, glücklich zu sein. Außerdem hatte ich meinen Saphir gar nicht gehabt.

Ich nahm mir vor, Giles anzurufen und ihn zu bitten, auf dem Boot danach zu suchen.

»Komm zu Mama«, sagte Lara, trat ans Sofa heran und nahm mir Olly aus dem Arm. »Magst du einen Kaffee?« Sie ging in die Küche, stieß einen Freudenschrei aus, weil Armaturen und Arbeitsflächen blank poliert waren, und setzte Olly in sein Kinderstühlchen. »Ich sollte vielleicht schnell hinausgehen und etwas zu essen einkaufen«, fügte sie hinzu und summte leise vor sich hin, als sie die Espressomaschine anwarf. »Möchtest du ein Kit-Kat?«

Ich klappte den Mund zu, schüttelte den Kopf und wagte es nicht, irgendetwas zu sagen. Es war mir schleierhaft, was da soeben passiert sein könnte.

»Ich muss jetzt zur Arbeit«, sagte ich langsam, drückte einen Kuss auf die Wange, die sie mir hinhielt, und fuhr Olly geistesabwesend über seinen Pagenkopf. »Ich ruf dich morgen an.«

»Morgen«, wiederholte sie wie eine der unentwegt gut gelaunten Frauen von Stepford und strahlte, als ich mich in den Flur zurückzog, sofort das Haus verließ und ins Auto stieg, um viel zu schnell davonzubrausen.

33. Kapitel

Felix stürzte sich auf mich, sobald ich die Veranda betrat. »Hast du Shaun gesehen?«, fragte er und raufte sich die Haare.

Ich schüttelte den Kopf. »Nach heute Morgen nicht mehr. Warum?«

»Alice hat ihn mitgenommen, um mit ihm zu sprechen«, sagte er, und mein Puls war sofort auf hundertachtzig. »Ich weiß gar nicht, was mit ihr los ist. Sie war immer so vernünftig.«

Nicht vernünftig genug, um sich von dir fernzuhalten. »Dann werde ich ihn wohl mal suchen gehen.«

»Ja bitte. Wir müssen weitermachen.«

Ich eilte durchs Haus und rümpfte die Nase wegen des Gestanks. Was Giles über den sumpfigen Untergrund gesagt hatte, war jetzt absolut nachvollziehbar. Mein Zauberspruch dürfte den allgegenwärtigen Verfall nur noch beschleunigt haben.

»Ich bin es nicht gewöhnt, dass man mich warten lässt«, sagte Lady Montague im Wohnzimmer. Sie saß auf der Kante eines Ohrensessels, blätterte in einer Ausgabe der Vogue von 1930 und redete mit dem Zimmermädchen. »Wenn du gerufen wirst, hast du gefälligst sofort zu kommen, oder ich …«, ihre fein gebogenen Augenbrauen hoben sich, »… weiß wirklich nicht, was geschieht.«

Ich schüttelte den Kopf, weil ich an ein Interview denken musste, das sie vor den Dreharbeiten gegeben hatte. Affektiert hatte sie erklärt, dass alle Schauspieler gleich behandelt werden müssten.

Von Shaun war nichts zu sehen, doch der Kameramann filmte brav die Szene, und so ging ich schnell weiter. Ich konnte kaum erwarten, dass der Tag zu Ende ging, damit ich Anouschka abholen konnte. Soviel ich wusste, packte Pippa schon die Koffer, um nach New York zurückzukehren.

Durchs Fenster sah ich, wie Hugo sich an den Hals eines schwarz-weißen Mustangs klammerte und durch den Garten galoppierte.

»Diesen Klepper sollte man zu Hundefutter verarbeiten«, sagte er wenig später, als er mit krummen Beinen und verkniffener Miene hereinkam. »Hat mich dreimal abgeworfen.«

Ich verkniff mir ein Kichern und eilte an ihm vorbei zur Haustür hinaus.

»Hallo, Schatz«, sagte Shaun, der die Zufahrt entlangging und nun auf mich zukam, Alice direkt neben sich. Seine Miene wirkte gequält.

»Ah, ich hab schon überall nach dir gesucht«, sagte ich. »Felix ist auf dem Kriegsfuß.«

»Hallo!«, zwitscherte Alice, was verdächtig falsch klang. Ihre Augen waren so mysteriös und ausdruckslos wie die einer Katze. »Was für ein schöner Tag, nicht wahr?«

»Wunderschön«, stimmte ich zu und blieb stehen.

»Hilfe«, bedeutete Shaun mir lautlos, und als ich den beiden hinterherstarrte, wurde mir klar, was hier nicht stimmte. Sie waren an den Handgelenken aneinandergekettet, mit rosa Plüschhandschellen.

Alice hat Shaun in Handschellen gelegt. Unter anderen Umständen hätte ihn das sicher begeistert.

»Haltet noch ein bisschen durch, hört ihr«, rief ich ihnen hinterher. Alice' Rücken wurde steif und schien vor Wut zu beben. »Morgen wird alles wieder in Ordnung sein.«

Was, wenn nicht, daran wollte ich lieber nicht denken.

Als ich am Abend nach Hause kam, nahm ich eine Dusche, zog mich um, aß ein Schinkenbrot und holte dann eine von Wills Yoga-DVDs. Dem Zauberbuch zufolge war es wichtig, dass man den Geist reinigte und sich entspannte, bevor man einen Zauberspruch aufsagte.

»Besser spät als nie«, sagte ich mir und versuchte, meinen Körper zu etwas zurechtzubiegen, das sich Pfauenfeder nannte.

Eine Viertelstunde später gab ich auf. Ich war knallrot im Gesicht und keuchte, außerdem hatte ich mir fast die Arme ausgerenkt.

Ersatzweise lief ich durch die Wohnung, zog die Betten ab und entsorgte die Kondomschachteln, die überall herumlagen. Dann wischte ich den Kreidekreis weg und warf die abgebrannten Kerzenstummel, die Kerzenhalter und den Barbie-Zauberstab in eine Mülltüte. In dem Raum, in dem Olly geschlafen hatte, drückte ich mir sein Kissen ans Gesicht, atmete seinen Geruch ein und vermisste ihn jetzt schon ganz grauenhaft.

Als ich geistesabwesend ein paar Sachen wegpacken wollte, fiel mir auf, dass die Rechnungen aus meiner Wäscheschublade verschwunden waren. Ich lief von Raum zu Raum und entdeckte sie schließlich auf dem Brotkasten. Ein Zettel mit einer Nachricht in einer unbekannten verschlungenen Handschrift klebte auf dem Stapel.

Ich hab das Zeug bezahlt – du hättest etwas sagen sollen, mein Schatz. Wir sind doch ein Paar. Alles Liebe und 1000 Küsse, Shaunypops. PS Letzte Nacht habe ich geträumt, ich würde Cheerios von deinen Brustwarzen essen.

Ich ließ mich auf einen Stuhl sinken.

Als Will bei Ad Men auf eine Teilzeitstelle gegangen war, hatte er sich schlicht geweigert, über die finanzielle Seite dieser Entscheidung zu sprechen. Er hatte einfach darauf beharrt, dass ihn Geld nicht mehr interessierte. Ich hatte es damit bewenden lassen, zum einen, weil ich mich daran gewöhnt hatte, dass er sich um die Finanzen kümmerte, zum anderen, weil ich ihn nach Ginnys Tod nicht mit solchen Lappalien belämmern wollte. In meiner Naivität hatte ich angenommen, dass die Phase vorübergehen würde – und dass wir schon eine Lösung finden würden.

»Oh, Shaun«, sagte ich und schlug die Hand vor den Mund. Wer hätte gedacht, dass er so großzügig war, selbst wenn er offenbar in meiner Wäscheschublade herumgeschnüffelt hatte? »Ich verspreche dir, dass ich dir alles zurückzahle, du unglaublicher … Lustmolch.«

Da ich leider die Zeit nicht beschleunigen konnte, schnappte ich mir Zauberbuch und Autoschlüssel und fuhr nach Brambles. Erleichtert stellte ich fest, dass Gran da war. Betty hechelte zur Begrüßung, als ich mich selbst einließ.

»Ich fühle mich wie neu geboren«, sagte Gran, als wir uns umarmten. Dann schob sie mich von sich fort und musterte mich. »Du siehst müde aus, mein Schatz.«

»Hattest du eine gute Rückfahrt?«, fragte ich und entzog mich ihrem Adlerblick.

»Grauenhaft.« Sie schüttelte den Kopf, als sie eine Bakewell Tart anschnitt. »Erst hatte der Zug Verspätung, und dann hat der Mann, der mir gegenübersaß, die ganze Zeit an seinem Ei-Dings rumgefummelt, du weißt schon, was ich meine. Als wollte er mir imponieren.«

Mir fiel die Kinnlade herab. »Aber das ist ja schrecklich, Gran. Du hättest ihn anzeigen sollen.«

»Nun, wir wollen mal nicht übertreiben.« Sie stellte mir einen Teller hin. »Irgendwann wurde mir klar, dass er nur versucht hat, seine Frau zu erreichen.«

Ich starrte sie an. »Du meinst ein iPhone?«

»Was denn sonst.« Mit Unschuldsmiene leckte sie sich Marmelade vom Finger. »Möchtest du ein Stück Bakewell Tart?«

»Wo ist eigentlich Grandpa?«, fragte ich und merkte, wie sehr sie mir gefehlt hatte.

»Der alte Mann ist mal für kleine Mädchen.« Den Witz

machte sie immer, und ich konnte nur müde lächeln. »Deine Haare sind gar nicht so übel«, stellte sie dann fest und strich sich über ihre eigenen, die in den wunderbaren Nuancen eines perfekten Chicken Tikka Masala changierten. »Deine Tante Ruth hat mir Strähnchen gemacht. Sie behauptet, ich sehe aus wie diese Schauspielerin aus *Mad Men* – die kurvenreiche.«

Ich hätte fast mit Krümeln um mich gespuckt.

»Übrigens habe ich im Mülleimer etliche Verpackungen von Fleischpasteten entdeckt«, fuhr sie fort und tat so, als hätte sie nichts gemerkt. »Dein Großvater hat nichts Gescheites gegessen.«

»Das ist seine Form der Rebellion«, sagte ich, als ich mich wieder eingekriegt hatte. »Er stopft sich immer mit den Dingern voll, wenn du nicht da bist. Kann aber auch nicht schaden, wo er doch nie krank werden wird.«

»Guter Punkt«, gab sie zu, aber ihre Augen verdüsterten sich. »Offenbar rebelliert er tatsächlich noch, nach all der Zeit.« Sie hievte eine Pobacke auf die Tischplatte.

»Inwiefern?« Ich stellte meinen Teller ab. Es schien so, als wollte sie etwas Wichtiges verkünden.

»Versprichst du mir, es nicht weiterzuerzählen?«

Mein Herz hüpfte. »Versprochen, Gran.«

»Ich hatte mal eine Affäre.«

»*Was?*« Doch obwohl ich das Wort entsetzt ausgestoßen hatte, war ich nicht überrascht. Sie war immer sehr unternehmungslustig gewesen und hatte ohne jeden Anlass Partys geschmissen oder ihre Blumenbeete umgegraben oder spontane Reisen gemacht. Pippa und mich hatte sie in den Ferien oft irgendwohin gekarrt, durch Museen geschleift, damit wir »unseren Horizont erweiterten«, oder uns in irgendwelche Restaurants mit merkwürdigem Essen geschleppt.

Großvater war viel bodenständiger. Ihm reichten sein Haus und die Hunde, um im Einklang mit sich und der Welt zu leben.

»Mit wem?«, fragte ich etwas ruhiger.

»Mit Elsies Ehemann.« Sie starrte an die Wand hinter mir. »Arthur Brumford.«

Ich versuchte, mir das vorzustellen: eine lebhafte junge Frau mit gewissen Bedürfnissen – verzweifelt genug, um sich an den Mann ihrer besten Freundin heranzumachen. »Ich hatte mich mit deinem Großvater gestritten, nichts Ernsthaftes, aber ich war empört. Deine Mum und Chris schliefen, und ich fühlte mich einfach …« Ratlos zuckte sie mit den Achseln. »Vermutlich fühlen sich viele Frauen so, wenn sie daran zweifeln, ob sie den richtigen Mann geheiratet haben. Stolz bin ich nicht darauf«, erklärte sie schnell, als würde sie meinen Kommentar schon vorwegnehmen.

Da ich nicht wusste, was ich sagen sollte, nickte ich nur, damit sie fortfuhr. »Egal, ich hatte mir meinen letzten Zauberspruch für etwas Besonderes aufgehoben, aber aus einer Laune heraus wünschte ich mir, dass Punkt Mitternacht meine wahre Liebe auf der Türschwelle steht.«

»Oh, Gran.« Das hatte ich ganz leise gesagt, aber sie zuckte zusammen, als hätte ich es ihr ins Ohr geschrien.

»Ich weiß, mein Täubchen. Das war dämlich«, sagte sie. »Ehrlich gesagt hatte ich deinen Großvater erwartet – wir hatten uns nämlich schon wieder versöhnt –, aber als es dann klopfte und ich die Tür öffnete, stand da … stand da plötzlich Elsies Mann auf der Schwelle.« Sie betrachtete ihre Handrücken. »Wir hatten uns immer gut verstanden und manchmal auch ein bisschen geflirtet. Doch ich hätte nie irgendetwas getan, wenn nicht …« Ihre Stimme verhallte.

»Hat Elsie es herausgefunden?«

»Natürlich.« Sie schaute mich von der Seite her an. »Wie du nur zu gut weißt, können Zaubersprüche nicht zurückgenommen werden. Er hat nicht mehr von mir lassen wollen, und ich … Nun, es tut mir leid, das sagen zu müssen, aber ich habe mich nicht dagegen gewehrt. Natürlich waren wir ganz diskret. Deine Mutter und Onkel Chris haben nie etwas davon erfahren.«

»Und was ist dann passiert?«, flüsterte ich und war erstaunt, dass niemand etwas davon wusste. Es dürfte nicht leicht gewesen sein, ein solches Geheimnis für sich zu behalten.

»Er ist gestorben«, sagte sie mit schmerzverzerrtem Gesicht. »Bei einem Flugzeugabsturz. Aber ich habe ihn nicht getötet«, fügte sie hinzu, als sie meinen Gesichtsausdruck sah. »Gütiger Gott, Josie, ich könnte doch niemanden umbringen.«

Was Shaun betraf, hatte ich tatsächlich mal über so etwas nachgedacht.

»Elsie hat nie wieder mit mir gesprochen. Nicht dass ich ihr das verübeln könnte.« Gran stieß einen kleinen Seufzer aus. »Nachdem sie ihre Medaille gewonnen hatte, zog sie in die Staaten, und das war's dann.«

»Dann hast du also gelogen, als du mir von deinem Zauberspruch erzählt hast. An meinem Geburtstag.«

»Nicht wirklich, Josie. Ich liebe deinen Großvater tatsächlich.«

Mir fiel auf, dass es draußen schon fast dunkel war. Der Himmel hatte sich indigoblau gefärbt. »Wir machen alle mal Fehler«, sagte ich schließlich und fühlte mich vollkommen erledigt. Fast wäre es mir lieber gewesen, sie hätte mir die Geschichte gar nicht erzählt.

»Das ist es, was ich sagen wollte, mein Mädchen.« Sie beugte sich vor und nahm meine Hände. Ihre Hände waren rau. »Lass es dir nicht zu nahe gehen, dass du die Sache vermasselt hast. Wenn das heute Abend nicht klappt …«

»Woher weißt du das?«

Sie lächelte, und ihre Augen glänzten. »Wir Hexen haben einen ausgeprägten siebten Sinn«, sagte sie und neigte den Kopf. »Wenn es nicht klappt, wirst du schon einen Weg finden, um mit der Situation zu leben. Mir ist es jedenfalls gelungen. Dein Großvater hat mir verziehen.« Ihre Augen füllten sich mit Tränen.

»Was ist denn?«, fragte ich erschrocken.

»Was ich am meisten bedaure, ist, dass ich für deine Mutter nichts tun konnte«, platzte es aus ihr heraus. »Meine Zaubersprüche kamen zu früh. Ich hätte mir immer gewünscht, dass *sie* dieses verdammte Buch erbt und nicht ich. Sie hätte die Zaubersprüche nutzen können, um auf deinen Vater Einfluss zu nehmen. Vielleicht wäre er dann etwas netter gewesen.«

Wir schauten uns an und dachten an seine Fehler.

»In dieser Hinsicht war ich vollkommen machtlos«, sagte sie traurig.

»Aber Gran, das stimmt doch gar nicht.« Ich zog sie an mich und dachte, wie zerbrechlich ihre Knochen sich anfühlten. »Pippa und ich … Wir verdanken dir so viele glückliche Erinnerungen.« All die Bilder zogen an mir vorbei: Tage an der Küste, Kuchenbackaktionen, tumultöse Versteckspiele, und mittenmang immer die Hunde, die mit hängender Zunge herumtollten und uns die Tränen ableckten. »Mehr hättest du gar nicht tun können«, fügte ich hinzu, und wir klammerten uns eine Weile aneinander.

»Ich bin froh, dass sie ihren Trucker geheiratet hat«, sagte sie schließlich. »Der wird sie glücklich machen.«

Mir versagte die Stimme.

»Jetzt gehst du aber besser«, sagte sie schroff, entzog sich mir und warf Betty den Rest von dem Kuchen hin. »Und erzähl es ja nicht deinem Großvater«, fügte sie hinzu, da in diesem Moment draußen der Jeep vorfuhr.

»Bestimmt nicht.« Ich wusste, was sie meinte, und nahm meine Tasche. »Sag mal, kannst du nicht Mum und Del und Pippa morgen Abend zum Essen einladen? Dann könnte ich … Nun, dann kann ich sehen, ob der Zauber gelöst ist.«

Sie kniff die Augen zusammen, nickte dann aber. »Sei vorsichtig, Mädchen. Deine Mum ist sehr glücklich jetzt.«

»Ich weiß, aber ...« Da ich nicht wusste, was ich sagen sollte, schwieg ich und trat in die Nacht hinaus.

34. Kapitel

»Wohin fahren wir denn?«, fragte Anouschka vierzig Minuten später. Sie saß neben mir, ihre Tasche auf den Knien, und roch entfernt nach Kräutern.

»Zu einem Friedhof nicht weit von hier, in der Nähe von meiner Arbeit.« Jetzt, da wir unterwegs waren, war ich plötzlich regelrecht aufgekratzt.

Der Mond stand tief und schaute gelblich durch einen Wolkenschleier hindurch. Anouschka hatte ihn als »wächsern« bezeichnet, was angeblich »perfekt für unser Vorhaben« war.

»Hätte es nicht jeder alte Friedhof auch getan?«, fragte sie und bot mir ein Pfefferminzbonbon an, das ich ablehnte. Mein Magen rotierte wie eine Betonmischmaschine, und ich hatte immer noch den Geschmack von Grans Bakewell Tart im Mund.

»Er muss über zweihundert Jahre alt sein und irgendeine Beziehung zu mir haben, das habe ich im Internet recherchiert. So lautet eine unabdingbare Regel für einen Gegenzauber.«

»Und etwas näher gab es keinen?«

Ich schüttelte den Kopf. »So viel hatte ich noch nicht mit Friedhöfen zu tun. Mein Vater wurde eingeäschert«, erklärte ich ihr und war angenehm überrascht, dass ich ohne ein mulmiges Gefühl darüber reden konnte. »Andere tote Verwandte habe ich nicht, also fiel mir kein anderer Ort ein als ... nun, als der Ort, an dem ich zurzeit arbeite«, sagte ich und sah ihre Augen im Scheinwerferlicht der entgegenkommenden Autos glänzen. »Ich hoffe, das zählt als Beziehung.«

»Ich auch«, sagte sie und lachte plötzlich nervös. »So etwas habe ich noch nie getan.«

»Wir werden es herausfinden.« Ich nickte zu der Tasche auf ihrem Schoß hinüber. »Was ist da drin?«

»Salz, eine weiße Kerze und Rosmarinöl.«

»Perfekt«, sagte ich wie ein Chirurg, der die Instrumente für eine Operation inspiziert.

»Hier draußen habe ich mal gewohnt.« Anouschka kniff die Augen zusammen und schaute in die Dunkelheit hinaus. Die Straßen wurden jetzt immer ländlicher.

»Meine Familie lebt auch hier. Ich überlege mir, wieder hier herauszuziehen«, sagte ich, obwohl das gar nicht stimmte. Bis zu diesem Moment zumindest nicht.

»Ich habe mich vor vielen Jahren mit meinen Eltern überworfen. Sie wollten keine Hexe in der Familie haben«, bekannte sie. »Ich war das sprichwörtliche schwarze Schaf. Sogar aus dem Testament haben sie mich gestrichen.«

»Das tut mir leid.«

Sie zuckte mit den Achseln. »Halb so wild. Sie sind mittlerweile tot, und ich bin zufrieden mit meinem Leben.« Sie zögerte. »Ich meinte es nicht so, wie es vielleicht geklungen hat.«

Ich grinste und erzählte ihr im Gegenzug von meinen Zaubersprüchen und von dem, was seither geschehen war. Sie kicherte und bekam sich gar nicht mehr ein.

»Das Baby deiner Freundin ist also jetzt ein kleiner Lord, und du bist mit einem Typen zusammen, mit dem du um keinen Preis Sex haben möchtest, weil du mit einem Mann Sex haben möchtest, der auf deine Schwester steht, während dein Freund mit Eseln zusammenlebt?«

»Schon irre, das muss ich zugeben«, sagte ich. Mit ihren Augen betrachtet fand ich es auch ziemlich lustig – von Will einmal abgesehen. Bei seinem Namen spürte ich sofort einen Stich in der Rippengegend.

»Den freien Willen kann man bei all der Hexerei übrigens nie ganz auslöschen«, sagte sie und rutschte auf ihrem Sitz herum, damit sie mich besser sehen konnte. »Das ist eines der wichtigsten Gesetze. Deshalb muss man am Ende des Zauberspruchs auch diese Phrase aufsagen, von wegen, dass man niemandem schaden will.«

»Oh Gott, das muss ich vergessen haben«, stöhnte ich, als ich mir die Situation in Erinnerung zu rufen versuchte. »Du meinst also, jeder tut, was er im tiefsten Innern möchte? Shaun liebt mich also wirklich, während Will lieber bei seinen Eseln ist?« *Und Arthur Brumford hat Gran wirklich geliebt?*

»So in der Art.« Sie nickte. »Dein Zauber hat verstärkt, was ohnehin schon da war.«

Schweigen breitete sich aus, als ich diese Erkenntnis sacken ließ. »Hast du einen Freund?«, fragte ich dann, weil ich unbedingt das Thema wechseln wollte. Es fühlte sich an, als hätte man mir den Kopf mit einer Fahrradpumpe aufgepumpt.

»Im Moment nicht. Der Letzte war nicht gerade begeistert von dem Laden und der Heilerei und diesem Zeug. Er wollte, dass ich mir einen anständigen Job suche, und es war ihm ziemlich egal, dass mich das nur unglücklich machen würde.«

»Idiot«, sagte ich, und sie lächelte. »Andererseits behandele ich meinen Freund auch nicht anders«, fügte ich hinzu, und sie starrte mich an.

»Idiotin«, sagte sie, und wir brachen in nervöses Gekicher aus. In meinem Hinterkopf regte sich plötzlich der Gedanke, dass es nicht Wills Aufgabe war, für mich zu sorgen. Ich hatte mich zu sehr darauf versteift, dass er Karriere machen würde, damit ich es bei meinem Job locker angehen lassen konnte.

»Warum trägst du eigentlich eine Regenjacke?«, fragte ich Anouschka, nachdem ich einmal tief durchgeatmet hatte. Das Teil war flaschengrün und riesig und raschelte bei jeder Bewegung.

»Keine Ahnung«, sagte sie, dann herrschte wieder Funkstille.

Als wir in die Nähe von Cotsworth House kamen, war mir fast flau vor Aufregung, und Anouschka war in Schweigen versunken. Als ich sie anschaute, kaute sie auf ihrer Unterlippe herum und klammerte sich an ihre Tasche.

»Hab keine Angst«, sagte ich, parkte den Wagen an dem Weg, der zum Friedhof führte, und schaltete den Motor aus. Durch eine Baumreihe hindurch konnte man in der Ferne das Haus sehen. Die Fenster waren hell erleuchtet, was uns eine gewaltige Stromrechnung bescheren würde. »Es wird alles gut«, sagte ich und konnte es kaum erwarten, die Sache hinter mich zu bringen. »Morgen um diese Zeit ...«

Ich versuchte, mir vorzustellen, was morgen um diese Zeit sein würde, aber das Bild, das sich mir bot, war ziemlich verschwommen. Hoffentlich war das kein schlechtes Omen. »Nun, morgen wird alles vorbei sein. Dann kann ich das verdammte Zauberbuch wieder in die Kiste packen.«

»Willst du einen Schluck?« Anouschka hatte einen Flachmann aus einer der Taschen ihrer Regenjacke geholt und hielt ihn mir hin. Ihre Nerven schienen blank zu liegen.

»Besser nicht«, sagte ich und schaute zu, wie sie den Deckel abschraubte und einen großen Schluck nahm. »Bist du sicher, dass es dir gut geht?«

»Nicht wirklich«, sagte sie. Ihr Gesicht war kreidebleich, und obwohl der Abend mild war, hatte ich den Eindruck, ihre Zähne klappern zu hören.

Ich schaltete die Scheinwerfer aus und schaute mich um, weil ich sicherstellen wollte, dass wir auch wirklich alleine waren. Ob wir uns des Hausfriedensbruchs schuldig machten, war mir nicht klar, aber es war vermutlich nicht ratsam, das jetzt zu thematisieren. Anouschka wirkte auch so schon panisch.

»Los, komm«, sagte ich, stieg aus und schaltete die Taschenlampe an. »Es ist schon spät.«

»Ich … ich bin mir nicht sicher, ob ich das schaffe«, sagte sie und zögerte, einen Fuß noch im Auto.

»Anouschka, du *musst* es schaffen.« Plötzlich spürte ich Panik und merkte, wie ruhig ich bislang gewesen war. Ich war mir absolut sicher gewesen, dass der Zauber wirken würde. »Ich kann das nicht alleine. Ich brauche dich.«

»Du könntest es wenigstens versuchen«, schlug sie vor, plötzlich etwas munterer. »Ich warte hier und schicke dir positive Schwingungen.«

Ich richtete den Strahl der Taschenlampe in ihr Gesicht, und sie bedeckte die Augen. »Das kannst du mir nicht antun«, sagte ich. »Mach jetzt bitte keinen Rückzieher.«

Schweigen. »Okay«, sagte sie schließlich matt, fast resigniert. Ich fragte mich, wo ihre vorherige Begeisterung geblieben war. »Lass uns aber schnell machen.«

»Mir recht.« Ich trabte los, bevor sie ihre Meinung ändern konnte, schob Gestrüpp beiseite und zuckte zusammen, als ich mit dem Kopf an einem niedrigen Ast entlangschrappte. »Verdammter Mist, hab ich mich erschreckt.«

Als wir das Tor am Ende des Wegs erreichten, leuchtete ich mit der Taschenlampe durch die Gitterstäbe. Plötzlich packte mich die Angst. Krumm und schief standen die Grabsteine herum, über und über mit Flechten bedeckt. Das Gras wucherte wild. Es hätte mich nicht überrascht, wenn ein paar Zombies hier herumgeschlufft wären. »Was war das?«

»Was denn?« Anouschka fuhr hoch, das Gesicht angstverzerrt.

»Es kam mir so vor, als hätte ich jemanden gesehen.«

»Du hast doch gesagt, hier kommt niemand hin.« Ihre Stimme klang so hysterisch, dass ich mir langsam Sorgen machte.

»Lass uns einfach hineingehen«, sagte ich und duckte mich,

als eine Fledermaus vorbeiflatterte. Ich drückte das Tor auf, das furchterregend knarrte.

»Ich kann nicht.« Ihre Stimme war nur noch ein hohes piepsiges Flüstern. »Ich kann wirklich nicht.«

»Doch, du kannst«, sagte ich streng.

»Wer da?« Jemand trat aus dem Schatten. Anouschka packte meinen Arm und schrie wie ein kleines Mädchen, bis meine Ohren klingelten.

»Was zum Teufel ...« Ich hatte die Taschenlampe fallen lassen, und mein Herz pochte wie ein Schwerlaster. Die Stimme hatte allerdings bekannt geklungen. »Giles?« Als er in Sicht kam, verlieh der Mond seinem Gesicht ein überirdisches Leuchten. »Was ... was machst *du* denn hier?«

»Die Gräber meiner Eltern besuchen«, sagte er trocken, die Hände in die Taschen seiner Jeans gesteckt. »Ich komme manchmal abends her.«

Ich fluchte leise. Klar, seine Eltern lagen ja hier. »Giles, das tut mir so leid ...«, begann ich, erstarrte dann aber, weil mein Körper unter den Wellen der Lust erschauderte. »Oh nein, nicht ausgerechnet jetzt«, flüsterte ich.

Aber ich war schon zu ihm geeilt, riss an seinem Pullover und fuhr ihm mit der anderen Hand durchs Haar. »Nimm mich!«, schmachtete ich, zog seinen Kopf zu mir herab und leckte ihm über die Nase. *So viel zu schlampenhaftem Verhalten.* »Es tut mir so leid«, sagte ich wieder und schaute verzweifelt zu Anouschka hinüber, die an Ort und Stelle erstarrt war. »Das ist der verdammte Zauber. Ich schwöre, dass der Kerl mir gar nicht gefällt.«

»Josie, das geht jetzt einfach zu weit.« Giles wollte mich von sich abziehen wie ein Stück Orangenschale.

»Wehr dich nicht dagegen«, stöhnte ich. Meine Augen hingen an seinen Lippen. »Anouschka, bitte, sag ihm, dass das an dem Zauber liegt.«

Während ich wie eine Verrückte mit den Augen klimperte, lockerte Giles plötzlich den Griff und schaute zu Anouschka hinüber, die immer noch wie ein Androide dastand.

»Hallo, Giles«, sagte sie mit leiser, bebender Stimme. Plötzlich zitterte sie in einer Weise, dass ich fast den Boden unter den Füßen vibrieren spürte.

»Ihr kennt euch?« Ich sah von Giles zu ihr zurück und fragte mich, ob der Abend noch unwirklicher werden konnte.

»Entfernt«, sagte Giles und warf mir einen kurzen Blick zu. Zwei perfekte Monde spiegelten sich in seinen Augen, während meine Leidenschaft endgültig erstarb. »Das ist meine Schwester Annie.«

35. Kapitel

»Ich kann es immer noch nicht fassen«, sagte ich fünf Minuten später, als ich wie eine Verrückte im Kreis herumschritt, die Arme um den Körper geschlungen.

»Ich wollte es dir erzählen, als mir klar wurde, wo wir sind, aber ich dachte, wir könnten die Sache unbemerkt durchziehen und schnell wieder verschwinden.« Anouschka zitterte nicht mehr, stand aber immer noch wie angewurzelt da. »Es ist schon so lange her, dass ich von zu Hause weggegangen bin«, fügte sie leise hinzu. »Und ich wollte nie wieder hierher zurückkehren.«

»Jetzt sehe ich auch eine gewisse Ähnlichkeit«, sagte ich und schwenkte die Taschenlampe hin und her. »Um die Augen herum und die Kinnpartie.«

»Mir ist egal, warum du hier bist, Annie. Ich freue mich jedenfalls, dich zu sehen.« Giles hatte sich schnell wieder gefasst. Er lehnte an einem Grabstein und streckte die Beine von sich, als wäre er auf einer Party.

»Wie kommst du mit dem Haus zurecht?«, fragte Anouschka

höflich, und ich bekam eine Vorstellung davon, wie es früher bei ihnen zu Hause gewesen sein musste: Giles, der Musterknabe, und seine sonderbare Schwester Annie mit dem Hexenfimmel, die Außenseiterin.

»Ich war nicht gerade glücklich darüber, dass sie es mir vermacht haben«, sagte er leise. »Das ist schon ein ziemlicher Klotz am Bein. Im Moment vermiete ich es an ein Fernsehteam.« Er warf mir einen Blick zu. »Das hat sich allerdings als Alptraum erwiesen.«

»Ich weiß, das klingt grausam, aber könntet ihr eure Diskussion vielleicht auf später verschieben?«, fragte ich und nahm Anouschkas Tasche. »Ich habe nicht viel Zeit, tut mir leid.«

»Mum und Dad wollten mich hier nicht«, sagte sie und drehte Giles den Rücken zu.

»Aber sie haben dir genug Geld hinterlassen, damit du deinen Laden aufmachen kannst.« Ich spürte, wie sie erstarrte. »So schlimm waren sie nun auch wieder nicht.«

»Lass uns den Zauber hinter uns bringen.« Mir wurde klar, dass sie mit mir gesprochen hatte.

»Du meinst ... du willst es immer noch machen?« Ich hielt in meinem Gerenne inne und wagte kaum, es zu hoffen.

»Ich hatte es doch versprochen«, sagte sie. In meinem Überschwang hüpfte ich wild mit ihr in der Gegend herum.

»Danke, du bist ein Engel.«

»Josie, bitte«, protestierte sie, lächelte aber – und entspannte sich merklich, als sie sich von dem Schock, ihren Bruder zu sehen, ein wenig erholt hatte. »Wir müssen uns konzentrieren.«

»Was habt ihr denn überhaupt vor?«, erkundigte sich Giles. Er strich seinen Pullover glatt und klang eher neugierig als verärgert. Auf dem Rücken hatte er einen Rucksack, als wollte er ein Picknick veranstalten.

»Zaubern«, sagte ich, und es war mir vollkommen egal, ob er mich für verrückt hielt. Mit ein bisschen Glück würde er schon merken, dass ich die Wahrheit gesagt hatte und tatsächlich nicht auf ihn stand. Das hoffte ich zumindest. Eine gewisse Panik packte mich, wenn ich daran dachte, was Anouschka über den freien Willen gesagt hatte.

»Sieh mal einer an«, rief ich, als ich die Kette um seinen Hals sah. »Wir tragen ja alle kleine Salzflakons.« Ich zog meinen aus meinem Halsausschnitt.

»Ich dachte, du glaubst nicht an so etwas?« Anouschka schaute Giles an, und ihre Stimme klang schon etwas herzlicher.

»Ich wusste doch, dass ich so etwas schon einmal gesehen hatte«, murmelte ich. Vielleicht floss auch in ihm etwas von Anouschkas Hexenblut, und er war deshalb immun gegen meine Mini-Zaubersprüche.

Er lächelte schief. »Das schützt mich vor böser Magie und gibt mir das Gefühl, dir nahe zu sein. Was will ich mehr?«

Seine Worte, die so unbekümmert dahergesprochen waren, trieben mir Tränen in die Augen. Anouschka blinzelte ebenfalls. Stumm klappte sie den Mund auf und wieder zu.

»Du bist alles, was mir geblieben ist«, fügte er hinzu, und sie schwankte leicht.

»Es könnte bald regnen«, ging ich dazwischen, nachdem ich mir eine Träne abgewischt hatte.

»Es hat schon seit Wochen nicht mehr geregnet«, entgegnete Giles vollkommen zu recht. »Außerdem glaube ich auch nicht, dass Regen deinen Zauberspruch beeinträchtigen könnte.«

»Dann würde aber die Kerze ausgehen.«

»Ach, echt?«

»Er war immer schon ein Pedant«, sagte Anouschka.

»Ich werde da drüben sein.« Er zeigte auf eine düstere Ansammlung von Grabsteinen und stahl sich wie ein Schurke im Stummfilm davon. »Und hinterher wirst du mich nicht mehr anspringen, Josie?«

»Sehr witzig«, sagte ich. »Hör mal, du musst aber nicht hierbleiben.« Die Vorstellung, dass er uns beobachten würde, machte mich nervös, und ich spürte, dass es Anouschka genauso ging.

»Den Spaß würde ich mir im Leben nicht entgehen lassen. Man muss etwas mit eigenen Augen gesehen haben, um sich ein Urteil bilden zu können, nicht wahr? Und deshalb werde ich mich ganz bestimmt nicht verdünnisieren. Ich werde auch ganz still und leise sein«, fügte er hinzu. »Ihr werdet gar nicht merken, dass ich da bin.«

»Dämlicher Scheißkerl«, sagte ich, als er verschwand, und Anouschka warf mir einen scharfen Blick zu.

»Eigentlich ist er ziemlich intelligent.«

Ich unterdrückte ein Lächeln. Offenbar lag ihr mehr an ihrem Bruder, als sie zugeben wollte. »Tut mir echt leid, dass ich … dass ich ihn so anbaggere«, murmelte ich und wurde am ganzen Körper heiß. »Das ist wirklich nur der Zauber.«

»Das war schon ziemlich heftig.« Ihre Zähne blitzten, als sie lächelte. »Und er ist tatsächlich in deine Schwester verknallt?«

»Oh Gott, ich hatte ganz vergessen, dass ich dir das auch erzählt habe. Sie ist schwanger.«

»Kann ihm nur guttun«, sagte sie. »Er muss auch mal erwachsen werden.«

»Richtig.« Ich verbannte ihre Worte in den Hinterkopf und schlug das Zauberbuch an der Stelle auf, die ich markiert hatte. »Wir müssen mit Salz ein Pentagramm streuen«, sagte ich und zeigte auf eine Lichtung zu unserer Linken. »Das da wäre eine gute Stelle.«

»Okay.« Sie zog eine große Salzmühle aus der Tasche. »Damit kann man es besser verteilen«, erklärte sie, und ich nickte, da ich sofort an das Desaster mit dem Zimt denken musste.

»Coole Idee.«

Sie kicherte. »Was jetzt?«, fragte sie, nachdem sie die ineinander verschachtelten Dreiecke markiert hatte.

»Träufele ein wenig Rosmarinöl an jede Spitze und zünde

eine weiße Kerze an«, las ich vor und starrte mit zusammengekniffenen Augen auf die winzige Schrift. Die Taschenlampe flackerte. Eine Ersatzbatterie hatte ich natürlich nicht dabei.

»Okey-doke.«

Gemeinsam träufelten wir das Öl auf die Spitzen des Pentagramms, dann hockte sich Anouschka ins lange Gras und zündete mit einem Streichholz eine Stumpenkerze an.

»Du bist wirklich besser organisiert als ich«, sagte ich bewundernd, als die Flamme langsam wuchs und dann im Wind flackerte. »Ich bin die unfähigste Hexe aller Zeiten.«

»Das kommt mit der Übung«, sagte sie höflich. »Du hattest schließlich nicht viel Zeit, um dich damit vertraut zu machen.«

»Es soll doch im Blut liegen.«

Sie lächelte und stand auf. An den Knien ihrer Jeans blieben zwei feuchte Grasflecken zurück. »So, das ist nun deine Chance«, sagte sie. »Jetzt kannst du dafür sorgen, dass alles zur Normalität zurückkehrt.« Sie trat ins Pentagramm und zog ihre Regenjacke aus.

Wieder schaute ich ins Buch. »Kennst du den Spruch auswendig?«

»Klar.« Sie lächelte sanft.

»Klar. Natürlich bin ich es wieder, die nicht aufpasst.«

»Komm her und hör auf, dich zu bemitleiden«, schimpfte sie. »Wenn ich es an dem Ort aushalte, wo meine Eltern beerdigt sind und mein verloren geglaubter Bruder im Gebüsch hockt, dann wirst du doch wohl einen armseligen Gegenzauber hinbekommen.«

»Wenn du es so siehst«, sagte ich, stieg über die Kerze hinweg und nahm ihre ausgestreckten Hände. Sie waren warm und weich, während sich meine wie kalte Waschlappen anfühlten.

»Schultern lockern«, sagte sie.

Wir taten es beide und lachten ein bisschen.

»Entspann dich. Entspann dich einfach«, sagte sie sanft. Ihre

Worte schwappten wie Wellen über mich hinweg. »Schließ die Augen und leere deinen Geist.«

»Kann ich nicht«, murmelte ich. »In meinem Kopf scheint sich ein Wespennest zu befinden.« Ich reckte den Hals und hielt nach Giles Ausschau. Mir kam es so vor, als würde ich seine Augen in der Dunkelheit glänzen sehen, aber vielleicht waren es auch nur Lichteffekte. Trotzdem entspannte ich mich ein wenig.

Ich würde es schaffen.

»Du musst dir alles bildhaft vorstellen.«

»Oh Gott, es gibt so vieles zu bedenken. Das ist, als würde man eine Prüfung nach der anderen ablegen.«

»Ich bin doch hier, um dir zu helfen.« Anouschka drückte meine Hände noch fester. »Bist du bereit?«

Ich schluckte schwer. »So bereit, wie es mir möglich ist.«

»Es geht los.«

»Bei drei.«

Wir zählten zusammen. »Eins, zwei ... drei.«

»An geweihtem Ort erweis mir die Gnade,
zurückzunehmen, was an Falschem getan,
Rück es zurecht, nach Geist und nach Namen,
dass Liebe und Wahrheit mich leiten fortan.«

Selbst in meinen eigenen Ohren klang es gruselig, als ich diese Verse drei Mal rezitierte, wie in einer Szene aus den *Hexen von Eastwick*.

Ich hob das Gesicht gen Himmel, dankbar für Anouschkas Händedruck, und ließ Mum und Del in mein Bewusstsein treten, mit glücklichen, lächelnden Gesichtern, gefolgt von Gran und Grandpa, Will, Pippa, Lara, Giles, Anouschka, Shaun, Alice und sogar Felix.

Alle tanzten sie an meinen Augenlidern vorbei wie in einem atemberaubenden Demoband, und ich stellte mir vor, wie ich sie zur Sicherheit auch noch mit Feenstaub bestäubte. Wärme durchdrang mich, langsam und süß wie Sirup. Sie breitete sich aus und erfasste meinen ganzen Körper, bis ich von einem Gefühl der Vollständigkeit durchdrungen war, von dem ich wünschte, es würde ewig anhalten.

»Das war's. Nicht übel, oder?«

Ich öffnete ein Auge und sah, dass Anouschka das Gleiche getan hatte.

»Hast du etwas gespürt?«, fragte ich sie, und sie nickte.

»Es war fast so, als hätte man mir irgendetwas eingeflößt.« Sie ließ meine Hände los und rieb sich die Arme, die in einem dicken Strickpulli steckten. »Benylin Hustensirup.« Sie gähnte. »Ich kann mich noch daran erinnern, dass er mich als Kind immer müde gemacht hat. Mum hat ihn als Babysitter-Ersatz benutzt, das könnte ich schwören.«

»Ich fühle mich auch schläfrig«, sagte ich. Meine Euphorie war pochenden Kopfschmerzen gewichen. Der Mond verzog sich hinter eine Wolke, und die Kerze erlosch.

»Das war ja was«, sagte Giles hinter uns, und wir schrien auf.

»Herrgott«, sagte er und wich zurück.

»Entschuldigung, ich hatte dich ganz vergessen.« Das Herz klopfte mir bis zum Hals. Glücklicherweise war es nur Angst und nicht Begehren.

»Ich muss schon zugeben, dass sich mir die Nackenhaare gesträubt haben, als du den Spruch aufgesagt hast«, bekannte er und gesellte sich zu uns. Ihm schien kalt zu sein, und seine Schultern waren eingesackt, aber vielleicht lag das auch nur am Rucksack. Ich konnte gar nicht mehr richtig sehen.

»Bachblütentropfen?«, fragte Anouschka und reichte mir einen Glasflakon aus ihrer Tasche. Ich nahm ihn und stürzte das Zeug hinunter.

»Du solltest einen Tropfen unter deine Zunge träufeln«, schimpfte sie. Ihr Atem dampfte, denn die Nacht war plötzlich ziemlich frisch.

»Glaubst du mir jetzt?«, fragte ich Giles, und Anouschka schaute ihn mit glänzenden Augen an.

»Das mit den Haaren ist schon verblüffend«, gab er zu, und ich konnte das Weiße seiner Augen hin und her springen sehen. »Sie wechseln ständig die Farbe.«

»Siehst du.« Mir war klar, dass damit nichts bewiesen war, doch ich war froh, dass er es nicht in Bausch und Bogen verwarf.

»Und jetzt?«, fragte er, als er uns zum Auto begleitete und herabhängende Äste für uns beiseitehielt.

»Morgen Abend findet bei Gran ein Familienessen statt. Dann werde ich vermutlich erfahren, ob es funktioniert hat.« Mein Magen kribbelte, als würden Motten darin herumflattern.

»Ein paar Stunden wird es schon noch dauern«, sagte Anouschka, die wieder in ihre Regenjacke schlüpfte und den Reißverschluss bis zum Hals zuzog. Der Mond trat hinter der Wolke hervor, und ich merkte, dass sie ihren Bruder unauffällig beobachtete. »Und was hast *du* jetzt vor?«, fragte sie Giles.

»Genau, was hast *du* jetzt vor?«, erkundigte ich mich ebenfalls.

Er schaute erst Anouschka an, dann mich, und lächelte verhalten. »Ich habe eine Thermoskanne mit Kaffee dabei, außerdem ein paar Sandwiches und einen Früchtekuchen«, sagte er und nahm den Rucksack ab. »Wenn Josie mir verspricht, mich nicht anzubaggern, können wir uns in den Wagen setzen und ein Mitternachtspicknick veranstalten.«

36. Kapitel

Ich war sofort putzmunter, als ich am nächsten Morgen aufwachte. Das Koffein aus Giles' Kaffee, den wir nachts getrunken hatten, schien genau in diesem Moment in mein Blut gelangt zu sein.

Als Allererstes leerte ich meine Tasche auf dem Bett aus und durchforstete den Inhalt. Keine Spur von einem Verlobungsring.

»SHAUN!«, brüllte ich. Keine Antwort.

»Gott sei Dank«, hauchte ich, dann führte ich auf dem Bett einen Freudentanz auf. *Es hatte funktioniert!*

Ich warf meinen Morgenmantel über, lief zum Kleiderschrank und riss die Türen auf. Wills Anzüge hingen wieder dort, etwas schlaff, weil sie nicht mehr getragen wurden, und nichts deutete darauf hin, dass Alice irgendwo hockte. Ich fuhr herum und schaute an die Wand.

Das Foto von mir und Shaun in der Gondel war verschwunden.

»Yeah!« Nicht ein einziges Haar deutete darauf hin, dass er je in diesem Schlafzimmer gewesen war – nicht einmal unter den Kopfkissen fand ich eins.

Plötzlich tat sich etwas im Flur. Es raschelte, und man hörte, wie Turnschuhe auf den Boden geworfen wurden. Mir war zumute, als würde jemand mein Herz defibrillieren.

»Hallo, Jo.« Ein brauner Wuschelkopf schaute zur Tür herein. »Möchtest du einen Kaffee?«

»Du bist zurück!« Ohne mein Zutun machte sich ein freudiges Lächeln auf meinem Gesicht breit.

Will trat mit verlegener Miene ein, die Hände tief in den Hosentaschen vergraben. »Ich muss mich mal rasieren«, sagte er.

Ich blinzelte. »Oh Gott, ja! Ich hatte mich schon gefragt, was anders ist.«

Er rieb sich das Kinn. »Ich seh schon fast wie Jesus aus.« Dann grinste er. »Nicht dass das schlimm wäre.«

»Nein, nein, natürlich nicht«, sagte ich und sank aufs Bett. Warum fielen wir uns nicht in die Arme und knutschten wild herum?

»Zen, ich …«

»Du musst mich nicht so nennen.« Er zog eine Grimasse und scharrte mit dem Zeh über den Bettvorleger. »Mein Bruder lässt sich schon eine Weile wieder Ben rufen, und wenn ich ehrlich bin, sollte ich das vielleicht auch tun.«

»Ich werde dich bestimmt nicht Ben nennen.«

Er lachte nicht über den kleinen Witz, und ich erstarrte innerlich.

»Ich war im Schrebergarten«, sagte er und schaute nach links, als wäre hinter mir irgendetwas zu sehen. »Musste mich doch mal vergewissern, ob für den Jahrmarkt nächste Woche alles in Ordnung ist.«

»Du willst … Das hast du also immer noch vor?«, fragte ich in falscher Unbefangenheit, was schrecklich klang. Natürlich hatte er das vor. Es war schließlich alles wieder beim Alten. »Ich muss mir definitiv mehr Mühe geben, mich mit dem Gemüse anzufreunden«, witzelte ich. »Vielleicht kann ich ja mitkommen.«

»Das musst du nicht.« Er kam herübergeschlufft und setzte sich neben mich aufs Bett. »Das Problem ist, Josie, dass wir vollkommen andere Interessen haben.«

»Was?« Ich starrte ihn an. Sein Gesicht war offen und ernst, aber irgendetwas war anders. In seinem Blick lag plötzlich eine große Entschlossenheit. »Das war aber doch nicht immer so«, sagte ich. Unter meinen Augenlidern brannten Tränen.

»Ich hatte viel Zeit zum Nachdenken, als ich bei Ned war«,

sagte er freundlich und legte meine Hand in seinen Schoß. »Als wir uns begegnet sind, warst du vollkommen durch den Wind, weil dein Vater gestorben war, während ich versucht habe, mein Vater zu *sein* – all diese Werbescheiße.« Er lachte. »Das hatte nie etwas mit mir zu tun.«

Ich hatte das Gefühl, aus dem Tiefschlaf geweckt zu werden, um mir etwas vollkommen Unverständliches anhören zu müssen. »Aber warum hast du das denn nicht gesagt?«

»Damals war mir das selbst noch nicht klar.« Sein Gesicht verdüsterte sich. »Erst als Mum starb ...« Er machte eine Pause, da ihm die Stimme versagte. »Nach ihrem Tod habe ich eine Menge begriffen. Geld ist mir nicht wichtig, Josie, es liegt mir einfach nichts daran. Ich würde gerne etwas bewegen in der Welt und ...«

»Du bewegst etwas in meiner Welt.«

»Du brauchst mich nicht wirklich, Josie, nicht so wie ...«

»Sag nicht, wie die Esel, Will. Sag bitte nicht, wie die Esel.«

»Irgendjemand muss doch das große Ganze im Blick behalten.«

»Dann lass mich wenigstens ein Teil des großen Ganzen sein. Das wäre ich gern, Will, wirklich«, bat ich und wünschte, ich hätte das früher begriffen und mich stärker darum bemüht, Wills Veränderungen zu verstehen. »Es tut mir leid, dass ich nicht richtig für dich da war, als Ginny starb«, sagte ich in die Stille hinein und schaute durch den Tränennebel auf die sonnige Stelle auf dem Teppich. Ich musste daran denken, dass Dad immer darauf bestanden hatte, dass im Sommer die Vorhänge geschlossen blieben, damit die Möbel nicht ausbleichten. »Ihr Tod hat schlimme Erinnerungen in mir geweckt, damit bin ich nicht gut klargekommen.«

»Ist schon okay«, sagte er sanft und nahm wieder meine Hand. Seine Nägel waren mit Erde verkrustet, doch das war mir egal. Solange er nur meine Hand hielt.

»Ich habe auch nachgedacht«, sagte ich und tupfte mir mit dem Zipfel der Bettdecke die Augen ab. »Vielleicht solltest du dich mit deinem Dad aussöhnen. Ich meine, das Leben ist so kurz, und klar, ich weiß, dass ich nicht gut über ihn gesprochen habe, aber ...«

»Aus gutem Grund«, unterbrach er mich. »Er hat Mum verlassen, als sie ihn am meisten brauchte, und das werde ich ihm nie verzeihen. So schnell jedenfalls nicht.«

»O ... okay«, sagte ich kleinlaut. »Entschuldigung, war nur so ein Gedanke.«

»Niemand ist perfekt, Jo.«

»Das kannst du wohl laut sagen.«

»Niemand ist perfekt, Jo«, sagte er mit lauter Stimme und lächelte verhalten.

»Sehr lustig.« Ich boxte ihn in die Rippen, da ich spürte, dass es für eine Umarmung noch zu früh war. »Was ist jetzt eigentlich mit dem Kaffee?«

»Brennnesseltee?«

»Definitiv kein Brennnesseltee.«

Sein Blick wanderte zur Uhr. »Eigentlich sollte ich mich auf die Socken machen.«

»Auf die Socken?« Ich runzelte die Stirn und stellte mir vor, wie er auf Socken durch die Straßen schlich.

»Ich muss zurück zum Ned & Eddie's.«

»Aber ...« *War der Zauber denn nicht aufgehoben?* Ich schaute an ihm vorbei und sah ein paar vollgestopfte Mülltüten im Flur stehen. »Du hast deine Sachen gepackt«, sagte ich langsam und versuchte, mich in dem Durcheinander in meinem Hirn zu orientieren.

»Ich kann noch ein bisschen dortbleiben, während ich darüber nachdenke, was ich tun soll.« Er strich mir eine Strähne aus dem Gesicht. »Die Farbe gefällt mir«, sagte er nachdenklich. »Sie steht dir.«

Ich drehte mich um und sah im Spiegel, dass meine Haare inzwischen ein schönes Rostrot angenommen hatten – fast wie Herbstlaub. »Als ich dich besucht habe, hast du gar nichts dazu gesagt«, stotterte ich.

»Ich habe lieber so getan, als würde ich es gar nicht bemerken.« Seine Lippen zuckten ein wenig. »Ich wollte dich nicht verletzen.«

»Geh nicht«, platzte es aus mir heraus. Ich hielt meinen Morgenmantel zu, weil ich darunter nackt war. Nicht dass ihn das interessiert hätte. »Was ist mit dem Blumenantrag? Im Schrebergarten?«

Er senkte den Blick. »Ich … ich weiß nicht, Josie. Damals kam es mir richtig vor, aber jetzt … keine Ahnung.«

Ich wurde von Schmerz gepackt. »Denkst du, dass du deine Meinung vielleicht noch mal ändern wirst?«

Er schwieg, als wüsste er keine Antwort darauf.

Mir kam ein billiger Spruch in den Sinn, aber Gran wäre stolz auf mich: *Wenn du ihn liebst, lass ihn gehen – wenn er dann wiederkommt, ist er für immer dein.*

»Dann solltest du jetzt besser gehen«, sagte ich, aber mein Kinn zitterte gefährlich. »Ich helf dir, den Rest einzupacken.«

»Sonst brauche ich nichts«, sagte er, als ich ihm in die Küche folgte. Er nahm eine Tasse, die ich ihm mal geschenkt hatte, mit der Aufschrift: *I Put the Mental in Environmentalist* – ich schalte beim Umweltschutz nicht den Verstand ab. »Die könnte ich ja vielleicht mitnehmen«, sagte er mit einem traurigen Lächeln.

»Und Fenella könnte vielleicht dein Kochbuch gebrauchen«, sagte ich und hielt ihm die »100 Rezepte mit Gemüse« hin. »Du musst schließlich die Zucchini-Schwemme bewältigen.« Im Nebel meiner Gedanken regte sich eine Frage. »Was ist eigentlich mit dem Boot?«

»Das gehört dir«, sagte er und strich mir über die Wange.

»Giles müsste es mittlerweile fertig haben. Es tut mir wirklich leid, dass es zu deinem Geburtstag nicht geklappt hat.«

»Ist schon okay. Ich freu mich auch so«, sagte ich und kämpfte gegen die Tränen an, während ich an meinem Armband herumfummelte. Plötzlich störte es mich nicht mehr, dass es an der Haut zwickte. Der Schmerz war mir sogar recht. »Vielleicht bekommst du ja die passende Kette auch noch irgendwann fertig.«

»Vielleicht«, sagte er leicht verwirrt. »Du trägst das ja alles mit Fassung, Jo.«

»Hab ich eine Wahl?«

Sein Blick fiel auf den Stapel Rechnungen. »Jo, ich glaube, wir müssen die Wohnung verkaufen«, sagte er, und seine Wangen wurden knallrot. »Wir hängen auch mit den Kreditraten hinterher.«

»Ist schon okay. Ich habe die Wohnung sowieso nie gemocht«, sagte ich und merkte, dass das sogar stimmte. Seit wir hier eingezogen sind, sind nur schreckliche Dinge passiert. Wenn wir sie verkaufen würden, könnte ich Shaun die Rechnungen zurückzahlen – selbst wenn er sich gar nicht mehr daran erinnern würde, dass er sie beglichen hatte.

»Es tut mir so leid, Jo. Ich wollte dir nicht wehtun«, sagte Will und schaute mich an. Reglos stand ich da, bis sich die Haustür geschlossen hatte, dann lief ich ins Schlafzimmer und vergrub mein Gesicht im Kopfkissen.

Plötzlich wünschte ich mir, ich hätte die dämlichen Zaubersprüche doch nicht rückgängig gemacht. Irgendwie war alles nur noch schlimmer geworden.

37. Kapitel

»Hör auf, hier rumzutoben, Jo, sonst platzen dir noch sämtliche Adern.« Lara schob mich zu einem Sessel und drückte mich ins Polster. »Du machst dir viel zu viele Sorgen.«

»Wie bitte?« Ich schoss hoch, als säße ich auf einer Feder. »Will hat mich verlassen, und du willst immer noch in die Berge ziehen, und das sind nur die Dinge, von denen ich weiß.«

»Josie, *bitte.*« Lara packte mich am Arm, als ich herumwirbelte. »Muss ich dir eine Ohrfeige verpassen?«, fragte sie. »Im Film würde man das so machen.«

»Ich bin nicht hysterisch«, log ich und gab mir Mühe, mich zusammenzureißen. »Ich dachte nur … Ich dachte, du würdest deine Meinung ändern, wenn ich den Zauber löse.«

»Jo, deine Zaubersprüche haben uns allen klargemacht, was wir eigentlich wollen«, sagte sie gelassen. »Wenn Rob nicht in die Berge gefahren wäre, wäre ich nie hinterhergefahren, sondern würde immer noch hier hocken und mich in meiner Depression suhlen.«

Ich warf mich wieder in den Sessel. »Versuch doch nicht, das alles auch noch zu rechtfertigen, ja?«

Sie grinste. »Alles hat sich zum Besseren gewendet, absolut. Und Olly ist immer noch ein Schatz.« Sie hob ihn vom Boden hoch, wo er an der Fernbedienung herumgekaut hatte, und setzte ihn mir auf den Schoß.

»Jo-Jo.« Er lächelte und streichelte meine Wange, und ich schmolz dahin. Die samtenen Kleider mochten passé sein, aber er war auch in seiner Cord-Latzhose unglaublich süß.

»Die Sache mit Will ist schrecklich, Jo, das weiß ich.« Mit einem Mal war sie ernst. »Aber, Jo, besser es passiert jetzt als später.«

»Ich bin aber noch nicht bereit dafür«, sagte ich und zupfte am Stoff der Sessellehne. »Mir wäre es lieber, wir würden über unsere Probleme mal reden.«

»Po-mal-heben«, rief Olly und schlug sich aufs Knie.

»Okay, ein paar Dinge haben sich also nicht zum Besseren gewendet«, sagte Lara und biss sich auf die Lippe. »Da müssen wir etwas unternehmen.«

»Ich werde euch so sehr vermissen«, sagte ich, drückte Olly an mich und rieb meine Wange an seinen Haaren. »Vielleicht sollte ich mir wenigstens eine Berghütte zulegen, um euch besuchen zu können.«

»Gute Idee.« Ihre Augen glänzten verdächtig. »Ich werde dich übrigens auch vermissen, du verrücktes Huhn. Als ich dich beim Zaubern erleben durfte, ging's mir sofort besser.«

»Ich könnte dich ja immer noch mit einem Mini-Zauberspruch dazu bringen, länger zu bleiben«, gestand ich und setzte Olly wieder auf seine Spieldecke zurück.

»Wie bitte?« Lara wirkte entgeistert. »Das kannst du bestimmt nicht, das hätte ich doch gemerkt.«

»Das ist ja der Witz bei Mini-Zaubersprüchen«, erläuterte ich. »Man merkt nichts.«

»Ich hatte aber doch längst beschlossen, nicht sofort zu fahren, als ich deine entsetzte Reaktion gesehen habe.«

»Aha, okay«, sagte ich erleichtert. Das ergab Sinn, wenn man bedachte, dass ich meinen Saphir gar nicht dabeihatte. »Aber egal, jetzt muss ich sowieso erst einmal nach Cotsworth«, sagte ich, nachdem ich eine SMS von Felix überflogen hatte.

»Was ist denn passiert?«

»Klingt, als würde da alles drunter und drüber gehen. Die Schauspieler wollen mit den Dreharbeiten noch einmal ganz von vorne beginnen, weil sie sich an nichts mehr erinnern.« Ich starrte sie entsetzt an. »Offenbar ist mein Zauber tatsächlich gelöst«, sagte ich, als hätte ich daran gezweifelt. »Das Geld reicht aber nicht, um die Sache noch einmal neu aufzurollen.«

»Dafür kannst du doch nichts«, sagte sie und sprang auf, weil es an der Tür klingelte. »Das wird der Makler sein.«

»Trotzdem.« Ich runzelte die Stirn und fühlte mich elend. »Ich kann mich jetzt nicht vornehm zurückhalten, wo ich die Sache doch überhaupt erst vermasselt habe.«

Sie zögerte auf der Schwelle, als würde ihr plötzlich etwas einfallen.

»Da wir gerade bei Mini-Zaubersprüchen waren, du könntest es immer noch hiermit versuchen«, sagte sie, nahm etwas vom Tisch und warf es mir zu.

»Das ist ja mein Saphir.« Er glänzte im Licht, als er durch die Luft flog, und landete in meiner offenen Hand.

»Den habe ich gestern, nachdem du gegangen warst, in Ollys Tasche gefunden«, sagte sie. »Er muss hineingeraten sein, als du ihn auf dem Arm hattest.«

»Den hat Olly auf dem Boot gefunden«, sagte ich und musste breit grinsen. »Ich WUSSTE doch, dass mein Zauber dich beeinflusst hat, Lara.« Ich schaute ihn wie einen alten Freund an und ließ seine glänzende Oberfläche über meine Handfläche rollen, doch Lara war bereits weg und hörte mir gar nicht mehr zu.

»Fön«, sagte Olly, zeigte darauf und strahlte. »Meiner.« Er streckte seine Händchen danach aus.

»Nein, mein Liebling, tut mir leid. Der gehört mir.« Ich nahm meine Tasche und küsste Olly auf die Wange. »Du musst dich mit deiner Fernbedienung zufriedengeben.«

Bevor ich ausstieg, blätterte ich in den uralten Seiten des Zauberbuchs herum, um vielleicht einen einschlägigen Mini-Zauberspruch ausfindig zu machen.

»Das Dumme ist, dass sie nicht vorhalten«, kicherte Gran, als ich sie fünf Minuten später anrief. »Ehrlich, Josie, du klammerst dich an einen Strohhalm. Allmählich gelange ich zu der

Ansicht, dass es nur gut ist, wenn deine Zeit vorbei ist und du dieses Buch endlich wegschließen kannst.«

»Herzlichen Dank«, sagte ich trotzig.

»Kommst du denn trotzdem nachher zum Abendessen? Dann kannst du die Kiste gleich mitnehmen.« Allerdings klang sie nicht gerade begeistert von der Idee, sie hergeben zu müssen.

»Warum nicht«, sagte ich düster. »Ich habe sowieso nichts Besseres vor.«

Nachdem ich meinen Kapuzenpulli ausgezogen hatte, kramte ich im Handschuhfach nach dem Pailletten-Shirt, das mir Lara zum Geburtstag geschenkt hatte. Bald war schon September, aber der Sommer hatte noch nichts von seiner Kraft verloren, und das Ding stand mir besser als gedacht.

Der Boden schimmerte, als ich zum Haus ging und zum Friedhof hinüberäugte. Es war nichts zu sehen, außer der hohen Mauer mit ein paar Bäumen dahinter. Schwer vorzustellen, dass ich nur wenige Stunden zuvor dort gewesen sein sollte, um mit Anouschka in den Himmel zu schauen und einen Zauberspruch aufzusagen.

Ich fragte mich, ob sie den Kontakt zu Giles halten würde. Die beiden hatten kaum miteinander gesprochen, als wir im Wagen gesessen und Kuchen gegessen hatten, aber ich hatte auch keinerlei Feindseligkeit gespürt, und als ich Anouschka vor ihrem Haus rausgelassen hatte, hatte sie meine Hand genommen und sich bei mir bedankt.

»Wofür?«, hatte ich gefragt.

»Das weiß ich auch nicht so genau«, hatte sie zugeben müssen. In ihre Wangen hatten sich zwei Grübchen gegraben. »Irgendetwas fühlt sich aber anders an, besser, und das verdanke ich nur dir.«

Ich seufzte, öffnete die Haustür und blieb einen Moment verwirrt stehen. Von Schimmel und Verfall war keine Spur mehr zu sehen. Die Eingangshalle erstrahlte in neuem Glanz, und das Parkett wirkte wie frisch gebohnert.

»Hallo, Jo«, sagte Alice und kam auf mich zu. Ihr schwarzes Haar glänzte seidig. »Deine Freundin Lara hat im Studio angerufen und diese wunderbare Firma empfohlen.« Sie lächelte und schien von innen heraus zu leuchten. Ihre Augen strahlten. »Sie haben bereits losgelegt«, fuhr sie fort, während mir die Kinnlade herunterklappte. »Es wird alles ganz wunderbar.« Schwungvoll warf sie ihren blauen Seidenschal über die Schulter. »Offenbar gibt es unter dem Haus schon seit Ewigkeiten eine undichte Stelle, was wir auch gleich mitbeheben lassen.«

»W … was ist mit dem Drehbuch?«, fragte ich mit einem törichten Blinzeln. »Das haben wir doch geändert, falls du dich erinnerst?« Von der Geschichte, die ich mir ausgedacht hatte, wollte ich nicht so einfach lassen. Immerhin hatte sie Felix gefallen. »Die Familie soll doch abgewirtschaftet haben.«

»Das geht schon in Ordnung«, sagte Alice und strahlte immer noch wie eine Scientologin. »Das werden wir später anpassen. Wenn die Familie wieder auf dem aufsteigenden Ast sein wird.«

»Und wer zahlt das Ganze?«

»Lotus TV«, sagte sie und hakte auf ihrem Klemmbrett etwas ab. Mir fiel auf, dass sie am linken Ringfinger einen Diamantring trug, der auffällig jenem glich, den Shaun mir geschenkt hatte. »Der Sender ist derart begeistert von dem, was schon vorliegt, dass man das Budget erhöht hat.« Beflissen trat sie an mich heran und senkte die Stimme. »Ich habe Shaun dazu überredet, mit Felix zu sprechen, damit die Versicherung die Kosten übernimmt.«

»Shaun?« Verwirrt schaute ich mich um.

»Liebling«, rief er wie aufs Stichwort, kam aus der Küche geeilt und packte Alice um die Taille. »Was hast du denn da im

Auge?«, fragte er sie und bog ihr Gesicht zu sich hin. »Oh, ein Funke.«

Ich konnte mir ein Stöhnen nicht verkneifen, als er Kussgeräusche machte.

»Wir haben uns heute Nacht verlobt, hat sie dir das erzählt?«

Alice streckte die Hand aus, und ich betrachtete den Ring. Definitiv derselbe.

»War das nicht ein bisschen überstürzt?«, fragte ich vorsichtig, um zu testen, ob das auch real war und nicht einfach ein magischer Effekt, der sich vor meinen Augen in Luft auflösen würde.

»Wenn man weiß, was man will, spielt das keine Rolle.« Alice strahlte übers ganze Gesicht, als sie ihm ihr Klemmbrett auf den Hintern knallte. Offenbar hatte sie einen leichten Hang zu Sadomaso. »Ich dachte immer, Felix sei der Richtige, aber dann … Keine Ahnung, plötzlich war alles glockenklar.«

»Nun, das freut mich für euch«, sagte ich und betete innerlich, dass es nicht eine von Shauns Kurzzeitehen werden würde. »Dann wollen wir mal hoffen, dass aller guten Dinge vier sind«, fügte ich hinzu, und er schaute mich sonderbar an.

»Du hast so wunderbare Haare«, sagte er dann fast wehmütig. »In meinen Augen warst du schon immer eine echte Schönheit. Das ist sie doch, Alice, oder?«

Ich schaute sie ängstlich an, aber sie nickte nur. Offenbar befand sie sich im Zustand der Verzückung. »Das ist sie«, stimmte sie zu. »Sie selbst sieht das natürlich anders.«

»Sind wir denn dann wieder … Freunde?«, wagte ich mich vor, weil ich immer noch nicht wusste, wie ich mit der Wende der Ereignisse umgehen sollte.

»Natürlich sind wir das, du Witzbold«, sagte Shaun entschieden, und mir kam etwas in den Sinn, das Anouschka gesagt hatte: *Du weißt doch, dass du den freien Willen bei der Zauberei nie ganz auslöschen kannst.* Das war eine beruhigende Vorstellung – bis mir wieder einfiel, dass Will mich verlassen hatte.

»Ich fühle mich wie neugeboren«, erklärte Shaun und schlug Alice auf den Hintern. Lachend verpasste sie ihm eine Ohrfeige. »Ich kann doch wohl mit einer Frau befreundet sein, ohne sie um den Verstand vögeln zu wollen.«

»Gott sei Dank«, murmelte ich und konnte an Alice' Miene ablesen, dass sie dasselbe dachte.

»Josie, da bist du ja. Kannst du mal kurz kommen?« Ich schoss herum und sah Felix oben an der Treppe stehen. Er trommelte ungeduldig mit dem Fuß.

»Seine Frau ist zu ihm zurückgekehrt«, flüsterte Alice und war vollkommen ruhig dabei. »Er ist bester Laune.«

»Freut mich, das zu hören«, flüsterte ich zurück und machte mich widerstrebend auf den Weg.

»Du scheinst doch diesen verdammten Haufen bändigen zu können, würdest du also vielleicht AUF DER STELLE etwas unternehmen?«, polterte er los. Ich zuckte zusammen und wäre fast rückwärts die Treppe runtergefallen. *Das nannte Alice, bei bester Laune sein?*

»Was soll ich denn tun?«

»Keine Ahnung, Josie.« Er lockerte die Krawatte und knöpfte den obersten Knopf von seinem Hemd auf, als wäre er im Geiste bereits zu Hause und bereitete sich darauf vor, zu seiner Frau ins Bett zu steigen. »Du hast doch ein Talent dafür, im letzten Moment mit guten Ideen aufzuwarten.« *Hatte ich das?* »Ich überlass dir die Bande dann mal. Shaun wollte mit mir reden.«

»Dann werde ich mich wohl mal darum kümmern, was?«, sagte ich zu seinem Rücken.

Ich zögerte und hatte nicht die mindeste Lust, in das Schlafzimmer zu gehen, wo alles begonnen hatte. Das mürrische Gemecker war nicht zu überhören.

»Jetzt wollen sie auch noch streiken«, sagte der Kameramann missmutig, und er tat mir leid.

»Keine Sorge, ich werde mal schauen, was ich tun kann.«

Er schien nicht überzeugt, trat aber zur Seite, damit ich mich ins Getümmel stürzen konnte. Ich wollte etwas Bedeutsames sagen, das die Schauspieler zum Weitermachen motivieren würde, aber das würde natürlich nichts bringen, so viel war mir klar. An eine ganze Menge konnten sie sich nicht mehr erinnern, sodass sie vollkommen den Faden verloren hatten. Sie dachten tatsächlich, wir stünden am Beginn der Dreharbeiten.

Lord Montague runzelte die Stirn, bevor ich auch nur den Mund aufgemacht hatte. Er schien schon wieder getrunken zu haben.

Ich klammerte mich an meinen Saphir, und mein Herz pochte wild. Irgendetwas musste ich unternehmen, sonst wären wir alle unseren Job los. Ein paar Mini-Zaubersprüche hatte ich noch, vielleicht konnte ich sie ja kombinieren.

»Wartet einen Moment.« Ich trat wieder auf den Treppenabsatz hinaus. »Wann sollten die Dreharbeiten genau beendet sein?«, fragte ich den Kameramann, da Alice den Drehplan wieder an sich genommen hatte.

»Bei dem Tempo, das wir bislang vorgelegt haben, sollten die Szenen bis nächsten Freitag im Kasten sein. Der Rest wird dann im Studio erledigt.«

»Okay, danke.«

Als ich wieder eintrat, senkte sich Schweigen herab, und ich atmete tief ein. »Ohmmmm«, machte ich wie Will bei seinen Yogasitzungen. Der Klang kitzelte an meinen Lippen.

»Was macht die denn da?«, fragte die Frau, die Poppy spielte, mit ihrem merkwürdigen Lancashire-Akzent, und ich musste feststellen, dass mir diese Leute entschieden lieber waren, wenn sie in ihren Rollen verharrten.

»Uralte Kraft, ich rufe dich an, wie ich es wünsche, so sei es getan«, rezitierte ich und konzentrierte mich mit aller Kraft auf die Vorstellung, dass sie ihre Rollen einfach spielten, wie sie es immer getan hatten. Dann beschwor ich ein gewaltiges Bild vom Datum des kommenden Freitags herauf, in weißer Kreide auf eine Tafel geschrieben, und sammelte all meine Energien zusammen, um es ganz scharf zu sehen. Ich sprang sogar ein paar Mal hoch, weil das Glück brachte. »Und Schade erspare, wes Schade du nicht begehrst«, fügte ich hinzu und war froh, dass ich noch daran gedacht hatte. »Amen.«

Ich wartete einen Moment und fühlte den Saphir warm in meiner Hand liegen. Er wurde immer heißer und heißer, bis ich ihn nicht mehr festhalten konnte.

»Aua!« Ich öffnete die Hand, und er fiel auf den Teppich. Es zischte, dann roch es verbrannt. Als ich ihn mit dem Schuh beiseitestupsen wollte, verschätzte ich mich und kickte ihn durchs Balkongitter hindurch, sodass er ein Stockwerk tiefer landete. Ich beugte mich übers Geländer und suchte den Boden ab, sah aber nur Felix und Shaun, die mit ängstlich zusammengekniffenen Lippen hin und her marschierten. Vielleicht war es aber auch gut so. In meiner Handfläche war ein scheußlicher Fleck zurückgeblieben.

»Wo ist das Zimmermädchen?« Als ich mich umdrehte, sah ich Lady Montague ziemlich derangiert aus dem Schlafzimmer kommen. Jenkins, der Butler, folgte ihr mit gesenktem Kopf und stopfte sich das Hemd in die Hose.

Shaun tauchte hinter dem Kameramann auf und reckte die Daumen in die Luft. Ich war so erleichtert, dass meine Schultern herabsackten.

Lord Montague erschien auf der Bildfläche, eine zerknitterte Zeitung in der Hand. »Was hast du mit Jenkins im Schlafzimmer gemacht?«, fragte er, als Lady Montague vorbeischoss und so aussah, als würde sie ihn am liebsten mit einem Tritt die Treppe hinunterbefördern.

»Lass doch, Vater«, sagte Hugo, der in diesem Moment aus dem Bad trat. Er trug immer noch seine Reitkluft und sah verdächtig danach aus, als hätte er blauen Lidschatten aufgelegt.

»Noch ein Wort, und du bist enterbt«, knurrte Lord Montague. »Du manierierte Schwuchtel, du.«

»Daddy!«, sagte Poppy schockiert. »Hugo wollte doch nur mein Make-up ausprobieren. Er denkt darüber nach, bei meiner Theatergruppe mitzumachen.«

»So ist es«, murmelte ich und konnte mir ein Grinsen nicht verkneifen. Alles würde gut werden.

Als ich an Shaun vorbeikam, spürte ich, dass er fast seine Hand nach mir ausgestreckt hätte, doch er konnte sich gerade noch beherrschen. »Wir haben soeben erfahren, dass Lotus TV die Zusage für einen Sechsteiler über Werwölfe bekommen hat. *Reißzähne der Erinnerung* soll er heißen.« Er verdrehte die Augen. »Sag lieber nichts. Jedenfalls brauchen wir einen Wald und eine Hütte mit zerbrochenen Fensterscheiben. Könntest du dich darum kümmern?«

Ich lächelte und war selbst überrascht, wie sehr es mich freute, dass er mich darum bat. »Sehr gerne«, sagte ich und ließ es anstandslos zu, dass er meine Hand schüttelte.

Wenigstens bei der Arbeit brauchte man mich, auch wenn es um Werwölfe ging.

38. Kapitel

»Josie, kannst du mit diesem Gerenne aufhören, du wetzt ja noch ein Loch in den Teppich.«

»Wo sind sie denn?«, fragte ich und schaute wie eine neugierige Nachbarin aus dem Fenster. »Du hast sie doch eingeladen, oder?«

»Ja, natürlich. Jetzt beruhige dich doch einfach mal.« Gran richtete ihr Haar. Sie hatte so viele glitzernde Klammern hineingesteckt, dass es an ein Elsternnest erinnerte. »Du wirst es übrigens nicht glauben, wer mich heute Morgen über Facebug kontaktiert hat«, sagte sie und vergewisserte sich, dass Grandpa nicht zuhörte.

»*Book*. Face*book*.« Ich drehte mich um und ließ mich tatsächlich ablenken. »Wer denn?«

»Elsie.«

Ich blinzelte. »Deine Freundin Elsie? Elsie Brumford?«

»Welche wohl sonst?«, fragte sie spöttisch. »Ich konnte es kaum glauben. Sie sieht wirklich blendend aus, selbst im Badeanzug.« Gran ließ das ganz beiläufig klingen und stach in ihr Brathühnchen, um zu kontrollieren, ob es gar war, aber ihre Stimme war fast schon zu heiter.

»Gran, das ist ja toll«, sagte ich, trat zu ihr und legte ihr einen Arm um die Schulter. Sie ließ sich einen Moment gegen mich sinken.

»Offenbar habe ich ihr wirklich einen Gefallen getan. Sie war noch nie so glücklich wie mit ihrem jetzigen Mann. Er ist Astronaut.«

»Wow.« Mein Verstand spielte verrückt. Hatte ich Grans Zauberspruch auch irgendwie aufgehoben, oder hatte ich nur so viele positive Schwingungen ausgesandt, dass sie bis nach Arizona gelangt waren? »Wirst du dich mit ihr treffen?«

Die Falten auf ihrer Stirn wurden tiefer. »Sie lebt Millionen von Meilen weit weg von hier, Josie. Wie stellst du dir das vor?«

»Oje, was sind wir empfindlich«, sagte ich, freute mich aber für sie. Ich war froh, dass ich ihr wenigstens einen kleinen Gefallen hatte tun können, nach allem, was sie für mich getan hatte.

»Deinem Großvater kann ich das nicht erzählen. Es wäre nicht schön, nach all der Zeit all diese schlimmen Erinnerungen wieder zu wecken«, fügte sie hinzu und rollte behände den Teig für einen Apfelkuchen aus.

»Nein, vermutlich nicht«, sagte ich langsam. Nicht alles im Leben konnte ordnungsgemäß bereinigt werden.

»Schlafende Hunde sollte man nicht wecken«, sagte sie. »Wo willst du denn hin?«

»Sie sind da.« Grandpa war hereingekommen, einen rötlichbraunen Welpen unter dem Arm. Betty sprang an ihm hoch und bellte.

»Mum trägt ihren Ring gar nicht«, murmelte ich und war mir über meine Gefühle keineswegs im Klaren, als sie aus Dels senffarbenem Auto stieg und ihren Rock glattstrich, der ihre kräftigen Knie freiließ.

»Hallo, hallo, ist das nicht großartig, ganz wie in alten Zeiten«, rief Pippa lächelnd und schloss mich in die Arme. Sie roch gut und trug glitzernde Flip-Flops und ein enges Oberteil in Regenbogenfarben. Ihr Bäuchlein ragte stolz darunter hervor.

»Ich bin ja so froh, dass du noch da bist. Wie ist denn die Lage?«, flüsterte ich und zog sie beiseite, während sich Del begeistert auf den Welpen stürzte. Pippa schaute mich stirnrunzelnd an.

»Ist Tyler noch dort?«, wisperte ich. Das klang wie ein Codewort aus dem Munde eines Spions.

»Wo soll Tyler sein?« Sie wirkte verwirrt, und meine Stimmung stieg. *Sie sind weg, sie sind weg, hurra, hurra!* »Du meinst, in unserer Wohnung, zusammen mit der Schlampe?«, fragte sie eine Sekunde später. »Soweit ich weiß, ja.« Dann umarmte sie Gran, riss sich hinter ihrem Rücken ein Hühnerbein ab und stopfte es in den Mund. »Ich sterbe vor Hunger«, sagte sie und wischte sich die fettigen Finger an einem Trockentuch ab.

»Pippa bekommt Zwillinge, ich schwör's. Sie haut rein für drei«, sagte Mum, küsste mich auf die Wange und drückte meinen Arm. »Deine Haare sehen prächtig aus, mein Schatz.«

»Danke«, sagte ich und fuhr mir geistesabwesend mit der Hand hindurch. »Es wird sicher so bleiben, wie es … Ich meine, ich denke, ich werde bei dieser Farbe bleiben.«

»Ein tätowierter Putto auf der Schulter würde es noch einmal besonders betonen«, sagte Del und setzte sich den Welpen auf den Kopf wie ein Toupet. »Steht mir das?«

Mum lachte und klopfte ihm auf den Arm. »Nimm ihn runter, Del, bevor Dad dich sieht. Er bekommt sonst zu viel.«

Kopfschüttelnd wandte ich mich wieder an Pippa, die soeben eine Backkartoffel aus dem Ofen stibitzt hatte und hektisch pustete. »Nun, also … Werdet ihr beide, du und Tyler, denn nun zusammenbleiben?«, hakte ich noch einmal nach.

Sie schlang die Kartoffel in einem Bissen hinunter, und ihre Augen füllten sich mit Tränen. »Verdammt, ist das heiß! Natürlich bleiben wir zusammen, Jo. Montag fliege ich zurück, und dann werden er, die Schlampe und ich eine illegale Hochzeit feiern, unsere Kinder gemeinsam großziehen und für immer glücklich sein.«

»*Was?*«, sagte ich, und meine Stimmung sank in den Keller.

»Natürlich werde ich nicht zurückfliegen, bist du denn verrückt geworden?« Pippa brach in Gelächter aus. »Du solltest dein Gesicht sehen, Josie!«

»Pippa!« Ich grinste widerstrebend, und mein Herzschlag verlangsamte sich zum leichten Galopp. »Herrgott, wie kannst du mich nur so reinlegen?«

»Ich bin froh, dass ich hier bin. Es hat mir die Augen geöffnet«, gestand sie und war plötzlich ernst. Ich fragte mich, inwieweit ihre Entscheidung auch von ihrer Begegnung mit Giles beeinflusst war. »Er war auch vorher schon anmaßend, aber das ist mir erst aufgefallen, als …« Sie runzelte die Stirn, als versuchte sie, sich an etwas zu erinnern. »Außerdem bin ich mir sicher, dass er Drogen nimmt«, fügte sie hinzu und strich sich eine Strähne aus den Augen. »Ein gutes Vorbild wäre das nicht.«

»Ich habe immer schon gedacht, dass er nicht der Richtige für dich ist«, bekannte ich.

»Vermutlich war das eine Art Flucht vor … du weißt schon.« Sie ging zur Kommode und nahm ein vergilbtes Foto in die Hand. Es zeigte unsere Eltern im Garten von Brambles, kurz nach ihrer Hochzeit. »Ich bin schlicht davongelaufen.«

Zaghaft betrachteten wir das Bild. Dad schaute Mum so zärtlich an, als wäre sie etwas sehr Kostbares. »Ich denke, er hat sie wirklich geliebt«, sagte sie leise.

»Schade, dass er es nicht besser zeigen konnte.« In meiner Kehle stauten sich die Tränen, und Pippa legte mir mitfühlend einen Arm um die Schulter.

»Wir machen das besser, Schwesterherz«, sagte sie und drückte meinen Kopf an ihre Schulter. »Du solltest aber nicht darauf bestehen, dass Gran das Bild hier stehen lässt. Sie hat ihn gehasst.«

»Da hast du recht«, sagte ich und strich sanft mit den Fingerspitzen darüber. Dann nahm ich es ihr aus der Hand und versteckte es hinter einer geblümten Teekanne, die Gran jahrelang nicht mehr benutzt hatte. »Denkst du noch manchmal an diese Dinge?«

Pippa musterte mich mit ihren klaren, dunklen Augen. »Nicht so viel wie früher«, sagte sie. »Mittlerweile denke ich lieber an die guten Zeiten.«

»Ich auch«, sagte ich und schniefte.

»Ich kann mich noch gut erinnern, wie froh ich war, dass wir beide einander hatten«, sagte sie, und mein Kinn zitterte. »Weiß Gott, warum ich weggegangen bin.«

Der Schmerz packte mich, ließ mich aber sofort wieder los. »Wir haben getan, was wir tun mussten«, sagte ich und schlang meine Arme um das, was von ihrer Taille übrig war. »Ich bin so froh, dass du zurück bist, Pips. Vor allem jetzt, wo alle verschwinden.«

»Was willst du damit sagen?« Sie entzog sich meiner Umarmung, aber bevor ich antworten konnte, rief Gran.

»Hört auf mit diesem Geschmuse, ihr seid ja wie zwei große Welpen. Kommt her, eure Mutter hat Neuigkeiten.«

»Oh, oh«, sagte Pippa und zwinkerte mir zu. »Was mag das wohl sein?«

Schnell las ich eine SMS von Lara – **Komm morgen Abend zum Abschiedsessen, Olly sagt buhuuu!** – und setzte mich dann mit einem Lächeln zu den anderen an den Tisch.

39. Kapitel

Grandpa kratzte gerade zusammen, was vom Hühnchen noch übrig war, und Gran trug den nächsten Gang auf, köstliche, dampfende Massen.

»Los, mein Schatz. Heraus damit, bevor du es dir anders überlegst«, drängte sie Mum, die ziemlich aufgekratzt aussah, irgendwie aber auch ängstlich. Ihre blauen Augen richteten sich auf mich und schauten dann schnell wieder woanders hin.

»Es ist nur …« Sie zögerte.

»Los, meine Liebe.« Del tätschelte ermutigend ihre Hand, und mein Herz fing an zu klopfen.

»Nun, du weißt ja, dass wir in Las Vegas geheiratet haben?«, sagte sie in einem Rutsch.

»Was?« Ich nahm meine Gabel aus den Erbsen und saß mit offenem Mund da.

»Der Ring ist beim Juwelier, er war ein wenig zu groß«, sagte sie unsicher und rieb die Stelle, wo er gesessen hatte.

»Aber ich dachte …« *Nehme zurück, was an Falschem getan.* Das war also offenbar nicht falsch gewesen. Zu meiner riesengroßen Erleichterung war ich nicht so empört, wie ich es erwartet hätte.

»Ist was, Josie?« Del warf seinen Zopf über die Schulter. Er hatte die Brille auf den Kopf geschoben, und seine Augen wirkten größer als sonst.

»Ich finde ...« Wieder zögerte ich und war mir bewusst, dass alle Blicke auf mir ruhten.

Betty jaulte unter dem Tisch, und ich warf dem Hund geistesabwesend ein Stück Huhn hin. »Es ist nur ...«

Ich sah, wie sich Mums Finger um die von Del krümmten und Del seine andere Hand noch oben drauflegte. Er hatte sich das Wort »Love« auf die Fingerknöchel tätowieren lassen, und ich wusste, dass er ihr nie wehtun würde.

»Josie, bitte sag etwas.« Mums Stimme zitterte vor Angst.

»Ich dachte nur, ihr lasst euch noch einen Segen erteilen, das ist alles«, sagte ich, stopfte mir Erbsen in den Mund und erstickte fast daran.

»Das ist ja genau das, was wir euch mitteilen wollten«, sagte Del und grinste, während mir Pippa auf den Rücken klopfte.

»Giles sagt, wir könnten das in Cotsworth House machen«, fügte Mum hinzu, die nun vor Erleichterung strahlte. »Im Oktober werden die Dreharbeiten doch beendet sein, oder?«

»Oh Gott, das will ich doch hoffen«, sagte ich hustend und trank einen Schluck Wasser. »Wann habt ihr denn mit Giles gesprochen?«

»Neulich auf dem Boot«, sagte Pippa, nahm sich sechs Yorkshire Puddings und ertränkte sie in Zwiebelsoße. »Er ist wirklich nett. Er ist Archäologe, wusstest du das?«

Ich nickte stumm. »Das ist wirklich nett von ihm«, bekam ich heraus. »Und das Haus ist wunderschön«, fügte ich hinzu. Dabei kreuzte ich die Finger und hoffte, dass es dann auch noch wunderschön sein würde.

»Du wirst aber doch kommen, oder?«, fragte Mum, und Grandpa beobachtete mich über sein Bierglas hinweg.

»Natürlich kommt sie.«

»Sehr gerne sogar«, sagte ich und stellte verwundert fest, wie schnell sich das Leben ändern konnte.

»Mit ein bisschen Nachhilfe aus dem Zauberbuch«, murmelte Gran mysteriös und häufte Rosenkohl auf meinen Teller.

»Das reicht jetzt, Gran. Du weißt doch, dass ich Grünzeug hasse«, sagte ich. Dann entspannten wir uns alle und begannen zu essen. Die Gespräche drehten sich um weniger heikle Themen: Pippas neuer Arzt hatte ihr empfohlen, dem Baby etwas vorzusingen, und ein Welpe trank nicht richtig. Insgeheim beobachtete ich Del und dachte, wie gut er doch in die Runde passte – er hörte aufmerksam zu, wenn jemand etwas erzählte, und machte gelegentlich Scherze, die uns zum Brüllen brachten.

»Was sucht ein Einarmiger in der Einkaufszone? Einen Second-Hand-Shop.«

»Versteh ich nicht«, sagte Grandpa, und wir lachten nur noch lauter.

»Ich kenn auch einen«, sagte Pippa und fuchtelte wild herum. »Ehemänner leben länger als Junggesellen. Das ist ihre Strafe.«

»Der war ja wohl nix«, sagte ich und bemerkte den rührseligen Blick, den Mum Del zuwarf, bevor sie schließlich lächelte.

Ein paar Mal schaute ich auf den Platz, wo Will sitzen würde, und wurde von tiefer Trauer durchdrungen.

»Konnte Zen nicht?«, fragte Mum beiläufig, und ich nickte, weil ich es nicht wagte, ihr die Wahrheit zu sagen.

Als wir stumm unseren Apfelkuchen aßen, klopfte es plötzlich an der Hintertür.

»Da ist jemand für dich«, sagte Gran, als sie zurückkam. Obwohl sie mich anschaute, sprang Pippa auf.

»Giles, hallo«, rief sie, lief hin und umarmte ihn. »Wisst ihr, dass er uns das Leben gerettet hat?«, fragte sie niemanden Bestimmtes, und mir wurde klar, dass ich nie mit letzter Klarheit wissen würde, ob Alice diese Urne vom Balkon gestoßen hatte. »Und wer ist das?«

»Meine Schwester Annie«, sagte er. Anouschka trat vor, lächelte schüchtern und hob die Hand. »Hallo, Josie«, sagte sie dann, und ihr Gesicht hellte sich auf. Ich grinste, weil ich so froh war, sie und Giles zusammen zu sehen, dass mir alles andere unwichtig erschien.

»Ich habe ihn eingeladen, damit er mit Mum den Ablauf der Trauung besprechen kann. Das war hoffentlich okay so«, sagte Pippa, deren Augen förmlich an Giles klebten. Ich wappnete mich gegen einen Eifersuchtsanfall oder einen Anfall von Lüsternheit, aber dankenswerterweise verspürte ich nichts dergleichen.

»Je größer die Runde, desto glücklicher«, sagte Gran und hatte plötzlich ein vertrautes Glänzen in den Augen. »Geh und hol Maureen und Bob, Hector, dann können wir eine richtige kleine Party feiern.«

Grandpa wischte sich mit der Serviette den Mund ab und begab sich folgsam zu den Nachbarn.

»Ich hoffe, du bist nicht sauer«, sagte Anouschka, als Giles von Pippa, Mum und Del in wilde Diskussionen verwickelt wurde.

Ich schüttelte den Kopf. »Ich freue mich so, dich zu sehen«, sagte ich wahrheitsgemäß. »Ihr beide habt euch also ...?« Ich fuchtelte mit der Hand.

»Wir ... wir hängen ständig zusammen«, sagte sie und strich sich die Haare hinters Ohr. »Es gibt ja einiges nachzuholen.«

»Das ist wunderbar.«

»Hat der Zauber denn funktioniert?«, fragte sie und nahm ein Hühnerbein, das Pippas Klauen irgendwie entgangen sein musste.

»Nun, eigentlich hat keiner meiner Zaubersprüche wirklich gewirkt«, bekannte ich mit einem unsicheren Grinsen. »Zumindest nicht so, wie ich mir das vorgestellt hatte. Aber das ist schon okay so, weil immerhin viel Gutes passiert ist. Und meine Haare sind jetzt auch wieder okay.« Ich schüttelte sie wie ein Bobtail, immer noch begeistert von ihrem Glanz. Über Will sagte ich lieber nichts, da ich die Stimmung nicht verderben wollte.

»Nun, das ist gut so ... nicht wahr?« Sie wirkte, als müsste sie sich beherrschen, nicht zu lachen.

»Ohne dich hätte ich das nicht geschafft.«

»Das weiß man nie.«

Ich fand eine Flasche Weißwein im Kühlschrank und schenkte uns etwas ein. »Auf neue Freunde.«

»Auf neue Freunde«, sagte sie feierlich, und wir stießen an. Ich zuckte zusammen, als plötzlich Giles vor mir stand.

»Kann ich kurz mit dir sprechen?«, fragte er und nahm meinen Ellbogen. Anouschka verzog sich.

Ich ging mit ihm in den Garten und betrachtete heimlich sein Profil. Seine Nase hatte dieselbe Form wie die von Anouschka. »Was ist denn?«

»Will war vorhin bei mir«, sagte er und strich sich mit der Hand über den Mund. »Er hat mir erzählt, dass er ausgezogen ist.«

Meine Stimmung sank in den Keller. »Ist er.«

»Das tut mir so leid, Josie.« Er schaute mich eindringlich an. »Ich habe versucht, mit ihm zu reden, aber er scheint fest entschlossen zu sein.«

»Das ist nicht deine Schuld«, sagte ich und nippte an meinem Wein. Mein Herzschlag war an verschiedenen Stellen im Körper zu spüren. »Es war schon eine Weile schwierig mit uns.«

»Ich hoffe, du hast nichts dagegen, dass ich deiner Mutter und ihrem Mann Cotsworth House angeboten habe?«

Ich schüttelte den Kopf. »Überhaupt nicht.«

»Natürlich könnt ihr auch das Ende der Dreharbeiten nächste Woche dort feiern.«

»Das Haus wird ja noch eine Edelnutte.«

Er schaute auf. »Touché.« Ein Lächeln umspielte seine Lippen.

Ein Gefuchtel an der Tür zog unsere Aufmerksamkeit auf sich.

»Jetzt kommt aber mal«, rief Gran. »Die Party steigt!«

Entsetzt sah ich, dass sie ihre Federboa herausgeholt hatte. Außerdem trug sie Strümpfe mit Strumpfbändern und ein enges, schwarzes Satinkorsett.

»Teufel aber auch«, sagte ich schwach.

Maureen und Bob fielen fast die Augen aus dem Kopf.

»Ich werde das kleine Tänzchen aufführen, das ich in Schottland einstudiert habe. Ihr werdet aus dem Häuschen sein«, verkündete sie. Grandpas Bart zitterte vor Vorfreude.

Mum schüttelte verzweifelt den Kopf, und Pippa, die in eine angeregte Unterhaltung mit Anouschka vertieft gewesen war, vergrub den Kopf in einem Kissen.

»Das werde ich mir nicht entgehen lassen«, sagte Giles, und um seine Augen herum bildeten sich tausend Fältchen. »Nicht einmal einer deiner Zaubersprüche könnte mich davon abhalten.«

»Giles«, fragte ich, als mir beim Anblick seiner Kette, die ihn angeblich vor böser Magie schützte, plötzlich ein Gedanke in den Kopf schoss. »Warum hast du eigentlich deine Meinung geändert und uns in Cotsworth House drehen lassen?«

Er wandte sich um und schaute mich verlegen an. »Willst du das wirklich wissen?«

»Ja, will ich«, sagte ich knapp. »Sag es mir.«

Er zuckte mit den Achseln. »Als du an jenem Tag zu deinem Wagen zurückgelaufen bist, habe ich mitbekommen, wie du gesagt hast, dass es mir egal ist, ob du deinen Job verlierst oder nicht. Irgendwie fühlte ich mich plötzlich schlecht.« Er massierte sich den Nacken. »Ich wusste, dass ihr Geldprobleme habt, nachdem Will auf die Teilzeitstelle gegangen war, also …«

»… hattest du Mitleid mit mir«, sagte ich langsam.

»Aber aus einem freundschaftlichen Gefühl heraus.« Ohne Vorwarnung dröhnte Jazzmusik aus dem Wohnzimmer und ließ uns zusammenzucken. »Du bist mir doch nicht böse, oder?«

»Nicht im Mindesten«, sagte ich, da mein Geist zu neuen Höhenflügen ansetzte. »Aber begreifst du eigentlich, was das bedeutet?«

Seine Stirn legte sich in Falten. »Dass ich ein anständiger Kerl mit einem goldenen Herzen bin?«

»Davon mal abgesehen«, sagte ich mit einem Grinsen.

»Mhm … nö.« Er schüttelte den Kopf.

Ich packte seinen Unterarm, und er schaute mich verblüfft an. »Das bedeutet, dass ich noch einen Zauberspruch habe, du Trottel.«

40. Kapitel

Ich konnte mir beim besten Willen nicht vorstellen, wo ich war, als ich die Augen öffnete.

Helles Licht sickerte durch die Decke, und meine Übelkeit wurde schlimmer. Alles drehte sich.

»Kaffee?«

Ich setzte mich auf und presste die Hände an den Kopf. »Giles?«

»Trink, das wird dir guttun.«

»Ich bin seekrank«, stöhnte jemand neben mir und schlug die Bettdecke zurück.

»Anouschka!«

»Tee, bitte, Giles«, sagte sie bleich. »Du weißt doch, dass ich Kaffee hasse.«

Wir waren auf dem Boot. MEINEM Boot.

Langsam kehrten die Erinnerungen wieder.

Wir hatten uns bei Grans spontaner Party ziemlich gehen lassen, und ich hatte viel zu viel Wein getrunken – zeitweise sogar aus einer Vase.

Erinnerungsschnipsel tauchten auf. Gran wickelte die Boa um den Hals ihres Mannes, während Pippa – die Orangensaft getrunken hatte und vollkommen nüchtern war – auf dem Sofa einnickte, eine Puppe auf dem Schoß. Mum und Del knutschten im dunklen Garten wie die Teenager herum, und ich verkündete trunken, dass ich mir für jeden von uns eine Jahresration kalorienfreier Schokolade oder ein Paar Flügel wünschte. Irgendwann schleppte Giles mich an Bord, während ich ziemlich schauerlich *I Put a Spell on You* gröhlte.

»Oh Gott«, stöhnte ich und senkte den Kopf. Anouschka und ich lagen zusammengepfercht auf dem Schlafsofa, und am Fußende hockte Sheba und ließ die Zunge heraushängen.

»Warum bewegen wir uns?«, jammerte Anouschka und würgte in ihre Hände.

»Warum bin ich hier?«, murmelte ich.

»Das wolltest du doch unbedingt. Du hast behauptet, es sei dein spirituelles Zuhause.«

»Aha, Wahnsinn.«

Giles hielt uns zwei Tassen hin und wirkte unverschämt munter. »Frühstück?« Er trug gestreifte Shorts in Regenbogenfarben. Sein Haar klebte am Kopf, weil er offenbar soeben geduscht hatte.

»Ich dachte, auf diesen … Kähnen gibt es kein fließendes Wasser«, sagte ich und wurde etwas wacher, als der köstliche Geruch von gebratenem Bacon herüberwehte.

»Gibt es auch nicht«, sagte er und schlug schwungvoll Eier in eine Schüssel. »Ich habe es aus dem Kanal geschöpft.«

»Ich habe Wasser fließen gehört. Im Traum habe ich ein Bad

genommen«, sagte ich und massierte meine Schläfen. Irgendetwas wollte ich noch tun, aber ich konnte mich nicht erinnern, was.

Anouschka war schon wieder eingeschlafen und schnarchte leise vor sich hin.

»Wo wir schon dabei sind, wo ist denn das Klo?« Ich stand auf, klammerte mich an meine Tasse und stellte erleichtert fest, dass ich vollständig angekleidet war. Nur meine Schuhe hatte mir jemand ausgezogen. Sie standen unter einem Hocker, neben dem anderen Paar, das ich damals vergessen hatte.

»Hier«, sagte Giles und trat einen Schritt beiseite. Ich pinkelte schnell und hoffte, er würde nichts hören. Dann betrachtete ich mich im Spiegel. Mein Gesicht war so faltig wie ein ungemachtes Bett, aber meine Haare glänzten immer noch so, wie ich es mir immer gewünscht hatte. Schade, dass ich nicht viel gegen die Wimperntusche unter den Augen tun konnte. Ich sah wie ein Panda aus.

»Ihr beide scheint miteinander klarzukommen, oder?«, flüsterte ich, als ich in die Bordküche zurücktrat, und nickte zu Anouschka hinüber, die im Schlaf vor sich hin brabbelte.

»Ich bin sehr froh«, sagte er schlicht. »Und was ist mit dir?«

»Gefällt mir, wie du das Boot hergerichtet hast«, wich ich aus, da ich das Bedürfnis hatte, etwas Nettes zu sagen, irgendetwas Bedeutungsvolles, was auch immer. »Es ist sicher schön, etwas zu haben, wohin man sich flüchten kann. Zusätzlich zu meiner Hütte in den Alpen natürlich.« Ich wurde von Schmerz erfüllt, als mir aufging, dass ich das alles alleine machen müsste.

»Du hast eine Hütte in den Alpen?«

»So etwas in der Art. Da ich ja jetzt schwimmen kann, brauche ich nicht einmal eine Rettungsweste.«

»Für die wirst du in den Alpen wohl kaum Verwendung haben.« Er lachte, und ich lächelte zurück. Allmählich verschwanden auch meine Kopfschmerzen.

»Auf dem Boot, meine ich, du Dämlack.«

»Annie hat versprochen, dass sie mir hilft, wenn ich das Haus für die Öffentlichkeit zugänglich mache«, sagte er und neigte den Kopf in Richtung der Beule unter der Bettdecke. »Sie will Geistertouren organisieren. Cotsworth House hat eine unglaubliche Geschichte, die nicht einmal ich vollständig kenne.«

»Klingt lustig«, sagte ich und konnte es mir schon lebhaft vorstellen. »Ich denke darüber nach, einen Drehbuchkurs zu machen.« Das tat ich zwar nicht, aber sobald ich es ausgesprochen hatte, war mir klar, dass der Gedanke schon lange in mir gärte. »Neben meinem Job natürlich. Den werde ich sicher nicht drangeben, wo es doch gerade so gut läuft.«

»Hört sich gut an. Ich wünschte, ich hätte eine kreative Ader.«

Ich schlürfte meinen Kaffee und dachte daran, wie merkwürdig es doch war, dass ich mit Giles auf einem Boot stand und quatschte, während neben uns seine Schwester schlief, obwohl ich noch vor wenigen Wochen keinen der beiden gekannt hatte. »Wie findest du eigentlich Pippa?«

Sein Gesicht lief rot an. »Sie ist ein nettes Mädchen«, sagte er zurückhaltend, grinste dann und kratzte sich an der Nase. »Ihr Freund ist ein Arschloch.«

»In der Tat. Aber das ist jetzt endgültig vorbei«, sagte ich entschieden, für den Fall, dass er noch irgendwelche Zweifel daran haben sollte. »Sie wird nicht nach Amerika zurückgehen.«

Plötzlich platzte wie ein Bulldozer eine Erinnerung in meinen Kopf und riss all meine klaren Gedanken mit sich. »Mein letzter Zauberspruch!« Ich packte Giles' Hand und spritzte Kaffee in der Gegend herum. »Hab ich meinen letzten Zauberspruch eigentlich schon vertan, Giles? Oh nein!« Ich ließ den Kopf auf die Arbeitsplatte sinken, als er nicht antwortete. »Andererseits ist es sowieso zu spät«, sagte ich resigniert. »Meine neun Tage sind schon um. Vermutlich habe ich mich deswegen so volllaufen lassen.« Verzweiflung packte mich. »Ich hätte ihn genutzt, um Will zurückzuholen.«

»Vielleicht solltest du ein wenig frische Luft schnappen«, sagte Giles fürsorglich. Stumm wankte ich an Anouschka vorbei und ging an Deck, wo ich fast über Sheba gestolpert wäre.

Das Wasser glitzerte in der Sonne, die auf meinen Armen brannte, und so setzte ich mich in den Schatten und schloss die Augen.

»Du hättest nicht zulassen sollen, dass ich so viel trinke. Dummerweise halte ich mich dann immer für eine brillante Sängerin.« Ich schaute gar nicht auf, als Giles zu mir trat. »Aber egal, es wäre mir sowieso lieber gewesen, wenn Will aus freien Stücken zu mir zurückgekommen wäre und nicht wegen eines schäbigen Zauberspruchs«, sagte ich düster. »Ich hätte ihn allerdings für etwas anderes nutzen können. Für … lange Fingernägel etwa oder für größere Titten oder für ewiges Glück …«

»Deine Titten sind doch prima«, sagte eine Stimme, die definitiv nicht Giles gehörte. »Und vermutlich ist es auch besser, wenn wir unser Glück selbst in die Hand nehmen.«

»Will!« Mein Kopf flog herum. Er saß da und schaute mich an, als wäre ich etwas Wertvolles, das er soeben entdeckt hatte. »Was … was machst du denn hier?«, fragte ich benommen und erschlug eine Fliege. Also hatte ich meinen Zauberspruch doch aufgesagt. Aber wo und womit – und warum konnte ich mich nicht mehr erinnern?

»Ich dachte, wir könnten eine Weile auf dem Boot wohnen, wenn wir die Wohnung verkaufen.«

»Wir?« Ich fragte mich, ob ich träumte.

»Nachdem ich gestern mit Giles gesprochen hatte, war mir klar, dass ich einen Fehler gemacht habe, Jo.«

»Was hat er denn gesagt?« Ich dämpfte die Stimme, weil ich

Angst hatte, dass Will verschwand, wenn ich zu laut sprach. Nachher wurde er noch von einer Böe davongetragen.

»Giles meinte, dass wir uns perfekt ergänzen – wie Teile eines Puzzles.« Er lachte auf. »Klingt abgedroschen, aber er hat recht.« Seine Finger strichen über die meinen. »Du musst mich nicht zurückzaubern, Jo. Ich habe tausend Mal versucht, dich anzurufen, aber du hast dein Handy bei deiner Gran gelassen.«

Ich richtete mich auf und beschirmte meine Augen gegen die Sonne. »Was willst du damit sagen, Will?«

»Ich will damit sagen, dass ich dich liebe, Josie Goodwin.«

Mein Herz flog in die Höhe wie ein Pfannkuchen. »Und was ist mit den Eseln?«

»Die liebe ich auch, aber nicht halb so sehr wie dich.« In seiner Stimme schwangen unendlich viele Gefühle mit. »Außerdem kam mir die Idee, dass ich meinen Job auch dazu nutzen könnte, das Bewusstsein für ihr Leid zu schärfen. Keine Ahnung, warum ich nicht früher darauf gekommen bin.«

»Oh, Will.« Ich schlang meine Arme um seinen Hals und drückte ihn an mich. »Ich liebe dich auch, und zwar egal, wie du dich nennst. Mir ist auch egal, was du so treibst, Hauptsache, ich bin bei dir.«

Seine Hand wanderte hinab, und seine Finger verschlangen sich mit den meinen. Dabei schaute er mir unentwegt in die Augen. »Ich dachte, wir könnten gleich zum Schrebergarten fahren und uns die Blumen anschauen«, flüsterte er. Als er seine Lippen auf meinen Mund drückte und wir uns seit Ewigkeiten wieder richtig küssten, gaben meine Beine nach.

»Wo ist mein Tee?« Anouschka gähnte, als sie mit zerknitterten Klamotten, trüben Augen und wirrem Haar an Deck kroch. »Ist es schon Morgen?«

Wills Lächeln war warm und herzlich, als wir uns voneinander lösten, und ich streichelte seine Wange, weil ich es kaum glauben konnte, dass er tatsächlich da war. »Ich wette, du bist die einzige Hexe, die einen Zauberspruch übrig gelassen hat«, sagte er dicht an meinem Ohr.

Ich lachte und schniefte gleichzeitig.

»Hört bitte auf, so einen Lärm zu veranstalten, mir platzt gleich der Schädel«, sagte Anouschka und presste sich die Hände an die Schläfen.

»Der Zauberspruch wird aber nicht vergeudet sein«, sagte ich zu Will. Ein Gefühl der Freude stieg in mir auf, als ich ihn nach drinnen in die Kabine zog und nach meiner Tasche suchte.

»Deine Tasche ist hier«, sagte Giles, der übers ganze Gesicht strahlte, als er seinen Freund sah. Ich wartete, bis sie sich wie Männer umarmt und kräftig auf den Rücken geklopft hatten.

»Alle mal herhören, bitte«, sagte ich schließlich und klopfte mit einem Löffel an eine Tasse, da ich das Gefühl hatte, dass die Situation nach einer gewissen Feierlichkeit verlangte. Ich hielt die Holzkiste hoch, die ich von Gran mitgenommen hatte. Oder die sie vielleicht einfach in meine Tasche gesteckt hatte. Ich konnte mich nicht mehr genau erinnern, wie sie dort hineingeraten war.

»Die ist aber schön«, sagte Anouschka, die eine üble Fahne hatte. Sie fuhr mit dem Finger über den wundervoll geschnitzten Deckel.

»Stimmt.« Alle vier starrten wir die Kiste schweigend an, dann nahm ich das Zauberbuch, strich über den Einband und malte mit dem Daumen die Initialen nach. »Das Buch ist auch schön.«

Tränen traten in meine Augen, als ich an meine Vorfahren dachte und hoffte, dass sie alle bekommen hatten, was sie wollten – mit wesentlich weniger Ärger als ich.

»Was tust du?«, fragte Will mit einem verhaltenen Lächeln und streckte seine Hand aus, als ich das Buch in die Kiste legte und den Schlüssel herumdrehte. »Möchtest du deinen letzten Zauberspruch denn nicht aufsagen?«

»Wenn ich dir helfe, klappt es vielleicht«, sagte Anouschka und rieb sich den Schlaf aus den Augen. »Wir könnten wieder zum Friedhof gehen.«

»Ich hätte nichts dagegen«, sagte Giles mit einem besorgten Stirnrunzeln.

Ich schüttelte den Kopf und war mir meiner Sache sicherer denn je. Alles, was ich wollte, hatte ich hier bei mir. »Den Spruch werde ich für meine Enkeltochter aufsparen«, sagte ich leise, steckte die Kiste in meine Tasche und schlang meine Arme um Will, als wollte ich ihn an Ort und Stelle festnageln.

»Sollte sie mir ähneln, wird sie, wenn sie das Buch bekommt, alle Hilfe gebrauchen können.«

Karen Clarke

ist in Scarborough, North Yorkshire, geboren und aufgewachsen. Neben ihrer Arbeit als Bibliothekarin schreibt sie regelmäßig Artikel und Kurzgeschichten für verschiedene Zeitungen und Magazine. Karen Clarke lebt heute mit ihrem Ehemann, ihren drei Kindern und dem Hund »Molly« in Buckinghamshire.

Mehr von Karen Clarke:

Wer nicht küsst, der nicht gewinnt. Roman (auch als E-Book erhältlich)

GOLDMANN
Lesen erleben